战典 ⑧

李 涛 著

第一野战军征战纪实

作家出版社

前　言

　　中国人民解放军是中国共产党缔造和领导的人民军队，诞生在武装斗争中，成长于浴血奋战里，至今已经走过了八十八年的辉煌历程。

　　这支历经磨难、英勇善战、百炼成钢的军队自诞生起便展现出历史上一切剥削阶级军队从未有过的风貌，英勇顽强，不怕牺牲，冲破艰难险阻，纵横山河疆塞，战胜了一个个强悍凶恶的敌人，创造了无数个军事史上的奇迹，上演了一场场气势恢宏的英雄活剧。众所周知，我军所走过的并非一条平坦大道，是极其曲折和无比艰辛的。其间经历过苦难，遭受过挫折，甚至陷入过绝境，充满着鲜血与泪水。八十八年来，我军历经大大小小上千次战役战斗，既有陆战、海战、空战，也有山地战、平原战、丛林战；既有敌后游击战、运动战、阵地战，也有大兵团围歼战、追击战、攻坚战；既有进攻战、伏击战、奇袭战，也有防御战、遭遇战、突围战；既有运筹帷幄、决胜千里的经典传奇，也有英勇果敢、以柔克刚的战争奇观；既有酣畅淋漓的大胜，也有刻骨铭心的失利……这一次次战役战斗汇成了人民军队从无到有、由弱转强的发展壮大史，令世人叹为观止。

　　习近平总书记指出：历史是最好的教科书，也是最好的清醒剂。只有熟悉历史、读懂历史、借鉴历史，才会认清昨天、珍惜今天、放眼明天，不会为浮云遮望眼；才会热爱党、热爱祖国、热爱人民军队，不会迷失政治方向；才会以史鉴今、承前启后、继往开来，不会在前进的行途中走弯路。在不久前召开的全军政治工作会议上，习近平着眼实现中国梦强军梦的战略运筹，强调要着力培养有灵魂、有本领、有血性、有品德的新一代革命军人。军队因战争而存在，军人以打赢而荣耀。当前，我军由机械化向信息化迈进任重道远，必须牢记强军目标、坚定强军信念、献身强军实践，认真学习和研究人民军队的战争史，从历史的角度加以审视，用辩证的眼光加以剖析，更好地把握治军规律、带兵要则、指挥方略，不断提高驾驭未来信息化战争的能力，勠力同心追寻强军兴军的光荣梦想。这也正是编写《战典》丛书的初衷。

本丛书按照土地革命战争、抗日战争、解放战争和抗美援朝战争四个历史时期，分别撷取了中国工农红军第一方面军、第二方面军、第四方面军和西北红军；八路军、新四军和东北抗日联军；中国人民解放军第一野战军、第二野战军、第三野战军、第四野战军和华北野战部队，以及中国人民志愿军所属各支部队具有鲜明代表性的近300个战例，力求在浩瀚的史料中寻找那幅血与火、生与死的历史画卷和不朽传奇。需要指出的是，这些林林总总的战役战斗，根本无法穷尽人民军队所走过的惊心动魄的战斗历程、所书写的荡气回肠的英雄传奇、所孕育的凝心聚魂的革命精神，只是力图运用权威的文献资料、珍贵的历史照片和当事人的亲身经历，以纪实的手法和生动的语言，崭新的视野和独到的见解，还原历史真相，讲述传奇故事，展现英雄本色，揭示我军血脉永续、根基永固、优势永存的根本所在。

由于作者水平及查阅资料等因素所限，书中难免有不当之处，恳请读者批评指正。在编写过程中，参考了一批历史文献和当事人的回忆文章，得到了军事图书资料馆等单位和有关同志的大力支持与帮助，并由军事科学院军史专家进行审读把关，军事科学院政治部宣传部包国俊副部长为丛书的最终付梓付出了艰辛劳动，在此表示衷心感谢。

李　涛

2015 年 3 月

第一野战军征战纪实

目录

1. 榆横战役

1946 年 6 月 26 日，国民党军向中原解放区发动大规模进攻，揭开了全面内战的序幕。

当晚，中原军区司令员李先念、政治委员郑位三按照中共中央"立即突围，愈快愈好，不要有任何顾虑，生存第一，胜利第一"的指示，率主力分路突围。其中，李先念、郑位三和副司令员兼参谋长王震，指挥由中原局、中原军区机关及第 2 纵队第 13 旅、第 15 旅第 45 团、第 359 旅和干部旅组成的北路突围部队，越过平汉铁路封锁线，突破敌军重重包围，连跨唐河、白河，强渡丹江，胜利进入陕南地区。

中原突围烈士纪念碑

蒋介石与心腹爱将胡宗南

蒋介石急命他的心腹爱将——国民党军第一战区司令长官、西安"绥靖"公署主任胡宗南,指挥所部进行围追堵截。

胡宗南,字寿山,别号琴斋。1896年生于浙江镇海。在蒋介石众多黄埔门生中,大嘴巴的胡宗南无疑是最受宠爱的,也是升官速度最快的。他从军校毕业爬至"王牌师"中将师长,仅仅用了8年时间,在黄埔一期生中当数第一。这其中自然有很多诀窍,但有一点至为重要,这就是他对于蒋介石无比的忠诚。

胡宗南遵照蒋介石的指示,立即调集整编第76、第15、第17、第36、第90师等部,分数路追堵,企图围歼中原军区主力于豫西、陕南地区。

至9月,胡宗南集团围堵中原军区突围部队遭到失败,损失严重,疲惫不堪,被迫转入休整,陕甘宁边区南线出现了暂时的平静局面。

与此同时,黄龙、麟游、秦川地区人民游击战争活跃,群众抗丁、抗粮运动层出不穷。国民党不得不抽调守备陇南的整编第17师、骑兵第7旅开抵陇东、麟游山区,镇压群众运动及游击战争。

这样,陕北地区国民党部队只剩下晋陕绥边区总司令邓宝珊所部第22军,分散驻守在榆(林)横(山)地区。为策应胡宗南集团南线守备,第22军、第86师等部在陕甘宁北线不断出击,袭扰葭县(今佳县)、米脂、靖边等地。

在此形势下,陕甘宁晋绥联防军决定集中兵力于绥德地区,形成局部战场上的优势,主动发起榆横战役,以打击北线袭扰之敌,并策应国民党陕北保安指挥部驻横山部队起义,解放无定河以南地区,减轻联防军北顾之忧。

其实早1946年初,毛泽东便针对全国内战迫在眉睫,陕甘宁边区面临的严峻形势,指示中共中央西北局书记、陕甘宁晋绥联防军政治委员习仲勋:把统战工作的重点放到陕甘宁边区的北线,把军事打击与政治争取结合起来,夺取榆林、横山,为陕甘宁边区军民的自卫战争取得一块回旋余地。

习仲勋立即召开西北局常委扩大会议,具体研究开展统战工作问题。随

彭德怀与萧三、艾青、赵仲池、习仲勋（左起）等在一起

后，他通知西北局统战部部长张德生召开西北局统战部干部会议。

会上，习仲勋指出："从周边形势来看，北线是敌人的薄弱环节，蒋介石门户之见很重，22军和保安团，都是'杂牌军'，与蒋、胡有矛盾，内部也有矛盾，军官和士兵，封建意识浓，看重乡情、亲情，军官对士兵，实际是家长式的统治。从井岳秀到左协中，都是一脉相承。抗战期间，我们和他们建立了统战关系，现在要尽可能保持这种关系，并且要冲破封建意识，利用他们和蒋、胡矛盾，争取那些具有爱国思想的官兵和我们站到一起，反对蒋介石，反对内战，反对榆林地区亲蒋分子和特务分子。"

经过认真分析，会议认为国民党保安指挥部副指挥胡景铎思想倾向民主，对蒋介石独裁卖国和打内战的反动政策颇为不满，与我党我军关系友好。其指挥部设在横山县的波罗堡，部队分驻在与边区毗邻的石湾、高镇、韩岔等地，官兵因受蒋介石嫡系的监视、排挤而对国民党强烈不满，有争取起义的较好基础。

胡景铎，陕西富平人，旧民主主义革命家胡景翼的胞弟，排行老六。他与习仲勋不仅是老乡，还是立诚学校的同班同学，长期与习仲勋和中共西北局保持着秘密来往。

1938年夏，胡景铎任国民党军高桂滋部野战补充营营长，率部途经富平时，中共富平县工委书记邵武轩将40多名义勇军青年交给他，并派共产党员师源（与胡景铎是同乡同学关系）、刘茂坤进入该部，秘密开展统战工作。

胡景铎从小受民主思想的影响，倾向革命，参加过抗日战争，对蒋介石的

习仲勋和胡景铎在立诚学校读书时的教室

消极抗战政策十分不满，多次在前线坚持抗战，结果屡遭排挤，被调离前线。其间，他曾与习仲勋有书信往来，流露出投奔边区参加革命队伍的愿望。因统一战线工作的需要，党组织指示其继续留在国民党军队中，借胡景翼的影响，为抗战效力。

1944 年春，胡景铎担任国民党第 17 军第 252 团团长，驻防甘肃固原。因拒绝执行封锁边区的命令，告假还乡，到关中一带重新组织部队，后出任陕北保安指挥部副指挥。

1946 年 4 月，习仲勋特意将师源从关中分区调到中共绥德地委统战部，专门从事对胡景铎的统战工作。师源回忆道：

仲勋同志站得高、看得远，大局意识强，工作作风一贯雷厉风行。不久，他找我谈心，考虑到一线斗争任务的艰巨性和复杂性，同时我又曾经追随他做了多年的统战工作，情况熟悉，就让我任绥德地委统战部长。这时，他已按照毛主席的指示着手策划国民党军骑六师的起义。我的主要任务是做好驻地国民党骑六师师长胡景铎（胡与习、我在

胡景铎

波罗堡遗址

1928 年前后都是立诚中学同学）的转化工作。按照西北局和仲勋同志指示，我以八路军参谋的身份并以谈判边界纠纷为名开始与国民党骑六师秘密接触，利用我曾经安插进入的骨干分子积极向国民党军连以上指挥官宣传我党的政策，一切准备妥当之后，我报告了西北局。

4 月，师源到达波罗堡，面见胡景铎，传达了中共中央 4 月 12 日关于《要加强自卫战争的准备工作，全党都要抓统战工作》的决定，以及毛泽东、习仲勋希望他率部起义的意见。胡景铎当即表示："跟共产党走，坚决起义。"

习仲勋在听取了师源的汇报后，召集绥德地委常委会议专题研究策动胡部起义问题。决定在胡部先秘密建立党的组织，作为起义的核心力量，制订了"建党建军，准备力量，长期隐蔽，待机而动"的工作方针。

会后，西北局由延属、绥德两分区抽调了 30 余名干部到胡景铎部，联络起义人员，培养起义骨干。6 月，又派统战部范明处长带着习仲勋写在白绫子上的一封亲笔信去波罗堡，向胡景铎传达组织横山起义的决定。谈话中，胡景铎提出加入中国共产党的请求。

为加强胡景铎部的起义进程，经习仲勋请示中共中央，由师源向胡景铎传达了西北局的决定：批准胡景铎、李振华、姚绍文、张亚雄等 7 名起义主要领导者加入中国共产党，习仲勋、师源为胡景铎的入党介绍人，党龄从 1946 年 7 月 1 日算起，无预备期。

胡景铎听后，非常激动，高兴地说："组织问题解决了，我就毫无牵挂

横山部分起义人员合影

了，就一心跟共产党走了。"

范明返回延安后，先后向习仲勋和毛泽东汇报了策反胡景铎部举行起义的情况。毛泽东语气坚定地说："这个起义可以搞了。联防司令部集中六个团的兵力，做好起义的接应工作。"并指示要抓住时机，进一步加强对北线国民党军的统战工作，同时集中兵力组织北线战役，用军事与政治相结合的办法解决北线问题，以便集中力量对付胡宗南集团的大举进攻，并为边区自卫战扩大回旋余地。

7月1日，在习仲勋的主持下，西北局在延安花石砭召开常委扩大会议。习仲勋传达了毛泽东的指示精神和党中央北线作战的意图，决定派范明直接同胡景铎协调起义的具体计划和行动方案，并成立了北线战役指挥部。由陕甘宁晋绥联防军代司令员王世泰和副政委张仲良分别担任正副指挥，负责制订战役作战方案，指挥作战。

会后，习仲勋向中共中央、毛泽东呈递了一份北线战役方针和计划的书面报告。9月2日，毛泽东批示："即所定方针去做。"

中旬，范明再次来到波罗堡，向胡景铎传达了中共中央对形势的分析和西北局关于组织横山起义的决定。胡景铎表示绝不辜负党的信任，绝不做蒋家王朝的"一捧黄土"。二人商定了起义实施的十条计划：

（1）起义日期为1946年10月10日；（2）起义部队番号称西北民主联军骑兵第六师；（3）在起义部队中建立党的组织；（4）起义后的干部任职名单；

横山起义旧址——波罗堡

横山起义旧址

（5）确定了在起义时由我方派出接应部队；（6）拟订了起义的行动方案；（7）决定了起义口号为打回关中去，驱逐胡宗南；（8）制订了起义后的三种方案；（9）起义中的其他具体问题；（10）确定了联络的办法。

　　10月11日，陕甘宁晋绥联防军北线指挥部和绥德地委常委，在响水堡南面召开会议，研究榆横战役的具体部署。会议最终决定：除以绥德分区之地方武装一部，消灭深入边区腹地石湾、麒麟地区反动武装外，联防军北线总指挥王世泰、政治委员张仲良指挥新编第4旅、教导旅1个团、警备第3旅第8团一部、新编第11旅第2团一部和绥德分区、西乌审、三边分区地方部队，共1万余人，分三路向吴庄、镇川、武家坡、横山、响水堡等国民党据点进攻。

　　各部队在战前进行了充分的动员和准备工作，拟订了战斗立功计划和战斗

横山起义纪念碑

保证计划，明确了策应国民党军起义，保卫陕甘宁解放区的重大意义。新编第4旅等部还利用行军间隙，学习了南线出击总结的战斗经验。

12日深夜，驻守横山东南交通要点石湾的国民党保安第9团第1大队官兵率先举行起义，配合绥德分区部队夺取了全城。

13日凌晨，联防军各部队兵分三路，向榆林、横山地区的国民党军发起进攻，相继攻占了薛家寨、大理河沿岸的麒麟沟等地，并扫除了武家坡、横山国民党军外围据点。

联防军在东西两侧的军事行动，为胡景铎起义创造了极为有利的条件。按照预定计划，胡景铎率国民党陕北保安指挥部及保安第9团1个大队、第22军3个连及新编第11旅一部千余人，在石湾以北的波罗堡，高举起反内战的大旗。

当晚，绥德分区1个营自石湾进抵高镇外围。国民党保安第9团团副秦悦文率驻守高镇及外围吴家园子等据点的各部700余人起义。海流兔庙、五龙山、韩家岔等地附近据点的小股国民党军闻讯后，亦相继举行起义。

14日，联防军攻占镇川、武家坡、鱼河堡、吴庄、兴隆寺、旧寨、安崖地等地。15日再克万佛洞、乌龙山。

与此同时，教导旅第1团攻击横山城未克，后派人进行政治争取。在联防军强大的军事攻势下，横山守军国民党新编第11旅第1团团部及1个营共300余人于16日投降。

横山既克，联防军集中兵力围攻无定河南岸国民党军唯一残留据点——响水堡。驻守榆林城的邓宝珊急令国民党第22军副军长胡奎僧（胡景通）率2个营火速增援。

20日，援敌进至白家岭地区。联防军以一部兵力监视响水堡守军，迅速集中主力北移包围援敌。激战4个小时，除胡奎僧率数人脱逃外，其余援敌在无定河北岸悉数被歼。

21日，联防军攻克响水堡。至此，无定河南岸地区全部解放。鉴于榆林城内敌军已加强防范，而胡宗南部在南线有发动大规模进攻的迹象，中央军委决定放弃原定的攻击榆林的计划，命令北线部队除留下一部巩固榆横地区胜利成果外，主力立即转头南下，加强南线防御。榆横战役胜利结束。

此役，中共西北局和联防军在中共中央、中央军委的正确领导下，执行了党的统一战线政策，争取进步力量，打击反动势力。国民党榆林邓宝珊部起义2100余人，被俘与被迫投降1000余人，连同战役前起义投诚及地方武装在边沿地区积极战斗的结果，使陕甘宁解放区北线国民党军损失45个连7000余人，粉碎了国民党军袭扰陕甘宁解放区，企图吸引解放军主力于北线的阴谋。同时，解放了无定河以南约5000平方公里、12万人口的广大地区，巩固了边区北部防线，建立了榆横新区民主政权，为集中主力于南线对付胡宗南集团创造了有利条件。

胡景铎率部起义后，改编为西北民主联军骑兵第6师。胡景铎任师长，部

横山起义部队改编为西北民主联军骑兵第6师。图为中共中央西北局领导接见骑6师领导干部（左2曹力加，左3张德生，左4胡景铎，右3习仲勋）

延安枣园中共中央小礼堂

参加横山起义的部分领导干部在延安交际处合影。前排自左至
右：李振华、张午、范止英、范明、胡景铎、师源、姚绍文，后
排左2魏茂臣、左3张亚雄、左4杨汉三

队列入联防军序列。

12月中旬，起义部队到达延安，受到中国共产党和边区人民群众的热烈欢迎。22日，周恩来、朱德看望了起义部队。24日，中央军委在枣园小礼堂举行了骑6师营以上干部参加的欢迎会。

毛泽东在讲话中高度评价了这次起义，指出：起义给西北的旧军队指出了一条光明大道。

会上，毛泽东还风趣地对胡景铎说了句后来流传很广的话："景铎同志，你能在敌强我弱的情况下，下邓宝珊的船，上习仲勋的船，你这个道路选择的是正确的。"

胡景铎等起义军官激动地连连点头，不停地鼓掌。

毛泽东继续用两只船生动地比喻说："美蒋那只船虽然大些，但是一只破船，一遇风浪就会沉没。我们这只革命的船现在还小些，但是崭新的，能够乘风破浪，胜利前进。欢迎你们下大船上小船，克服困难，将革命进行到底。"

2. 延安保卫战

1946 年 6 月 26 日，国民党军对中原解放区发动大规模的进攻，全面内战爆发了。

俗话说："搬起石头砸自己的脚"。用这句话来形容发动内战的蒋介石，是最恰当不过了。想当初，蒋介石丝毫没把毛泽东领导的依靠小米加步枪作战的"土八路"放在眼里，这怎能与美国盟友"无私"援助的飞机大炮相提

延安《解放日报》刊载的中原军区司令员李先念就国民党军队进攻中原解放区发表的谈话（1946 年 6 月）

毛泽东在延安对中国革命战争进程做出许多科学预见。图为反映
毛泽东等研究军事问题的油画《陕北岁月》

并论，更何况他手里还拥有占绝对优势的、用美械武装到牙齿的 400 多万钢铁
大军。

蒋介石踌躇满志，信誓旦旦地宣称：我可以很负责地告诉大家，在最近 6
个月以内，国军有绝对把握消灭黄河以南匪军所有的兵力，决不让他们有整师
或整旅的存在。

然而 8 个月过去了，到 1947 年 2 月，国民党军虽然占领了解放区的 105 座
城市，但同时也付出了惨重代价，被歼灭 66 个正规旅（师），连同非正规军共
损失 71 万余人，战线过长与兵力不足的矛盾日益加深，能用于第一线作战的机
动兵力只剩下 85 个旅。

与之相反，在解放区人民群众的大力支持下，共产党领导的革命武装力量
越战越强，不断壮大，兵力发展到 137 万人，装备也得到较大改善。

2 月 1 日，中共中央政治局召开会议，讨论毛泽东起草的《迎接中国革命
新的高潮》的党内指示。

时年 54 岁的毛泽东以他卓越的战略家、军事家的才能，透过纷乱的战争烟
云，勾画出中国革命的胜利蓝图。

目前各方面情况显示，中国时局将要发展到一个新的阶段。这个新的阶
段，即是全国范围的反帝反封建斗争发展到新的人民大革命的阶段。现在是它

的前夜。我党的任务是为争取这一高潮的到来及其胜利而斗争。……解放区人民解放军的胜利和蒋管区人民运动的发展，预示着中国新的反帝反封建斗争的人民大革命毫无疑问地将要到来，并可能取得胜利。

蒋介石的日子的确不好过。面对军事、政治、经济的多重失败，蒋委员长焦头烂额、心神不宁。为挽救全面进攻的失败预势，决定收缩进攻的正面，在东北、晋察冀、晋冀鲁豫战场上改取守势，抽调兵力重点进攻山东和陕北两解放区，企图采取钳形攻势：在东面由徐州掠取鲁中烟台地区，在西面攻占延安，实现两翼突破，而后夹击华北，谋求与共军主力决战。

延安是中共中央所在地，被誉为革命圣地，吸引着成千上万的热血青年和爱国人士，一直是蒋介石的眼中钉。此次他把进攻陕北解放区的重任，交给了他的得意门生、心腹爱将——第一战区司令长官胡宗南，命其对"匪军老巢"延安实行"犁庭扫穴，切实占领"。

此时，胡宗南统辖40多个师，总兵力达40余万人，控制着陕、甘、宁、青等数省，人称"西北王"，可谓权倾一时、威风八面。然而，胡宗南所部却遭到重创：在晋南临汾外围战中，胡宗南赖以起家的"天下第一"——整编第1旅全军覆灭，中将旅长黄正诚被俘。

1947年3月10日，苏、美、英、法四国外长会议将在莫斯科召开。为捞取政治资本，争取国际支持，蒋介石把胡宗南召回南京议事。

2月上旬，胡宗南飞赴南京。蒋介石迫不及待地召见了他，意味深长地

革命根据地延安

胡宗南不负蒋介石"重托"，攻占了毛泽东主动放弃的空城延安。
图为胡宗南陪同蒋介石在延安视察

说："共匪在延安现有兵力不过两万多人，你要集中至少十倍于敌的兵力，一举拿下延安，消灭共产党中央机关，活捉毛泽东，这可是你为党国立的首功啊。"

胡宗南信誓旦旦地向蒋校长打保票："拿不下延安，学生甘受军法！"

回到西安后，胡宗南冥思苦想，决定首先夺取位于陕甘宁边区南面突出的"囊形地带"，作为进攻延安的军事行动的第一步。

所谓"囊形地带"，是指陕甘宁边区的关中分区，从宜君向南折经同官（今铜川）、耀县（今铜川市耀州区），向西以淳化再向北折经栒邑（今旬邑）至甘肃的正宁，以马栏为中心，宜君、正宁为袋口。

对于这个如同一把尖刀直插入国民党关中地区的"囊形地带"，胡宗南蓄意侵占已久。如今要向延安大举进攻，为便于从陇东、关中和晋南向宜川、洛川一带安全集结兵力，消除进攻延安大军左侧背的威胁和保证后方补给线的安全，就必须首先夺取这一地带。胡宗南指定整编第29军负责进攻"囊形地带"。

时任国民党整编第29军少将参谋长的文于一回忆道：

胡宗南事先命我拟订作战方案，随即于2月9日清晨乘专车来到三原整编第二十九军军部，召集参加对"囊形地带"作战部队旅长以上的将领，举行作战会议。……胡宗南主持会议，首先讲话，大意说：我们要消灭共产党，必须首先消灭它的武装力量，要达到这一目的，最重要的是拿下延安，消灭它在陕

胡宗南部攻占延安后将当地的壮丁集中训练

甘宁边区的主力军，摧毁它的首脑机构。我相信可以在两个月内解决陕甘宁边区的军事问题，六个月内消灭整个共军，解决全国对共军作战的军事问题。现在决定先夺取"囊形地带"。这一战关系尔后我军向延安进军能否顺利进展，希望大家努力达成任务。

2月14日，随着胡宗南一声令下，整编第29军第36、第76师各一部及第17师第12、第48旅，从东、南、西三面向"囊形地带"大举进犯。

胡宗南满以为此战万无一失，必会大获全胜，谁知"偷鸡不成反蚀把米"。陕甘宁边区部队避敌锋芒，主动撤出马栏，随后诱敌深入，在西华池一带痛歼胡宗南嫡系精锐整编第48旅，击毙旅长何奇。

28日，胡宗南召集手下诸将开会，商讨进攻延安的具体部署。最终决定调集34个旅25万余人，围攻延安，摧毁中共中央机关、人民解放军总部，消灭陕甘宁解放区部队于黄河以西，或逼过黄河，而后会同华北国民党军将其歼灭于黄河以东地区。具体部署为：

以胡宗南部整编第1、第29军和整编第15、整编第38师各一部共15个旅14万人，由洛川、宜川一线向北，担任主攻；整编第10师第10、第85旅，整编第76师新编第1旅，整编第17师第84旅和整编第36师第28旅等共5个旅担负守备任务。

以西北行辕副主任马步芳、马鸿逵部整编第18、第81、第82师共12个旅5.4万余人，由宁夏银川、同心和甘肃镇原一线，向东进攻。

胡宗南部攻占延安后的杨家岭

保卫延安的西北野战兵团一部

  以晋陕绥边区总部主任邓宝珊部第22军2个旅共1.2万人，由榆林向南进攻，配合夺取延安。

  另外，从郑州、太原、西安等地抽调作战飞机90余架，由空军副总司令王叔铭亲自指挥协助进攻陕北解放区。

  此时，陕甘宁边区的人民解放军仅有第358旅、独立第1旅、新编第4旅、教导旅等4个野战旅约1.7万人，以及警备第1旅、警备第3旅、警备第4旅、骑兵第6师等4个地方旅（师）约1.5万人，而且装备很差、弹药奇缺。

  形势万分严峻。3月2日，中共中央书记处召开会议，研究决定"必须用坚决战斗精神保卫和发展陕甘宁边区和西北解放区"，以从战略上配合其他解

2. 延安保卫战

放区作战。为此，急调晋绥军区第2纵队王震部2个旅近万人，自吕梁地区西渡黄河，集结于延长附近，加入西北人民解放军序列；西北人民解放军充分利用陕北有利的地形条件和群众基础，诱敌深入，与敌周旋；必要时放弃延安，采用"蘑菇战术"，牵制胡宗南集团主力于陕北战场，陷敌于十分疲惫、缺粮的困境，抓住有利战机，集中绝对优势兵力在运动中各个歼敌，以时间空间换取敌我力量的逐渐改变，最终夺取西北解放战争的胜利。

6日，中央军委电令晋冀鲁豫野战军第4纵队司令员陈赓、政治委员谢富治及太岳军区司令员王新亭，立即率部出击胡宗南集团侧背，配合延安保卫战。

7日，中央军委电令晋绥军区司令员贺龙尽量支援炮弹，用汽车运送军用物资；同时电令陕甘宁野战集团军司令员张宗逊，在现有防线基础上于劳山与三十里铺之间、南泥湾与三十里铺之间及其以东地区，加筑第三道防线。

8日，中共中央在延安召开战斗动员大会，中央军委副主席彭德怀亲自作动员。10日，他又赶赴南泥湾、金盆湾、临真、枸县（今富县）等地视察守备部队，传达中央军委的决策，具体研究抗击国民党军的部署。

教导旅旅长兼政治委员罗元发向彭德怀汇报：战士们保卫党中央、保卫毛主席的决心很大，就是子弹太少，平均每支枪还不足10发，但坚持5天没有问题。

彭德怀指示："要尽可能阻击，给敌以杀伤，但不死守，争取防守一星期，使中央机关撤出延安有充裕的时间。"

战士们群情激昂，"保卫党中央！保卫毛主席！保卫延安！保卫边区！保

西北野战部队某部召开保卫延安动员大会

卫胜利果实！"的口号声此起彼伏，震天动地。

时任新编第4旅副旅长的程悦长回忆道：

三月十日下午，我们新四旅所属的十六团突然接到命令，星夜开赴延安，准备歼灭胆敢空降的敌人伞兵。

这时，延安早已开始了有组织有秩序的疏散，医院、学校、商店都撤退了，群众正进行坚壁清野；但是看外表，延安的模样并没有什么改变，宝塔巍然屹立，延水悠悠长流，民兵整队操练，驮骡运送物资，还有人赶着毛驴往地里送粪。一切井井有条，从容不迫。熟人见面，第一句话就是："毛主席还没走哩！"以此互相鼓励。这一句简短的话，充分地体现了人民对领袖的依赖和必胜的信念。有毛主席在，人们心里就更踏实，任何艰辛困苦也能承担得起，一切都会好起来。然而却也给我们增加了心事：担心领袖的安全。

11日，胡宗南在洛川召集旅以上军官开会，宣布进攻延安的作战计划：

以董钊的整编第1军率领整编第1、第27、第90师为右兵团，由宜川经南泥湾、金盆湾向延安进攻，占领延安东北地区；以刘戡的整编第29军率领整编第36师和整编第76、第17师各1个旅，由洛川经牛武镇、清泉镇向延安进攻，占领延安西南地区；整编第76师2个旅为总预备队，集结于洛川，进攻开始后，随右兵团后尾前进，策应两兵团作战。

时任西安"绥靖"公署前进指挥所中将主任的裴昌会回忆道：

战士们帮助群众坚壁清野准备撤离延安

11日胡宗南下达作战命令,要旨如下:11日晨各就现地攻击前进,整编第一军之九十师(在右)、二十七师齐头前进,经临真镇、金盆湾向延安以北迂回攻击;九十师并派有力一部向延长方面进击,掩护军之右侧背,第一师在九十师后跟进。整编第二十九军之十七师在鄜县以北占领阵地掩护军主力沿咸榆公路攻击前进后,继续在后跟进,迅速攻占甘泉县北劳山制高点,随即策应右翼军作战,并钳制敌主力于延安以南地区,使右翼军迂回攻击容易奏功,以期在延安附近举歼敌人。

同日,毛泽东以中央军委主席的名义,发布关于保卫延安的作战命令:边区部队迅速调整部署,组成3个防御兵团。第1纵队和警备第3旅第7团组成右翼兵团,教导旅和第2纵队组成左翼兵团,新编第4旅为中央兵团兼延安卫戍部队。并明确边区一切部队,统归彭德怀和中共西北局书记习仲勋指挥。

为了保卫延安和迟滞国民党军的进攻,习仲勋与张宗逊一道指挥陕甘野集团军在延安南部地区依托横宽约90公里、纵深三四十公里,共有三道防线的野战防御阵地进行机动防御。具体部署为:

以教导旅及警备第3旅第7团共5000余人的兵力,组成第一、第二防御集团,于延安以南临真镇、金盆湾及牛武、茶坊地区,在延安军分区独立团和民兵游击队的配合下,实施运动防御,坚决阻击敌军的进攻;以新编第4旅及驻陕甘宁边区的晋绥军区第1纵队(辖2个旅)担任总预备队,配置在第三道防线鄜县西南地区待机;延属军分区独立团及民兵和游击队,积极开展游击战争;南线部队进行机动防御,节节抗击;驻延安的党政机关及群众立即紧急

国民党军进犯延安的必经之地南泥湾

延安保卫战遗址——金盆湾

疏散。

12日，朱德、刘少奇等率一部分中央机关人员自枣园北上子长县的王家坪，毛泽东、周恩来搬到延安王家坪解放军总部办公。

对于中共中央决定放弃延安、转战陕北，不仅广大干部战士想不通，就连许多高级领导也担心党中央和毛主席的安全。时任中央书记处办公室主任的师哲回忆道：

在延安保卫战打响后的一天晚上，我特地从枣园骑马急行几十里赶到王家坪去见毛主席。我忧心忡忡地问主席备战工作到底应该怎样做？一定要疏散吗？可否设法保住延安而不撤退？主席点燃了一支烟，转过来微笑着打开了话匣子：你的想法不高明，不高明。不应该拦挡他们进占延安。你知道吗？蒋介石的阿Q精神十足，占领了延安，他就以为自己胜利了。……延安既然是一个世界名城，也就是一个沉重的包袱。他既然要背这个包袱，那就让他背上吧。而且话还得说回来，你既然可以打到延安来，我也可以打到南京去。来而不往非礼也嘛。

毛泽东还说："我们在延安住了十几年，都一直处在和平环境之中，现在一有战争就走，怎么对得起老百姓？所以，我决定和陕北老百姓一起，什么时候打败胡宗南，什么时候再过黄河。我不离开陕北，还有一个理由，现在有几个解放区刚刚夺得主动，如果蒋介石把胡宗南投入别的战场，那里就会增

转战陕北前夕的毛泽东（1947）

加困难。中央留在这里，蒋介石就会多下些本钱。这样，咱们负担重些，就能把敌人拖住，不让他走，最后还要消灭他。"

新编第4旅来到延安后，毛泽东在王家坪的窑洞里接见了团以上干部。程悦长回忆道：

初春天气，仍有余寒。背阴地，还堆着积雪。我们顺着延河，到了王家坪。虽然我见过毛主席好多次，然而在敌人即将兵临城下的时刻，又一次亲聆主席的教导，使我感到难言的激动。原来听说白天大轰炸，河滩上飞来好几块石头，把主席院里的老槐树削去了一大块皮。但当我们来到的时候，这里已经收拾得整整齐齐的了。……主席开始询问部队情况。旅政委黄振棠同志回答说，部队经过西华池战斗，武器、弹药都得到了补充，战士们坚决表示要狠狠打击进犯的敌人，哪怕战到最后一人，我们也要保卫延安，保卫党中央，保卫毛主席。主席听到这里，点头微笑着说：这个决心很好啊！延安是要保，我们搞军队工作的同志要有这个决心和勇气，才能打胜仗，现在要给全体同志讲清楚这个道理。我们在这里住了十年，挖了窑洞，种了小米，学了马克思列宁主义，培养了干部，指导了全国革命，全中国、全世界都知道有个延安，不能不保，但是延安又不可保。于是毛主席又反复说明，作战不在于一城一地的得失，主要是消灭敌人的有生力量。主席以第二次国内革命战争和抗日战争时期的史实为例，作了详细的阐述：在反五次"围剿"时，我们有些同志，把不放弃一寸土地的政治口号用在战术上，不管自己的力量大小，和敌人生杀硬拼，这是错误的。寸土必争是对的，但是要看怎样争。主席又接着说："存人失地，人地皆存；存地失人，人地皆失。"这是个显而易见的真理。

13日，国民党军左、右两兵团11个旅8万余人，在数十架飞机的配合下，

毛泽东在讲述战略撤离延安的道理

以密集队形实施多路攻击。胡宗南亲自到洛川坐镇指挥，狂妄叫嚣"三天占领延安""三个月聚歼共党于陕北"。

对于当时的战场情况，习仲勋曾用这样的语言描述："枪炮声震耳欲聋，敌机轮番不息地轰炸延安，遍地烟火升腾。"

面对敌人的疯狂进攻，教导旅和警备第7团等部在"保卫党中央，保卫毛主席"的战斗口号鼓舞下，依托山地、梢林、断崖、陡壁构筑的野战防御阵地，组织防御，交替掩护，顽强抗击。延属军分区的民兵、游击队埋设地雷、破坏道路，配合部队开展游击战和爆炸运动。

就这样，转眼三天过去了，国民党军仍被阻滞于马坊、南泥湾、麻洞川一带。胡宗南急得如同热锅上的蚂蚁，董钊和刘戡报告称：共军坚壁清野，找不到任何食物，也得不到关于共军的任何情报；共军占据有利地形，采取"节节撤退、节节抵抗"战术，国军重型武器优势无法发挥，加之阵地前遍布雷区，每前进一步都要派工兵进行扫雷，又经常受到民兵袭击，分不清共军主力；国军伤亡惨重，人心惶惶，前进缓慢。

延安保卫战打响后，中共中央和毛泽东高瞻远瞩，决定主动放弃延安，但仍留在陕北，指挥全国解放战争。

16日，中央军委决定撤销陕甘宁野战集团军番号，将所有陕甘宁边区境内的野战部队和地方武装，统归军委副主席彭德怀和西北局书记习仲勋指挥。同时成立西北野战兵团，彭德怀任司令员兼政治委员，张宗逊任副司令员，习仲勋任副政治委员，下辖教导旅、新编第4旅及第1纵队所属第358旅、独立第

进攻延安的胡宗南部战车营

1 旅和第 2 纵队所属第 359 旅、独立第 4 旅，共 6 个旅 2.6 万人。另以警备第 1 旅、警备第 3 旅、新编第 11 旅、骑兵第 6 师等 4 个地方旅 1.6 万人，组成陕甘宁边区地方兵团。

当日，正在延安以南前线指挥部的习仲勋接到中共中央和毛泽东的急电，令他星夜回延安。习仲勋立即策马疾驰，于 18 日赶到了中央军委驻地王家坪。

彭德怀交给习仲勋一封毛泽东的亲笔信。信中指示习仲勋与彭德怀一起指挥西北野战兵团，迅即成立中共西北野战兵团前线委员会，并指出："延安我们不守，让敌人把这个包袱背上，把几十万敌人拖到边区，一直到把它拖垮。只要一个月能消灭敌人一个团，保证三年收复延安。"

习仲勋回忆道：

三月十八日，毛泽东、周恩来同志召集彭总、王震和我，一起研究了撤离延安后我军的作战问题。毛泽东同志客观地分析了敌人的兵力、装备上的绝对优势，和陕北群众基础好，地形复杂，回旋余地大，便于我军机动作战的有利条件，胸有成竹地提出了诱敌深入，陷敌于十分疲惫、十分缺粮之困境，然后抓住有利战机，集中优势兵力，在运动中逐个加以歼灭，牵制胡宗南集团主力于陕北战场的作战方针；并且研究了兵力的具体部署和在青化砭打伏击战的意图。

此时，国民党军在付出巨大代价后，已进抵甘泉县麻子街至金盆湾一线，

位于金盆湾村的西北野战兵团某部指挥所

随即改变战术，谨慎推进。

位于延安东南90余里的金盆湾，是敌人进攻延安的必经之地，战略位置十分重要，由教导旅负责防守。战前，彭德怀专程赶到金盆湾，对罗元发说："你们教导旅要想尽一切办法，争取守一个星期。你们防守的时间长，党中央和延安机关、群众就能安全转移。"

罗元发响亮地回答："保证完成任务！"

残酷的阻击战打响了。进攻金盆湾的是右兵团整编第90师。师长陈武倚仗空中飞机支援和地面炮火轰击，发起整连整营冲锋。

教导旅阵地上，硝烟弥漫，火光冲天。指战员们依托临时构筑的工事，顽强抗击，一连打退了敌人的数次进攻。

恼羞成怒的陈武亲自组织上百人的敢死队，以每人10块大洋的赏钱，命令敢死队员冲击教导旅阵地。

面对一次次疯狂进攻的敌人，教导旅本来就不充足的弹药很快便所剩无几了，伤亡也不断增大，但官兵们仍以无所畏惧的战斗意志，死死坚守着阵地。

彭德怀、习仲勋即令第1纵队、新编第4旅加入战斗。西北野战部队利用有利地形，实行积极防御，适时组织反击，并利用夜暗灵活出击，袭扰、迟滞国民党军的进攻。

17日，国民党空军又出动45架飞机分别从西安、郑州、太原机场起飞，对延安地区再次进行了疯狂轰炸，一共投下59吨炸弹。

毛泽东在延安枣园窑洞工作

　　延安顿时变成一片火海。轰炸中，一颗重磅炸弹在毛泽东居住的窑洞前爆炸了，巨大的气浪冲进屋里，将桌上的一个热水瓶给冲倒了。而毛泽东仍若无其事地坐在桌前批阅文件。

　　当日，董钊调整部署，以整编第90师为右纵队，沿金盆湾向延安大道以北地区攻击前进；整编第1师为左纵队，在大道以南地区攻击前进；整编第27师为兵团预备队，由临真镇推进至金盆湾，策应兵团作战。

　　在猛烈的炮火及飞机掩护下，国民党军以密集队形向新4旅九股山阵地、教导旅2团金盆湾阵地发起攻击。

　　位于金盆湾的西北山，是一个光秃秃圆溜溜的山峰，远看如同一块大磨盘，故当地人称之为磨盘山。它南面是条漫漫的山峰，无险可守；北边是峭壁悬崖，只有打柴的农民凿出的脚窝可以上下，通过一个嵝岘连接后边的山梁；东西两边是黑森森的梢林，从磨盘下一直到沟底，可谓地势险要，易守难攻。驻守此地的是教导旅第1营。时任该营教导员的章零回忆道：

　　战士们刚刚挖好简单的掩体，敌人就在飞机大炮的掩护下，漫山拥了上来。战斗一开始就使人预感到形势不利：作为营的主阵地的磨盘山，面积不大，没有工事，只是仓促挖了些卧射掩体，两挺轻机枪和一个步枪班一共十多人在上面，就已经很稠密了。营指挥阵地和第二梯队只能在嵝岘北边的山梁上，离磨盘山直径不过三百米，但火力恰被磨盘山挡住，不能策应。

在这种孤立无援而又地形不利的情况下，这十几名战士依然打得十分顽强。敌人的凶猛进攻，一次次被击退了。

18日、19日，中共中央、中央军委就准备放弃延安通报各大解放区："万一延安不守，我军行动将更自由，分别消灭敌人的机会也会增加。""我们失去延安虽有某些损失，……而我们若能将胡敌大部吸引在陕甘宁而加以打击消灭，这正便利于其他解放区打击和消灭敌人，恢复失地。"

此时，董钊向所部传达胡宗南的指示"首先攻入延安的部队，赏法币一千万"，并命令整编第1、第90师全力猛攻。

重赏之下必有勇夫。整编第90师第61旅旅长邓钟梅亲自跑到前线督战。下午，教导旅主动后撤，整编第90师全部进至狗梢岭以西地区，第61旅先头部队距延安只有15里了。

这时，整编第1师的先头部队进至杨家畔地区，落后整编第90师约15里。陈武兴高采烈地对手下人说："这下子我们可以得占领延安的首功了。"

谁知，夜半时分接到董钊的一道命令：九十师在明日午前九时由现在的位置开始攻击，其攻击目标为宝塔山至清凉山之线及其以东地区。

这明摆着是要让整编第1师赶到整编第90师前面，首先进入延安城。陈武气得破口大骂："我们九十师从17日起连续两天担任强攻，牺牲很大，而第一师未遇激烈战斗，并且行动迟缓，落后15里。这时眼看延安唾手可得，却来限制九十师的行动，偏袒第一师要它去立功，真他妈岂有此理！"

中共中央领导人在延安居住的窑洞

《延安保卫战》（连环画）

仗还没打完，就先为争功勾心斗角，闹得不可开交。

18日黄昏时分，延安城里已可清晰听到枪炮声。彭德怀急坏了，因为毛泽东还没有走。

看到彭德怀喘着粗气跑进窑洞来，毛泽东不紧不慢地说："不要紧，来得及。大路朝天，各走一边。他走他的，我走我的。他在那个山头，我在这个山头，怕什么呀？"

彭德怀也有些火了，对警卫排长下了死命令："主席再不走，你们弄副担架，抬也要把他抬走。"

此时，延安的党政机关、学校已安全转移，群众也疏散完毕。在大家的一再劝说下，毛泽东率中央机关和人民解放军总部，依依不舍地告别了居住十年的延安。

临行前，毛泽东对彭德怀说："胡宗南占领延安，也挽救不了蒋介石灭亡的命运。"习仲勋亲身经历了中共中央和毛泽东最后撤离延安的那一刻：

傍晚，太阳下山了，前委的同志到王家坪毛主席住处，只见他在院子里来回踱着，仿佛在思考什么。大家着急地催促道：主席，您走吧！毛主席连声说：走呀！？现在就走！？我说：当然要走，您不走我们不放心，敌人已进到延安附近，再不走，路被截断，就不好过去了。毛主席一直坚持到最后，才离开延安。

一批国民党军士兵在陕甘宁边区政府前升旗，以示"光复延安"

　　这样，经过 6 个昼夜的激战，西北野战部队以 5000 余人的少量兵力，抗击了国民党军 8 万之众的疯狂进攻，以伤亡约 700 人的代价歼敌 5200 余人，胜利完成了掩护中共中央、中央军委和其他机关、学校的转移与疏散群众的任务。

　　19 日凌晨 1 时许，整编第 1 师就争先恐后地插到整编第 90 师的攻击正面，向延安城推进。两支部队挤在一条羊肠小道上，人马辎重乱作一团。直到下午 2 时，整编第 90 师才登上宝塔山。

　　时任国民党整编第 90 师少将副师长的任子勋回忆道：

　　纵目望去，可以望见延安老城的西山顶上、城西南的高地上及延水以北的清凉山上，只有解放军少数掩护部队在活动，宝塔山的西南角下，有断断续续的机枪声。陈武用望远镜向各山头瞭望了一遍，意味深长地叹了一口气说："过去有人出胡宗南的洋相，说他只是个做连长的材料，今天我看董钊的才能，只配当一个排长，不配做军长，更不配做兵团司令。今天如果敌方有一支强大部队进行反击，我看在延安城下非闹出大笑话不可。"说毕便令五十三旅和六十一旅即刻徒涉过延水，占领清凉山。

　　下午 3 时，整编第 1 师占领了空无一人的延安城。时任国民党陆军总司令部徐州司令部郑州指挥所中将主任的范汉杰，此时正在西安"专任蒋介石和胡宗南之间的中继电话的传达和联络等事"，他回忆道：

2.
延安保卫战

到达延安采访的中外记者

（胡宗南军）虽已按计划于 19 日中午攻入延安，但沿途并没有损害解放军多少毫毛，而所得到的却是一座彻底坚壁清野的空城，连一个老百姓也找不着。至于解放军的野战部队，共产党中央和边区政府等机关的人员，则更是根本不知道他们向哪儿去了。董、刘两军进出于延安以北的东西线上，四顾茫然，一点情况也摸不着，竟不知今后应如何行动才好。此时，胡宗南则忙于大吹特吹，说什么经过七昼夜的猛烈战斗，整编第一师整编第一旅在摧毁敌之坚强顽抗后，于 19 日中午首先进入延安，共俘敌 5 万余人。

"捷报"传来，国民党陕西省主席祝绍周立即命令西安市的商店、居民一律要在当天晚上悬挂国旗，燃放鞭炮，以庆祝"陕北大捷"。

正在南京城召开国民党三中全会的蒋介石也难以抑制兴奋和激动，神采飞扬地宣布："我可以向大家保证，再用三个月，我们就可以彻底消灭共匪，实现真正的和平！"

国军"光复延安"，蒋介石龙颜大悦，授予胡宗南"二等大绶云麾勋章"，并发贺电：

宗南老弟：

将士用命，一举而攻克延安，功在党国，雪我十余年来积愤，殊堪嘉尚，希即传谕嘉奖，并将此役出力官兵报核，以凭奖叙。戡乱救国大业仍极艰巨，

望弟勉旃。

中正

　　既然是空前大捷，南京国防部发动所有的新闻工具进行大肆宣传，并组织京沪一带的中外记者前往西安参观战绩，采访战地新闻。

　　这下，胡宗南着急了，立即召集"绥靖"公署有关处长以上人员举行紧急会议，积极进行准备，首先研究确定让这些记者到哪里参观。大家认为前方易于捏造情报，以在延安现地参观较为稳妥。

　　胡宗南当即指定"绥靖"公署第2处处长刘庆增、新闻处处长王超凡负责筹备成立一个"战绩陈列室"。

　　二人绞尽脑汁、冥思苦思，决定在延安周围20里内分设10个战俘管理处，从整编第27师中挑选伶俐的士兵1500人，连同在边区乡村抓来的青壮年500多人，混编成几个俘虏队，穿上杂色服装，冒充共军俘虏，并强迫他们按照事先规定的一套"对答"，以应付参观的新闻记者。参观期间，这些"俘虏"每人每天发1元津贴，以示恩惠。由于假俘虏队人数与战报所公布的数目相差悬殊，只好在参观时，临时由各战俘管理处互相抽调来充数。

　　"俘虏"总算是有了，可"缴获"的武器装备又去哪里找呢？不过，这也难不住两位处长：步枪抽调整编第17师的三八式和汉阳造来抵充，轻重机枪则从延安警备部队中抽调。白天将枪支送到"战线陈列室"，晚上再偷偷送回部队。

中外记者团分乘六辆大型美式吉普车，向延安市区疾驶

2.
延安保卫战

胡宗南部将一座中共机关的建筑改为"爱国青年招待所第二院"，所谓"爱国青年"是指被拘押的"战俘"，包括由国民党军官自己假冒的"共军旅长"都被安置在这里，接受国民党的思想教育

中外记者采访中共"高级战俘"

　　为了把这出戏演得更真实些，二人还抽调一部分人力连夜在延安东北延水两岸建造了许多假坟墓，并用木牌标明国军阵亡烈士或共军阵亡人员的姓名。

　　然而，假的毕竟是假的。看似天衣无缝，却难免露出马脚。裴昌会回忆道：

个别头脑比较清醒的外国记者，参观的时候问，这些新式轻重机枪、中正式步枪共产党军队由哪里得来的？作解说的参谋瞠目不知所答，只好支支吾吾。在参观假俘房时，有的记者又问俘虏说："我不是昨天在某一战俘管理处见过你吗？"被问的人，只好挺起胸脯，规规矩矩地立正，因为事前没有教导他们答复这样的问题，他们也就对答不出来。

　　一场闹剧就这样草草收场了。

3. 青化砭战役

　　1947 年 3 月 19 日，国民党军第一战区司令长官胡宗南指挥十几万大军占领了毛泽东主动放弃的延安。

　　"我军经七昼夜的激战，第一旅终于 19 日晨占领延安，是役俘虏敌五万余，缴获武器弹药无数，正在清查中。"

　　读罢胡宗南发来的"陕北大捷"战报，蒋介石高兴得手舞足蹈，除表示"嘉勉"，要亲自到延安视察以外，命令胡宗南尽快"寻找共军主力决战"。

　　胡宗南气焰更加嚣张，认为"共军不堪一击""仓皇北窜"，即令所部整编第 1、第 90、第 36、第 17、第 27 师共 10 个旅，寻找共军主力决战。然而，

国民党军攻入延安的报道

蒋介石以胜利者的姿态进入延安，但没有想到的是两年后他不仅
没有保住延安，竟然连整个大陆都丢掉了

西北野战兵团如同人间蒸发般，消失得无影无踪。

时间一天天过去，蒋介石催促的电话一个接着一个。胡宗南更是心急火燎，仅十几万大军的粮草、弹药补给就成了大问题，只好一次次催促整编第1军军长董钊、整编第29军军长刘戡加强搜索。

董钊、刘戡二人指挥大军，天天在山里转，如同武装游行般，四处扑空，疲惫不堪。时任国民党整编第36师第123旅少将旅长的刘子奇回忆道：

> 胡宗南的整个部队从进入陕甘宁边区以后，就完全处在被动地位，一切行动无形中听从了解放军的调度，胡军被解放军牵着鼻子在陕北高原上、山坳里乱撞乱窜。尤其第三十六师从无定河到三边，从西兰路到古长城，每个角落几乎都窜到过，有的地方还到过三四趟。全军官兵被拖得晕头转向，精疲力竭，逃的逃，伤的伤，死的死，士气一天天低落，战斗力一步步下降。

其实，西北野战部队并没有消失，在中央军委副主席彭德怀和中共西北局书记习仲勋的指挥下，以一部执行牵"牛鼻子"任务，诱敌北上安塞；主力隐蔽集结在延安东北甘谷驿、青化砭等地待机。

21日，独立第1旅第2团1个营在安塞方向大张旗鼓地围着一个山包转圈。远远望去，就像一支大部队源源不断地向前开进。

骄横狂妄的胡宗南果然上当了，错误判断解放军主力位于安塞以东、蟠龙

彭德怀和习仲勋（右1）在研究作战方案

以西地区，立即命令董钊率整编第1军所属第1、第90师共5个旅由延安向安塞方向急进"扫荡"，而后由安塞以北地区向东迂回，企图协同整编第29军围歼西北野战兵团主力于蟠龙以西、延安以北地区；命令刘戡率整编第29军所属第36、第76师共4个旅向延安东北、蟠龙以西地区"扫荡"；命令整编第27师主力戍守延安，该师第31旅由延安东南的临真镇，经松树林、川口、李家渠，前出青化砭。

敌人被成功调动后，彭德怀、习仲勋得到边区群众和侦察员的报告：已进至延安东北拐峁村的第31旅，正在打听前往青化砭的路程，并准备干粮，打算进至青化砭设据点，保障胡宗南主力翼侧安全。

彭德怀、习仲勋决定抓住第31旅孤军冒进之势，在青化砭至拐峁的咸榆公路设伏，围歼该敌。

22日上午，彭德怀、习仲勋致电毛泽东："胡宗南二十一日令三十一旅经川口渡延水，限二十四日到达青化砭筑工据守""我拟以伏击或乘敌立足未稳围歼三十一旅"。

慎重初战，历来为兵家之要。为打好撤离延安后的第一仗，23日，彭德怀、习仲勋带着西北野战兵团旅以上指挥员共十几人，翻山越岭来到青化砭实地勘察地形。

青化砭位于延安东北30余公里处，南北是15余公里长的蟠龙川，延榆公路蜿蜒其中，东西两侧山地起伏，如同一个张开的大"口袋"，既便于隐蔽，也便于出击。在此埋伏布阵，前堵后截，敌人必将插翅难逃。彭德怀当即决定以 6 个旅的兵力在青化砭设伏，利用公路两侧山地围歼第 31 旅。具体部署为：

第 1 纵队第 358 旅位于林坪至阎家沟公路两侧地区；第 2 纵队（辖第 359 旅、独立第 4 旅）及教导旅位于房家桥至青化砭以东地区；新编第 4 旅在青化砭以东赵家沟以南高地，利用有利地形隐蔽待机；第 1 纵队独立第 1 旅集结在青化砭西南地区为预备队，并担负对延安、安塞方向的警戒任务，保障主力翼侧安全。

24 日凌晨，参战各部隐蔽进入青化砭预伏地点。刚刚布置妥当就接到情报，第 31 旅已进至拐峁、刘家沟。按路程计算，午后就要到这里。然而，指战员们在冰雪尚未消融的阵地上趴着，一直等到黄昏时分，敌人仍没有出现。有些干部沉不住气了，纷纷从阵地上探头张望。有的说，敌人的主力已经被牵到

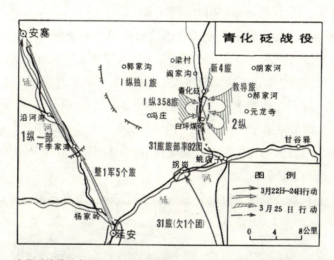

青化砭战役示意图

西北野战兵团战士书写的标语

3.
青化砭战役

安塞，恐怕不会到这里来了；有的说，恐怕是走漏了风声，敌人折返回去了。

彭德怀说："你要掌握敌人的心理嘛。胡宗南是个好大喜功的二杆子。他进了延安城，估计我中央机关的领导人都是中年以上的人，顺公路撤退怕他的汽车追，所以骑着马顺山沟向安塞方向去了，而我军主力隐蔽在延安东北，这是出其意料的。其次，胡宗南虽然是草包，但是占领延安之后要派兵保障侧翼这一点军事常识他还有，要不然他怎么能捞一个陆军上将当呢？何况，他有坦克，有汽车，这陕北唯一的一条公路，他能不要吗？更主要的是，他要捕捉我主力部队，到安塞方向没找到，必然转到这个方向来找。所以说，他一定要来。"

天黑后，侦察员前来报告，第31旅在到达拐峁后即停止前进，疑为补充粮食。战后证实，第31旅确是在川口宿营补给。

彭德怀果断下令各部队暂回原驻地待命，第二天凌晨仍按原计划部署设伏。随后又电令各纵队、旅首长："按二十四日部署坚决执行伏击。必须耐心认真布置，勿因敌一二次不来而松懈战斗准备。"

原来就在这天，第31旅第91团进驻延安东北约30里的安塞，担任延安东北面的警戒。旅部率第92团沿咸榆公路继续北犯，企图一鼓作气进占青化砭。当进至拐峁镇时，探知青化砭附近发现有不少解放军出没，旅长李纪云立即电报胡宗南，请示下步行动。

谁知，正陶醉在"巨大胜利"喜悦中的胡宗南，根本不相信解放军主力会

胡宗南进占延安后，气焰不可一世。图为1947年3月24日，胡宗南在宝塔山下召集军官开会，表彰在攻占延安战斗中的"战斗英雄"

出现在延安东北的青化砭地区，判定这是个假情报，复电斥责李纪云："贪生怕死，畏缩不前，非军人气魄，绝对要按规定北进，迅速占领青化砭，否则以畏缩不前论罪。"

同日，董钊率部由延安出发，兵分两路直扑安塞。其中，整编第1师为左纵队，沿延安、安塞大道前进；整编第90师为右纵队，在大道以北的山梁上运动。时任国民党整编第90师少将副师长的任子勋回忆道：

> 由于道路狭窄，军队骡马过多，运动极为缓慢。尤其九十师在山梁上行动，爬上来、爬下去，有时还要开辟道路，行动更慢。先头部队直到黄昏时分，才到达真武洞以北地区，后尾于深夜才赶到。当晚接到军部通报：两路纵队都未发现解放军正规部队。这五个旅的大"扫荡"，显然是扑了空。

25日，整编第1军按计划向东迂回，朝蟠龙方向前进。行进途中，突然接到胡宗南电令：即日赶回延安。董钊不知发生了什么事情，但既然胡长官下令，自然不敢怠慢，立即命令部队掉转头，向延安疾行。

原来就在这天拂晓，第31旅旅长李纪云率领旅部及第92团由川口、拐峁出发，沿公路北进。10时许，先头部队进至青化砭附近，本队进至石棉羊沟一带，后卫通过房家桥，完全钻入了西北野战兵团预设的伏击地域。

随着三颗信号弹划破长空，西北野战兵团围歼第31旅的战斗打响了。

顿时，枪炮声响作一团，喊杀声震耳欲聋。山坡上冒出数不清的解放军，

青化砭战役旧址

依托有利地形，以猛烈的火力，狠狠地压制着四散逃跑的敌人。在7500米长、200米宽的山沟里，第31旅首尾难顾，乱作一团。

在南面担负断尾任务的第2纵队独立第4旅迅速堵住"口袋"，在北面担负拦头任务的新编第4旅坚决堵住敌人，东西两边山上的第358旅、第359旅、教导旅勇猛攻击，手榴弹和炮弹在敌群中开花。

时任新编第4旅副旅长的程悦长回忆道：

天明，果然来了两架敌机，在头顶盘旋两圈飞走了。情报一个接着一个，敌人出动了，敌人进沟了。将近十点钟，敌先头部队闯进了伏击圈，一个个鬼头鬼脑，还朝半山腰用机枪扫了一阵，进行火力侦察。战士们一动不动，敌人没有发现目标，大模大样地朝前走。我军一万多人，就集结在这一带，吃饭睡觉，竟没有留下丝毫痕迹，说明我军具有高度的纪律性、组织性。由于有广大群众掩护，封锁消息，传送情报，敌人的一举一动我们都了如指掌。敌人得不到群众支持，完全像瞎子一样乱撞乱窜。当敌人全部进入伏击圈时，二纵就在尾部打响了，我们新四旅设伏地点是常家塔，正捏着敌人的脖子。张贤约旅长一声命令："出击！"

在嘹亮的冲锋号中，战士们跃出工事，犹如下山猛虎，冲入敌群，漫山遍野，只见刺刀寒光闪闪。各伏击部队分割穿插，迅速将敌人斩成数截。山高沟深，敌人躲无处躲，逃无处逃，只好等着挨打。时任国民党整编第31旅少将副

彭德怀（左2）、习仲勋（左3）在青化砭战役前线

旅长的周贵昌回忆道：

当时指挥官上山观察时，发现解放军已将第三十一旅团团包围。随即四面八方展开猛烈战斗，不到一个小时已短兵相接，双方互相争夺制高点，至为激烈。第三十一旅旋被解放军的优势兵力包围压迫于沟内。这时解放军复占惠家砭堵住第三十一旅退路。接着石绵羊沟东西山梁全部被解放军占领。第三十一旅在进退不得的时候，企图抢占石绵羊沟西侧山梁，不料上到半山又被解放军压迫下来。解放军沿石绵羊沟和石家圪崂一线山梁，向第三十一旅猛烈攻击，夺占了第三十一旅企图挣扎之抵抗阵地；同时，所有部队以排山倒海之势，东西夹击，南北堵截，将第三十一旅全部压缩于石绵羊沟内。

经 1 个多小时激战，西北野战兵团全歼第 31 旅旅部及第 92 团共 2993 人，生擒少将旅长李纪云、副旅长周贵昌、参谋长熊宗继和第 92 团上校团长谢养民，缴获近 30 万发子弹和大量粮食。

此役，西北野战兵团大获全胜，伤亡仅为 265 人，创造了速战速决的典型战例，取得了撤出延安后的第一个胜仗，狠狠地打击了胡宗南集团的嚣张气焰，极大地鼓舞了陕甘宁解放区军民的斗志。

习仲勋回忆道：

西北野战兵团在青化砭战役中俘虏的国民党军官兵。左 4 为国民党军第 31 旅旅长李纪云

青化砭战役纪念碑

　　枪炮声一响，我们正用望远镜观察时，只见尘土飞扬，战斗却结束了。没有想到结束得这样快，我好像觉得战斗只打了十几分钟。彭总说："打了还不到一小时啊！敌人气势汹汹，可是在眼前这个小小的战场上，我们以绝对优势的兵力压倒了它，在具体战斗中，就得杀鸡用牛刀噢！"这位以严肃著称的将军，这时也抑制不住内心的欢乐，喜形于色，神采奕奕地打着拍子，哼着歌曲。我军退出延安仅仅六天，就在青化砭初战告捷，这是何等振奋人心啊！

　　第31旅旅长李纪云混在战俘队伍中，很快就被清查出来。他双手抚着胸口，哀叹道："就这么完了……真想不到，太快了，太快了！"直到被押下战场时，这位国军少将仍是怔怔忡忡，仿佛在梦游一般。

　　26日，毛泽东致电彭德怀、习仲勋：

　　（一）庆祝你们歼灭三十一旅主力之胜利，此战意义甚大，望对全体指战员传令嘉奖。（二）一三五旅可能向青化砭方向寻找三十一旅，望准备打第二仗。

4. 羊马河战役

1947年3月25日，西北野战兵团主力在陕北延安东北的青化砭地区设伏，全歼国民党整编第27师第31旅旅部及第92团近3000人。随后，西北野战兵团主力转移到蟠龙、青化砭西北地区休整，以部分兵力与敌周旋。

急于寻找解放军主力决战的胡宗南，急令董钊的整编第1军、刘戡的整编第29军共11个旅，由安塞、延安、临真镇出发，兵分三路，采取国民党国防部制订的所谓"方形战术"，即两个兵团排成数十里宽的方阵，行则同行，宿则同宿，经青化砭、甘谷驿、延长向延川、清涧地区进行"大扫荡"。

国民党军第一战区在其作战指示中宣称：要"以主力由延川、清涧地区先

羊马河战役旧址

20 世纪 40 年代的陕北高原

切断黄河各渡口，而后向左旋回包围匪军于瓦窑堡附近而歼灭之"。

27 日，董钊、刘戡两兵团数万之众，浩浩荡荡、密密麻麻地布成纵横二三十公里的方阵，进行拉网式的搜索，希望找到解放军主力决战。当天，董钊兵团到达拐峁村东北，刘戡兵团进至延安东约 25 公里姚店子附近。

面对敌人的新战术，彭德怀、习仲勋清楚青化砭打围歼的战法已不再适用，必须避免与敌主力兵团正面交锋，只有让敌人在运动中露出破绽，再集中优势兵力聚歼之。为此，只有耐住性子，不断疲惫敌人、消耗敌人，迫使其分散，寻找战机。

彭德怀、习仲勋命令第 1 纵队抽出三四个营兵力，以一连至两连为一股，在敌军四面袭扰，断其交通，创造战机。

这下可苦了"扫荡"的国民党军，一路上不走平川大道，专走小路爬高山，逢山搜山，遇岭查岭，还不断遭到西北野战兵团小股部队的袭击，真是一种磨死人的穷追瞎堵。原本只有三日行程，结果竟走了六天。

直到 4 月 1 日，董钊兵团才到达清涧，刘戡兵团则抵达清涧以南地区，仍未发现共军主力，而全军上下人困马乏、疲惫不堪、牢骚满腹，怪话连连："胖的拖瘦，瘦的拖病，病的拖死。"

当晚，董钊、刘戡接到胡宗南命令：立即由清涧折转西进蟠龙以西地区，再向永坪、瓦窑堡一线"扫荡"，迫使西北野战兵团主力北撤；而后与由榆林方面南下之第 22 军，在无定河边的绥德会师。

董钊气呼呼地说："从延安到安塞，又从安塞到延安跑了几个来回，还没休整，就北上清涧，刚到地方，屁股还没有暖热又要走。"

2日，董钊、刘戡各自率部由清涧出发，分别向瓦窑堡、永坪推进。但这次"扫荡"依旧再次扑空，一无所获。

同日，彭德怀、习仲勋就青化砭战役后敌情的变化和我军的作战方针致电中央军委：

敌自青化砭战斗后，异常谨慎。不走大道平川，专走小路爬高山；不就房屋设营，多露宿营；不单独一路前进，数路并列间隔很小。如二十五日青化砭战斗后，二十七日以一二三旅、一三五旅、一六五旅进犯，以两旅沿青化砭、拐峁大道两侧山地，一旅偕行李走。另一师自拐峁以东十余里向岔口北进，九十师在一师左侧，此其一例。以致三面伏击已不可能，任何单面击敌均变成正面攻击。敌人此种小米碨子式的战法，减少我各个歼敌机会，必须耐心长期疲困消耗他，迫其分散，寻找弱点。目前敌军甚疲劳，掉队落伍逃亡日渐增加。为对付敌人此种强大集团战法，拟分散三四个营兵力，以一连至两连为一股（现群众游击战未开始），派得力指挥员在敌前左右后四面袭扰，断敌交通，将敌疲困，使敌不能不分散部分守备交通，达后予打击分散与打援敌之机会。

3日，毛泽东复电彭德怀、习仲勋，表示："敌十个旅密集不好打，你们避免作战很对。"

毛泽东转战陕北，指挥全国解放战争

4.
羊马河战役

045

胡宗南在延安发表演讲，叫嚣要剿灭共军

这时，胡宗南又命令整编第 15 师守备延川、清涧，以第 135 旅守备瓦窑堡，主力于 5 日南撤蟠龙、青化砭休整补充。

5 日，董钊兵团开始北进，当天到达王家湾。刘戡兵团因等候补充粮食，6 日才出发。但出发不久，就在永坪以北地区公路两侧遭到西北野战兵团一部的伏击，整编第 17 师第 12 旅损失 600 余人，进至瓦窑堡至蟠龙大道两侧地区，休整待机。

刘戡惊慌失措，要求董钊回援。7 日，董钊兵团马不停蹄地从王家湾折转南下，于 8 日半夜赶到永坪与刘戡兵团会合。

自青化砭战役后，两兵团在千山万壑间连续行军十几天，行程 400 余里，极度疲劳，且因粮食奇缺，生病和开小差的日益增多，胡宗南只得推迟绥德会师的计划。

10 日，董钊、刘戡两兵团又回到蟠龙补充粮食。时任国民党整编第 90 师少将副师长的任子勋回忆道：

从 3 月 27 日到 4 月 10 日这 14 天中，董、刘率领九个旅由西而东，再由东而西，经过几度回旋，没有找到解放军主力。由于边区人民坚壁清野做得彻底，致使胡军每天只得爬山梁，睡野地，啃干粮，有时还要挨饿，部队拖得筋疲力尽，干部怨言纷纷，士兵开小差和掉队的日渐增多。

这时，胡宗南根据"绥靖"总部无线电测向台的侦察结果，判断西北野战兵团主力位于蟠龙西北地区，即命令董钊、刘戡以 8 个旅的兵力，于 12 日由蟠龙、青化砭地区向西北方向"扫荡"，并以驻清涧的整编第 76 师第 72 团开向瓦窑堡，接替第 135 旅防务，第 135 旅沿瓦窑堡至青化砭大路南下策应，企图围歼西北野战兵团于蟠龙、青化砭西北地区。

彭德怀一直苦苦寻找的战机终于出现了。

毛泽东在转战陕北途中

11 日，毛泽东电示彭德怀、习仲勋："注意侦察，并准备乘该敌移动途中伏击之。"西北野战兵团遂根据敌军分布比较密集、各部相距不远等情况，决心以第 1 纵队第 358 旅和独立第 1 旅伪装主力，集结于蟠龙西北牡丹川、云山寺一线，牵制胡宗南集团主力，诱其向蟠龙西北地区进攻；集中第 2 纵队和教导旅、新编第 4 旅共 4 个旅的兵力在子长县城西南羊马河地区设伏，求歼孤军南下的第 135 旅。

整编第 135 旅的前身为第 135 师，抗战胜利后由鄂西进入江陵、沙市一带接受日军投降，归国民党军第六战区指挥，后编入第 15 军建制。全国内战爆发后，该旅追击中原突围部队至陕南，驻守商县。1947 年 1 月，胡宗南将第 135 旅调至咸阳，后又开赴洛川集结，编入整编第 29 军建制，归刘戡指挥。时任旅长祝夏年因腿部骨折到西安住院治疗，由麦宗禹代理旅长之职。

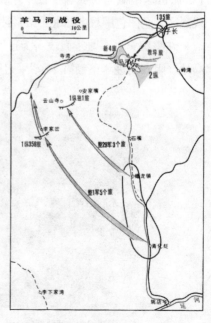

羊马河战役示意图

12 日，奉胡宗南电令，董钊率 5 个旅、刘戡率 4 个旅出动，分别向蟠龙、青化砭西北地区进发，被西北野战兵团第 1 纵队第 358 旅和新编第 4 旅一部阻

4. 羊马河战役

于夏家沟、安家崖底、陈家砭、张喜沟之线。

彭德怀当即决定，除以第358旅在夏家沟、安家崖底、李家岔、上白家坪地区组织防御，吸引整编第1军，以独立第1旅（欠第35团）和警备第3旅第7团在云山寺、元子沟之线及其以北高地，阻击整编第29军，保障新编第4旅侧翼安全外，以新编第4旅由西向东，第2纵队和教导旅由东向西，夹击第135旅。

为不暴露作战意图，彭德怀命令伏击部队让出第135旅可能经过的高地，务必诱其前进。在旅以上干部作战会议上，他特别强调：一是要坚决阻住南线敌军主力的进攻，不让其与第135旅会合。二是要速战速决，不能拖延时间，否则敌人主力增援上来，不但不能歼灭第135旅，自己还可能陷于腹背受敌的困境。

13日，佯装西北野战兵团主力的第358旅在"每天只让敌人前进五至十里"的命令下，采取运动防御，节节抗击，终以少量兵力将整编第1军的5个旅顽强阻于李家岔、上白家坪、宋家沟之线及其以南地区。与此同时，新编第4旅也在宋家沟、新庄沟以西高地顽强阻击整编第29军4个旅的进攻。

胡宗南误以为西北野战兵团主力位于蟠龙至子长大道以西地区，遂急令第135旅迅速南撤向右翼靠拢；令左翼整编第1军向三皇峁、孙家湾、龙安镇一线迂回，企图包围聚歼西北野战兵团。

在整编第1军改正面攻击为迂回后，第358旅撤至凉水湾、孙李家沟以北高地，阻其前进。整编第29军主力则被独立第1旅一部和警备第7团阻于云山

羊马河战役中的解放军宣传队

寺、元子沟地区。

此战关系重大，彭德怀亲自来到独立第 1 旅，叮嘱旅长王尚荣："如果能把二十九军阻击于羊马河以南，这次歼敌一三五旅的任务就完成了一半。"

独立第 1 旅与优势之敌激战一天，打退了整编第 29 军的数次进攻，使其一部虽进至羊马河以南，与羊马河仅一山之隔，却始终无法越雷池一步。

围歼第 135 旅的好戏上演了。

14 日晨，第 135 旅受命在瓦窑堡南部集结完毕后火速南下执行夹击任务。麦宗禹求功心切，采取战备行军方式，以第 405 团为前卫，1 个营为左侧卫，旅部、特务连、通信连、工兵连、化学炮连、第 404 团、辎重营及卫生队等为行军主队，第 404 团的 2 个连担任右侧卫和后卫，沿子长、蟠龙公路两侧高地向南急速行军。

9 时许，第 135 旅旅部到达三郎岔以北地区，前锋与西北野战兵团担任诱敌任务的小分队接触，且战且进。当第 135 旅进至羊马河西北高地时，早已埋伏在岭湾、黑山寺地区的第 2 纵队和教导旅，埋伏在李家川、安家嘴一线的新编第 4 旅，突然发起猛烈攻击，缩小包围圈，形成了 4 个旅围歼 1 个旅的绝对优势。

第 135 旅惊慌失措，前进不能，后退无路，顿时乱了阵脚。麦宗禹见势不妙，急忙命通信连架设电台，与延安指挥所取得联系，报告遭伏击情况，请求火速派兵救援，同时令第 405 团占领三郎岔以北的河川东山，掩护旅主力向蟠

羊马河战役战场遗址

龙攻击前进，待旅主力通过后立即脱离现场；第404团以1个营向蟠龙方向攻击前进，与旅主力保持联系；第404团其余2个营占领三郎岔以北的河川西山各制高点，巩固加强现有阵地；旅部设在西山的半山坡上。

然而为时已晚，西北野战兵团决定采取分割围歼之战法，首先歼灭东山的第405团。其中，以教导旅由东向第405团阵地正面攻击，独立第4旅由东南及南面攻敌右侧并以一部断敌南逃之路，第359旅主力由东北及北面攻敌左翼，新编第4旅从正面向西山之敌发起猛攻。

西北野战兵团各部密切协同，迅速将第135旅分割包围。在解放军猛烈火力打击下，第405团建制混乱，指挥失灵。攻击部队乘势猛扑，一举攻克敌阵地，歼第405团大部。麦宗禹回忆道：

第四〇五团在正面解放军强大的压力下，被迫全部兵力参加战斗。由于兵力悬殊，解放军的攻势异常猛烈，第四〇五团几个山头的阵地相继被解放军攻陷，虽有飞机数架多次轰炸扫射助战，也无济于事。约两个小时后，第四〇五团被全部击溃，绝大部分做了俘虏。

稍加调整后，攻击部队向位于西山的第135旅旅部及第404团发起了猛攻。其中，第2纵队集中炮火猛烈轰击敌阵地，独立第4旅主力从正面攻击，第359旅和教导旅由东向西、新编第4旅主力由西向东攻击。

直到这时，胡宗南才发觉又上了共军的当，一面命令第135旅就地构筑工

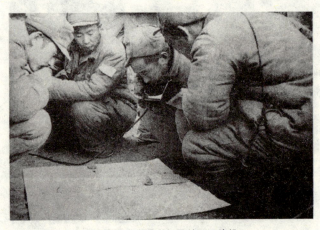

第2纵队司令员兼政治委员王震在部署羊马河战役

事，固守待援，不惜一切代价，拖住共军主力；一面急令董钊、刘戡急速增援羊马河。此时，整编第1、第29军主力虽与第135旅相隔数里，但被第358旅和独立第1旅死死地阻于蟠龙西北李家岔、云山寺一线，动弹不得。

此时，在解放军的强烈攻击下，第404团渐渐支撑不住。激战至16时，西北野战兵团攻占了第135旅在三郎岔西山的最后阵地，残敌由李家嘀哨跳沟逃窜，被独立第4旅分头截击，大部被歼。

麦宗禹眼看大势已去，换上便装，同身边几名警卫人员想夺路逃跑，却被教导旅第1团第7连连长陈忠绪带几名战士追上俘虏了。许多年后，麦宗禹回忆道：

在路边没有停多久，就见到了王震司令员、王恩茂副政委，互通姓名，一如朋友相见。随即他们率部队向东先进，我也跟着同行。傍晚，到达一个小村庄的一间民房内，和他们一起吃晚饭，当晚我被安排在一个土炕上与王司令员、王政委睡在一起。当时我在想：在前数小时，双方以步、炮兵战斗厮杀，现在像朋友一样，共产党人的伟大胸怀真令人非常敬佩。这戏剧性的故事，可能有人不相信，但这是事实，在我的一生中是永远不会忘怀的。

习仲勋回忆道：

我军猛扑上去，打了羊马河一仗，歼敌近五千人，活捉敌一三五旅旅长麦

解放战争时期的习仲勋与乌兰夫、王维舟、马明方在一起（右起）

4.
羊马河战役

宗禹等。虽然敌之接应部队的重兵就在眼前，但彭总巧妙地让我军一部分把敌人主力九个多旅吸引到战场以西。因此，敌主力部队在距我军数里之遥的山头上，眼看着我军缴枪、捉俘虏，也无可奈何。这一仗，离青化砭之捷不到二十天。

此役，西北野战兵团以伤亡479人的代价，毙伤俘国民党整编第76师第135旅4700余人，首创了陕甘宁边区保卫战以来，解放军在一次战斗中全歼国民党军1个整编旅的范例，被称为"虎口夺食"。

15日，中共中央在向各战区通报羊马河战役时指出："这一胜利给胡宗南进犯军以重大打击，奠定了彻底粉碎胡军的基础。这一胜利证明，仅用边区现有兵力（六个野战旅及地方部队），不借任何外援即可逐步解决胡军。这一胜利又证明忍耐等候、不骄不躁可以寻得歼敌机会。"

同日，中央军委、毛泽东在总结西北野战兵团前段作战经验的基础上，发出了《关于西北战场的作战方针》的指示："目前敌之方针是不顾疲劳粮缺，将我军主力赶到黄河以东，然后封锁绥德、米脂，分兵'清剿'。……我之方针是继续过去的办法，同敌在现地区再周旋一时期（一个月左右），目的在使敌达到十分疲劳和十分缺粮之程度，然后寻机歼击之。"

新华社也发表了题为《战局的转折点——评蒋军135旅被歼》的社论，指出："135旅的全部歼灭是西北战局的转折点，同时就是全国战局的转折点。"

任子勋回忆道：

胡宗南部攻占延安后，高级军官与前来采访的记者团主要成员在延安机场合影

一三五旅被歼后，胡军的气焰已不像过去那样嚣张，士气日益低落，厌战情绪日益增长，下级干部内心产生这样一个问题：战争打到何时为止？高级将领们口头上高喊"剿共"，内心里却是惧怕解放军，同时，对胡宗南的指挥也渐渐失去了信心。

4.
羊马河战役

5. 蟠龙战役

　　羊马河战役结束后的第二天，1947 年 4 月 15 日，毛泽东向彭德怀、习仲勋发出《关于西北战场的作战方针》的电报，指出：

　　敌现已相当疲劳，尚未十分疲劳；敌粮已相当困难，尚未极端困难……我之方针是继续过去办法，同敌在现地区再周旋一时期（一个月左右），目的在使敌达到十分疲劳和十分缺粮之程度，然后寻机歼灭之。我军主力不急于北上打榆林，也不急于南下打敌后路。应向指战员和人民群众说明，我军此种办法是最后战胜敌人必经之路。如不使敌十分疲劳和完全饿饭，是不能最后获胜

胡宗南与蒋介石的英文秘书沈焕昌在延安合影

胡宗南部进占延安后的情景。图为延安新市场，墙上可见国民党军书写的标语

的。这种办法叫"蘑菇"战术，将敌磨得精疲力竭，然后消灭之。

占领延安仅仅过了一个月，胡宗南就在青化砭、羊马河连输两阵，损失了两个旅，真是又气又急，急令董钊率整编第1军、刘戡率整编第29军转向东进，企图围歼西北野战兵团于子长以南地区。

谁知，西北野战兵团主力在歼灭第135旅后，迅速转移至子长西北及子长至清涧大道以南地区，隐蔽休整。结果，从4月15日至18日，董钊、刘戡两兵团在子长东南地区合围扑空，9旅之众在无人无粮地区盲目"游行"数日，整天里爬山越岭，露宿荒野，给养耗尽，疲惫不堪。

事后，国民党军不得不承认："战斗遂行中，我军因情报搜集无法深入匪区，……影响于指挥及部队间之行动不小。"而共军"始终凭借其严密之情报封锁，灵活之小后方补给，以避实击虚，钻隙流窜……不行主力决战。尤以陕北原已人烟寥落，匪复利用其地方组织，将仅有之人与物等可资利用之力量，全部撤离。使我军行动之区，渺无人迹；行军作战，均发生极大之困难。"

对此，坐镇延安指挥的胡长官也不知如何是好，只得下令命董钊、刘戡两兵团撤回永坪、蟠龙地区休整补充。

19日，西北野战兵团乘敌南撤之机，集中主力在永坪西北之新岔河地区，攻歼整编第29军一部2000余人，随后转至永坪东北地区休整待机。胡宗南部于次日进抵蟠龙地区。

习仲勋回忆道：

蟠龙镇战斗之前，敌主力部队摆成长宽几十里的方阵，铺天盖地地向北扑去。而我野战军指挥机关，就驻扎在这"方阵"当中的一个小山沟里。我们周围山头四面八方都有狂呼乱叫的敌人，大家都很紧张，人人都持枪在手。侦察员和参谋们不断送来十万火急的报告，我焦灼地在窑洞里来回走动。而彭总却若无其事地躺在我身边的炕上，聚精会神地思考着马上就要进行的战斗如何打。

这时，中共中央和陕甘宁边区党政机关的部分工作人员在绥德、米脂以东地区渡过黄河，向山西转移。国民党军统帅部依据空中侦察，判断中共中央及西北野战兵团主力正东渡黄河，遂令胡宗南的第一战区部队急速北上，并令驻守榆林的邓宝珊第22军等部南下，企图南北夹击，消灭共军主力于葭县（今佳县）、吴堡地区，或逼过黄河。

胡宗南自然不敢怠慢，即以整编第1、第29军共9个旅的兵力，于26日由蟠龙、永坪地区分两路向绥德地区疾进。其中，董钊率整编第1师2个半旅、整编第27师1个旅、整编第90师2个旅、整编第38师1个旅为左路，刘戡率整编第17师1个旅、整编第36师2个旅（欠1个团）为右路。整编第76师仍守备清涧、子长、延长、延川一线；整编第1师第167旅（欠1个团）等部守备其补给基地蟠龙。

胡宗南与家人在一起

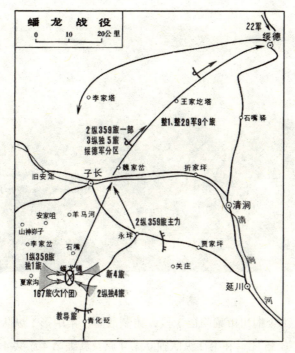

潘龙战役示意图

　　西北野战兵团迅速侦知这一敌情，彭德怀和习仲勋决心将计就计，乘胡宗南集团主力北上绥德，回援不及之机，进攻孤立据点蟠龙。

　　27日19时，彭德怀、习仲勋电告毛泽东："董刘两军二十七日十五时进抵瓦（窑堡）市，有犯绥德模样。""我野战军本日隐蔽于瓦市东南及西南，拟待敌进逼绥德时，围歼蟠龙之敌。"

　　毛泽东复电，表示："计划甚好，让敌北进绥德或东进清涧时，然后再打蟠龙等地之敌。"

　　据此，西北野战兵团迅速调整作战部署：以第2纵队第359旅一部为主，并从每个旅中抽出1个排，配合由晋绥军区西渡之第3纵队独立第5旅和绥德军分区部队，在第359旅旅长郭鹏的统一指挥下，伪装成主力节节抗击敌军主力，向北撤退，沿途故意遗弃一些军需物资，做出仓皇败走的模样，以迷惑敌人放胆北进，而后担任阻击该敌回头南援的任务；以第1纵队独立第1旅第35团、警备第3旅第7团组成南进支队，在陕甘宁联防军副司令员阎揆要的指挥下，深入敌后，破袭延安以南公路，扫清临真、南泥湾地区的敌地方武装；以警备第1旅和警备第3旅一部，在陕甘宁联防军代司令员王世泰的指挥下，出

蟠龙战役旧址

击洛川、耀县（今铜川市耀州区）段，钳制敌军；集中第1纵队第358旅、独立第1旅（欠第35团）和第2纵队独立第4旅及新编第4旅共4个旅的兵力攻取蟠龙；并令教导旅位于蟠龙以南，第359旅主力位于永坪以东准备阻敌主力回援。

蟠龙是陕北一个大镇，位于延安东北40余公里处。这里四面环山，临咸榆公路，有三条隘路，东达永坪、清涧，南下延安，北通瓦窑堡、绥德，是国民党军在陕北的重要补给基地。胡宗南部每次"武装大游行"后，都要到此补充粮弹给养。

驻守蟠龙的是蒋介石嫡系部队整编第1师第167旅旅部（所辖直属部队为工兵连、输送兵连、通讯兵连、特务连和卫生排）、第499团及陕西省保安第3总队，共约7000人。由号称胡宗南"四大金刚"之一的第167旅旅长李昆岗亲自坐镇指挥。

时任国民党整编第167旅少将副旅长的涂健回忆道：

董钊接到胡宗南北进命令后，认为守护蟠龙的任务很重要，但又考虑此处用兵不能太多，又不肯动用主力，遂令第一六七旅旅长李昆岗率该旅直属部队及一个团，在这里担任守护职责。当时第一六七旅的几个军官一起研究，认为守护责任重大，所留兵力不足，也不同意董钊分割建制使用兵力。但董钊等人强调要集中兵力北上决战，忽视了我们的意见，致使蟠龙这个战略要点，在大部队远离和延安空虚的情况下，陷于孤立难援的境地。而解放军的战术，一向灵活机动，经常乘我之虚袭取粮秣辎重，以补充自己。

在战前一两天，我们就接到情报：在蟠龙四周发现解放军的便衣侦探和侦察部队出没，并捕获解放军某纵队司令部的一名传骑。同时，在阵地前方发现解放军指挥员作现场侦察。综合以上情况，我们判断解放军主力确已在蟠龙地区集中，并有积极围攻蟠龙的企图，于是我们即刻向胡宗南报告。不料胡宗南接到这一报告后，非但不相信，反认为我们是有意夸大敌情。

守军依托地形地势，构筑了以蟠龙镇为中心方圆 5 公里纵深，由明暗碉堡群、深沟宽壕及多层障碍物组成的坚固防御阵地。各阵地配置足够的兵力和火器，并有预备队。阵地之间以壕沟相连，并形成交叉火力网。

李昆岗把兵力重点置于东山方面，对西、北高地则置以适当兵力，对各隘路以炽盛火力严密封锁，并在各隘路口采用班、排据点式，在伏地碉前方设有外壕、铁丝网、地雷等；炮兵观察所位于东山制高点，团指挥所位于北面高地南麓；旅指挥所设在东山西麓，旅直属部队除各担任本身战斗勤务外，并作为旅部直接控制的机动部队；地方武装主要担任外围搜索警戒。具体配置为：

以旅直、第 499 团团部率第 1 营驻守蟠龙镇内和北山；以第 2 营、第 3 营第 7 连扼守东南至东北高地，主阵地设于集玉峁；以第 3 营（欠第 7 连）、保

国民党军修筑的碉堡工事遗迹

安总队一部守备蟠龙西北老庄之南北山阵地；宝鸡民兵总队等一部驻蟠龙镇内，大部活动于蟠龙以北之纸房坪、核桃坪、石嘴、宋家沟地区，掩护主力。

29日，彭德怀、习仲勋发出围攻蟠龙的作战命令。西北野战兵团各攻击部队于次日隐蔽进入蟠龙镇附近，计划于5月1日发起攻击。

这一仗与前两次伏击不同，是打攻坚战。守军不但兵精粮足，而且工事坚固。对于既缺乏攻坚装备、又缺乏攻坚经验的西北野战兵团来说，蟠龙之役必定是一场啃硬骨头的恶战。

由于此战关系西北全局，毛泽东十分审慎，致电彭德怀、习仲勋：要他们"经过精密之侦察，确有把握，方可下决心"。

根据毛泽东的指示，彭德怀立即带领几名旅长到蟠龙东北一个山头上侦察地形，做出周密部署：第1纵队第358旅、独立第1旅由核桃坪南北高地自西北向东南夺取田子院、庙梁、磨盘山阵地；独立第4旅由何家峁子自东南向西北夺取集玉峁阵地；新编第4旅由卧龙沟、刘家坪自东北及北面向西南及南面，配合独立第4旅夺取集玉峁阵地，而后各攻击部队协同聚歼蟠龙之敌。

5月1日，天降大雨，部队行动不便。彭德怀决定推迟一天发动进攻，指示各部反复研究作战部署及攻城战术。

2日，毛泽东电示彭德怀、习仲勋："攻击蟠龙，决心很对。如胜利，影响必大。即使不胜，也取得经验。"

同日，董钊、刘戡两兵团经过数日的"武装大游行"后终于进占绥德。与延安一样，绥德也是一座空城，几乎连一个老百姓都找不到。董钊可不管这些，立即向胡宗南发出邀功电报，大肆吹嘘所部"占领绥德城，毙敌甚多，残敌向东北方向狼狈逃窜"。

西北野战兵团攻克蟠龙集玉峁阵地

还没容胡宗南高兴多久，蟠龙便传来了惊人的噩耗——共军主力于当天黄昏时分突然发起攻击。

战斗打响后，西北野战兵团各攻击部队以迅雷不及掩耳之势夺取外围阵地，迅速逼近蟠龙镇。其中，新编第4旅攻占了集玉峁东北玉皇峁敌警戒阵地和纸房坪东北地堡；第1纵队连下田子院寨子及蟠龙西北敌军阵地，一部向小梁庙攻击；独立第4旅则占领了蟠龙东南集玉峁敌外围警戒阵地。

面对解放军势如破竹的猛烈进攻，李昆岗心急火燎，命令所部凭借坚固工事抗击，并致电胡宗南求援。

蟠龙乃后方补给基地，胡宗南自然知道其重要性，立即给董钊、刘戡发出急电：蟠龙告急，放弃绥德，星夜南下驰援。同时电令驻拐峁的第48旅1个团、驻青化砭的第84旅第251团，配属2辆坦克，驰援蟠龙。

于是，董钊、刘戡两兵团数万人马浩浩荡荡由绥德出发，增援蟠龙。绥德离蟠龙不过250里，急行军三日可达。但只有两条捷径：一条是由绥德经田庄、石咀驿然后向西南直趋折家坪、永坪再到蟠龙；另一条是由绥德经裴家湾、王家湾、瓦窑堡直趋蟠龙。

自古道：救兵如救火。然而，董钊、刘戡却无"急难解危"之心，反倒顾虑重重，生怕中了共军"围城打援"之计。思前想后，竟异想天开，选择了"远敌而行"的第三条路，由绥德沿小里河西行，多走50里弯路，然后折转向南，经老君殿、南沟岔、瓦窑堡到蟠龙。此路为一条羊肠小道，只能单人通行，且沿途翻山越岭、崎岖难行，数万大军只能排成一字长蛇阵，如蜗牛般缓缓爬进。

3日晨，西北野战兵团发起总攻。独立第4旅在新编第4旅1个连的配合下，多次猛攻集玉峁敌主阵地。由于未压制住敌人暗射火力点和排除铁丝网，攻击未能奏效。与此同时，担任夺取蟠龙以北高地的第1纵队一部也攻击受阻，伤亡不小。

彭德怀当即下令停止进攻，各部在阵前召开连、排干部和战士参加的"火线诸葛亮会"，发动大家群策群力，研究夺取阵地的办法。

官兵们纷纷献计献策，提出了采用外壕作业逼近铁丝网和敌堡，以爆破扫除障碍开辟冲锋道路，将部队编成战斗小组轮番佯攻消耗守敌火力等各种行之有效的办法。

在蟠龙战役间隙召开"火线诸葛亮会"，是彭德怀、习仲勋发扬军事民主

指战员们分析战况，研究战术

的一个创举。这一做法受到中央军委和毛泽东的充分肯定，后来在全军各部队中得到推广。

当天下午，独立第4旅改变战法，采用对壕作业和爆破技术，从东、南两面再次发起猛攻，以微小的代价破坏了障碍物，一举突破敌碉堡群，用手榴弹、刺刀近战手段，迅速消灭了集玉峁阵地守敌。

与此同时，新编第4旅也向集玉峁以北的2个阵地发起攻击。时任新编第4旅副旅长的程悦长回忆道：

我新四旅七七一团和独四旅借着炮火掩护，扫除了前沿阵地密布的地雷，接近敌人五号阵地。敌人依仗纵深工事，和猛烈的炮火配合，进行顽抗，攻击难以奏效。我军重新调整兵力，发起猛攻。七七一团一个排冒着密集的炮火，逼近五号阵地前沿，迅速挖好单人掩体，紧紧贴在那里，分批轮流向敌阵地投掷手榴弹，给敌人重大杀伤和消耗。最后敌人不支，慌忙开来一连人换防。我军乘机发起攻击，夺取了五号阵地。接着又攻下了三号阵地。至此，敌人全线动摇。可是，当我们攻击敌营部和山炮阵地的时候，炮弹已经打完。二纵队王震司令员得到消息，急令通信员骑上快马，把仅有的几颗炮弹给我们送来。我们就用这几颗炮弹掩护步兵，摧毁了敌山炮阵地。

激战至4日16时，西北野战兵团夺取了东山守军主阵地，残敌逃入蟠龙镇内。而北山之敌仍依托工事负隅顽抗。第1纵队攻击部队遂采用对壕作业破坏了敌障碍物，在新编第4旅1个营的配合下，一举攻占北山，随后又堵歼了向西北突围之敌1000余人。

这时，独立第1旅占领了蟠龙三大防守要地之一的磨盘山阵地，从南面打开了蟠龙守敌的大门。至此，李昆岗在蟠龙精心构筑的纵深防御体系已基本瓦解。

黄昏时分，西北野战兵团攻占了全部外围阵地，随即居高临下从四面八方向蟠龙镇发起总攻。战至24时，攻克蟠龙镇，全歼守军6700余人，生擒旅长李昆岗，缴获面粉1.2万余袋、服装4万余套及大批武器、弹药。

西北野战部队某部搭人梯攻上蟠龙城墙

习仲勋回忆道：

这是西北战场上，我军第一次获得的大量物资补充。当敌人主力部队从绥德返回蟠龙增援时，彭总早已指挥我们机警地跳在一边，补充了敌人送来的兵，补充了敌人送来的弹药，穿着敌人送来的夏衣，吃着敌人送来的"洋面"，整整休息了七天。

9日，当董钊、刘戡两兵团"风尘仆仆"地赶至蟠龙时，西北野战兵团主力早已消失得无影无踪。由拐峁和青化砭增援部队，闻听蟠龙守军被歼后，连夜冒雨逃遁。

整编第1师师长罗列面对第167旅被歼的情景和筋疲力尽的援军，无限伤感，向胡宗南发电哀叹：

竟日行军，每于拂晓出发，黄昏入暮始克到达。夜则露宿，构工戒备，毫无休息。是以人则疲劳，马则困顿。伤落倒毙日渐增多，战力消耗极剧。人马

西北野战兵团在蟠龙战役中俘虏的国民党军第 167 旅官兵一部

时致枵腹，故不特军纪日衰，且士气亦远非昔比。临履实境，时切心痛。

西北野战兵团在撤离延安一个半月内，在敌强我弱、力量对比悬殊的情况下，接连取得了青化砭、羊马河、蟠龙战役的胜利，以伤亡 2200 余人的代价，共歼胡宗南部 1.4 万余人。

5 月 12 日，新华社发表了题为《志大才疏阴险虚伪的胡宗南》社评：

蒋介石最后的一张王牌，现在在陕北卡着了，进又进不得，退又退不得，胡宗南现在是骑上老虎背。……事实证明，蒋介石所依靠的胡宗南，实际上是一个"志大才疏"的饭桶。

新华社记者还写下了一首妙趣横生的打油诗，无比辛辣地讽刺了这位"志大才疏"的胡长官：

胡蛮胡蛮不中用，
延榆公路打不通，
丢了蟠龙丢绥德，
一趟游行两头空！
官兵六千当俘虏，

胡宗南与夫人叶霞翟（军统女特务）1949年在重庆。此时的胡宗南再无当年统率大军占领延安时的豪情壮志

> 九个半旅像狗熊，
>
> 害得榆林邓宝珊，
>
> 不上不下半空中。

的确，蟠龙之役，国民党军虽然只是损失了一个旅，失掉了一个小城镇，但对胡宗南及其所部造成的影响却极为重大，正如涂健所回忆的：

胡宗南原以为凭借精良武器、坚固工事和精锐部队就能在西北战场取胜。经过蟠龙战役后，他感到对这里情况不明，无法掌握主动权，而且军心也大为涣散。他辛辛苦苦从西安等地运来的大量给养、服装，就这样白白送给了解放军，现在他若再要筹措这些东西，谈何容易！后勤部从精神上和物质上都感到困难，忧虑重重。

一向为胡宗南所赏识、被称为精明强干、腹有雄才大略的第一六七旅旅长李昆岗，在这次战役中却一败涂地：损兵折将，遗弃军实，自己也被生俘。胡宗南对蟠龙的失守懊恼伤感，据说他当时窝在延安指挥所几天不见客，也不理公事，精神上受到极大刺激。以后他写了《论蟠龙之失》一文，以抒感慨。他认为蟠龙之失，主要归结于情况不明，失于主动，将不用命，士气不振。

眼见胡宗南的数十万大军不仅没有捕捉到西北野战兵团主力，反而在陕北

胡宗南部占领延安，被美国人称作"一个既浪费又空虚、华而不实的胜利"。图为国民党军士兵正在陕甘宁边区政府前的土台上竖起一根旗杆

的黄土高原上屡遭重创，连损三旅，国民党军事当局也不得不承认：西北野战兵团"以钻隙流窜，避实击虚，以保持其势力于陕北、陇东与我周旋"，"我主力始终被匪牵制于陕北，一无作为，殊为惋惜"。

美国则在《白皮书》中一针见血地指出："攻占延安曾经被宣扬为一个伟大的胜利，实则是一个既浪费又空虚、华而不实的胜利。"

就连一向心高气傲的胡宗南也一反"胜利者"的骄态，在向蒋介石的报告中说出了占领延安后的惨状："当前战场我军几均处于劣势，危机之深，甚于抗战。"

西北野战兵团三战三捷，粉碎了国民党军企图摧毁中共中央和人民解放军首脑机关，以及三个月解决西北问题，抽兵到其他战场的战略企图，稳定了陕北战局，鼓舞了陕甘宁边区军民的胜利信心，为转入战略反攻奠定了基础。

三战三捷是在敌我力量对比悬殊的条件下，变被动为主动，变劣势为优势，各个歼灭敌人的典范。毛泽东给予了高度评价，在5月20日的一封指示电中指出："我彭习军（只有六个不充实的旅）对付胡宗南三十一个旅的进攻，两个月作战业将胡军锐气顿挫，再有几个月，必能大量歼敌，开展局面。"

6. 榆林战役

1947 年 6 月，解放战争刚好进行了一年，全国形势已发生了显著变化。

国民党政府不仅在政治、经济方面陷入困境，军事上更是危机重重。国民党军被歼 112 万人，虽经补充，但总兵力已由战争开始时的 430 万人下降为 370 万人。人民解放军则不断发展壮大，总兵力由 120 万人增加到 195 万人。

在西北战场上，彭德怀、习仲勋指挥西北野战兵团以极端劣势的兵力和装备抗击了国民党军的疯狂进攻，接连取得青化砭、羊马河、蟠龙、陇东、三边等战役的胜利，兵力由 2.6 万人增至 4.5 万人。

而西北国民党军被歼 2.6 万余人，总兵力虽保持在 34 万人左右，但士气日

西北野战兵团某部开赴前线

益低落，官兵厌战情绪持续增长，战斗力急剧下降。蒋介石发动的对陕北的重点进攻已呈强弩之末。

尤其是三边战役后，宁夏马鸿逵集团退守金积、灵武之线。胡宗南集团执行蒋介石的所谓"总体战略"，继续在枸县（今富县）、延安、安塞以西地区，以怀柔政策为主进行"驻剿"，强化占领区，扩大占领面，计划于两月之内完成对陕北之"清剿"。青海马步芳之整编第82师配合胡宗南集团之新编第1旅、暂编第2旅、整编第10师等部，同时向关中及陇东分区进行"清剿"。榆林邓宝珊之第22军一度占领横山、响水堡等地，并常以小部四处抢劫，但遭地方兵团、游击队打击后，气焰下降，特别在胡、马集团连遭重创后，采取守势，不敢妄动，只求保存实力和占领区。

6月30日夜，在冀鲁豫军区独立第1、第2旅的接应下，刘伯承、邓小平指挥晋冀鲁豫野战军4个纵队共13个旅12万余人，以突然勇猛的动作，从山东阳谷以东张秋镇至菏泽以北临濮集间150余公里的正面上，一举突破了蒋介石苦心经营的三百里黄河防线，进军鲁西南，揭开了人民解放军战略进攻的序幕。解放战争的形势就此发生了急剧变化。

为及时组织和发展全国的战略进攻，将战争引向国民党统治区，在外线大量歼敌，7月21日至23日，中共中央在陕北靖边县小河村召开中央前委扩大会议，史称小河会议。

会议研究了解放战争第二年的基本任务、作战方针和战略部署，做出了

小河会议旧址

"中央突破、两翼牵制、三军挺进、互为犄角"的战略进攻布局，刘（伯承）邓（小平）、陈（毅）粟（裕）、陈（赓）谢（富治）三路大军挺进中原，直接威胁国民党的统治中心南京、武汉，将山东、陕北战场变为东西两个战略牵制区。

三军挺进，即刘、邓率晋冀鲁豫野战军挺进大别山；陈、谢率太岳纵队南渡黄河挺进豫西；陈、粟率华东野战军主力越过陇海铁路南下。两翼牵制，即彭德怀、习仲勋率西北野战兵团北上出击榆林，继续把蒋介石最大的一支战略预备队，也是最后一支战略预备队胡宗南集团拖在陕北地区；许世友、谭震林率华东野战军一部把敌人引向胶东地区。

毛泽东在小河村

26日，彭德怀在米脂背圪坨西北野战兵团司令部召集旅以上干部会议，对进攻榆林做出具体部署：

第2纵队、新编第4旅、教导旅经镇川堡首先向鱼河堡、归德堡、三岔湾、赵庄等外围据点攻击，力求歼敌于城外，而后第2纵队绕城东包围城北及城西北部，新编第4旅包围城东南部，教导旅作为机动兵力；以绥德分区之第4、第6团归第1纵队指挥，包围响水堡之敌，掩护第1纵队主力经武家坡北渡无定河，协同歼灭三岔湾之敌后，包围城南及城西南部；第3纵队独立第5旅由沙家店经杏树塔、银匠峁攻击流泉河、青云山之敌，独立第2旅经万户峪攻击高家堡、乔岔滩之敌，在歼灭上述各地之敌后包围城东部。各部于8月6日开始进攻，扫清外围据点后迅速完成攻城准备，而后攻城。

在讲到攻打榆林的意义时，彭德怀指出：毛主席说过，陕北是战略牵制区，要把蒋介石的战略预备队牵在这里。我们就是要把敌人拖住在陕北，不让他走。我们拖他，毛主席、党中央也在这里拖住他，胡宗南的部队就走不了。

31日，中央军委决定将西北野战兵团正式定名为西北人民解放军野战军，

1947年秋，习仲勋（前排左4）与中共中央西北局等单位负责人在绥德

简称西北野战军。彭德怀任前委书记、司令员兼政治委员，习仲勋任副政治委员。同时决定调陕甘宁晋绥联防军第3纵队独立第2、第5旅西渡黄河，拨归西北野战军建制。

同日，根据中共中央小河会议精神，为调动西安"绥靖"公署所属部队北上，策应晋冀鲁豫野战军一部挺进豫西，彭德怀、习仲勋指挥所属第1、第2、第3纵队及教导旅、新编第4旅，共8个旅，由绥德地区北上进攻榆林。此时部队粮食极端困难，官兵们只携带了4至6天的口粮。

位于陕西东北的榆林，又名驼城，坐落在毛乌素沙漠和黄土高原过渡区的丘陵地带，自古便是军事重镇。它东连晋西北，西经陕西西北部的三边到宁夏，南与陕甘宁边区接壤，北毗绥远（今属内蒙古）伊克昭盟，直通包头、归绥，是晋陕绥边区广阔地域间的一个中心枢纽城市。

榆林城地处长城线上，西隔榆溪河为广阔之沙漠，北、东、南三面环山，为沙漠与高原之连接点，城高墙厚，十分险峻，外有凌霄塔、无量殿、观井滩等坚固据点，三面高地皆为沙丘，不易构筑工事，易守难攻。尤其在南门的东山，地势虽然不是很高，但正好和城墙形成了互补的掎角之势，要想攻城这里就不可逾越，俨然是榆林城外一道天然的防御阵地。

驻守榆林地区的部队为国民党晋陕绥边区总部及所属第22军主力（辖第86师、新编第11旅）、西安"绥靖"公署所属整编第36师第28旅及部分保安部队，共1.5万余人。除第86师第258团分驻神木、府谷，第356团分驻高

榆林市区今貌

陕西靖国军诸将领（左2邓宝珊，左3岳维峻，左5胡景翼）

家堡、响水堡，陕西省保安第5团驻守横山外，其余部队均驻城内及其附近。坐镇榆林城指挥的是国民党晋陕绥边区总司令、陆军中将邓宝珊。

邓宝珊，名瑜，字宝珊。生于1894年，甘肃秦州（今天水）人。

1909年，邓宝珊赴新疆伊犁新军当兵。次年加入同盟会。1912年1月参加伊犁起义，被官府追捕，潜回故里。1914年来到陕西，结识胡景翼、孙岳等革命党人，在华山聚义反袁（世凯）。1916年投身护国运动，在陕南镇守使陈树藩所部胡景翼团任连长。1918年响应孙中山护法，参与发动三原起义，在陕西靖国军第四路任右翼前敌总指挥。1921年任陕西陆军暂编第1师团长。在护国、护法诸役中，邓宝珊崭露头角，成为西北名将。

1926 年西安解围前，邓宝珊（2 排右 2）与苏联红军顾问马合池捷也夫（2 排右 1）在一起

　　1924 年，邓宝珊代表胡景翼，与冯玉祥、孙岳联络发动北京政变，后任国民军第 2 军第 7 师师长。1925 年 12 月任直隶军务帮办，领衔发表李大钊起草的反北洋政府通电。1926 年直奉联军进攻国民军，所部战败，退回陕西。9 月，任国民军联军援陕前敌副总指挥，旋参与策划指挥解西安之围。

　　邓宝珊重义守信，见解高明，好读书，喜书画，被誉为善于排难解忧的"儒将"，更有人称他为"粉红色的将军"。这种说法虽从逻辑的角度看不太准确，但对邓宝珊却是一个贴切而又耐人寻味的比喻。因为他不是共产党员，但支持共产党人的事业，是共产党的老朋友。

　　早在 1924 年，邓宝珊与冯玉祥等西北将领发动北京政变后，中国共产党创始人之一的李大钊所领导的中共北方组织就在其所部开展活动。邓宝珊由此与李大钊结识，开始了与中国共产党人的接触。

　　1925 年，邓宝珊驻兵陕州，为提高部队素质，开办军官传习所，请共产党人担任所长，聘苏联红军将领当顾问。其间，李大钊还派邓宝珊的同乡、共产党员葛霁云到邓部担任秘书长。

　　1927 年 1 月，国民联军驻陕总司令部在西安成立，这是一个具有国共合作性质的战时临时军政府。邓宝珊任副总司令，刘伯坚、刘志丹等共产党员担任了领导职务。其中由"总部"创办的中山军事学校和中山学院均以共产党人为骨干，邓希贤（邓小平）担任中山军事学校政治部主任，陕西中共组织的创始人之一李子洲任中山学院副院长。邓宝珊对当时在陕西工作的共产党人，始终给予积极的支持与合作。

　　同年 4 月，蒋介石发动"四一二"反革命政变，轰轰烈烈的大革命就此失败。当时，许多曾亲共、联共的国民党高级将领纷纷加入到反共阵营中，向共产党人举起了屠刀。但邓宝珊恪守"对朋友，就不能反目"的信条，同许多共产党人保持友谊，对遭受迫害的共产党人和进步人士，无论相识与否，都尽力帮助，曾资助过在四川发动顺泸起义失败后途经西安的刘伯承。建国后，刘伯承曾当面向邓宝珊表示感谢。

6月，邓宝珊因不满冯玉祥与蒋介石通电合作，离职避居上海。1930年，在蒋冯阎战争中接任第八方面军总司令，讨蒋失败后蛰居上海。1932年出任西安"绥靖"公署驻甘行署主任。次年冬，改任新编第1军军长，驻守甘肃。其间，他搭救过中共陕西省委军事负责人汪锋，会晤、帮助过谢子长以及解放后任兰州军区副司令员的杨嘉瑞，并为共产党人的兵变开脱，使一批共产党人免遭杀害。

1935年夏，红25军徐海东部由川陕甘边境向陕北进军。邓宝珊迫于蒋介石的严令，率部在静宁、隆德等地大筑碉堡、设置封锁线，摆出一副与红军拼命的架式。可当红军绕道而过时，邓宝珊按兵不动，不发一枪一弹。

此时，日本帝国主义侵华野心日益膨胀。民族危难关头，邓宝珊积极拥护共产党提出的"团结一致，共同抗日"的政治主张。西安事变发生后，邓宝珊十分赞同张学良、杨虎城提出的"八项主张"，亲赴西安，与共产党一起为事变的和平解决立下了汗马功劳。

1937年"七七"事变后，邓宝珊任第21军团军团长，旋改任晋陕绥边区总司令，驻守榆林。

1935年红25军主要领导在陕西合影（前排左3为徐海东）

陕甘宁边区政府保安处旧址

其间，邓宝珊安抚地方部队，协调各方关系，积极拥护共产党的抗日统一战线主张，多次拒绝蒋介石下达的攻击八路军的命令，有力支持了八路军的抗战。他还在共产党所属的陕北绥德设立办事处，派开明绅士刘绍庭担任联络工作，来往于延安和榆林之间，传递信息。萧劲光、高岗等也到榆林回访过邓宝珊，双方达成和平相处的口头协定，建立了抗日合作的友好关系，实现了双方交通、邮政的互通。此外，邓宝珊还置蒋介石封锁陕甘宁边区的命令于不顾，保证边区物资畅通，并时常帮助延安采购紧俏物资。

榆林与延安形成了团结抗日的局面，树立起了国共合作抗日的典范。在这一过程中，邓宝珊功劳卓著，曾多次到延安与毛泽东等中共领导人晤谈，与共产党关系日渐加深，联系也愈加密切。共产党把邓宝珊视为国民党高级将领中的优秀分子之一，毛泽东更是大加赞扬，称他为"我们的好朋友"。

抗战胜利后，中国革命进入了一个新阶段。以中国共产党为代表的人民大众，和以国民党为代表的地主买办资产阶级的阶级矛盾日益尖锐，很快上升为中国社会的主要矛盾。在神州大地，两种命运、两条道路展开了殊死搏斗。

在这场决定中国前途与命运的大搏斗中，每一个人都无一例外地面临着选择。邓宝珊内心深处充满矛盾和斗争，一方面对共产党的大公无私、艰苦奋斗、廉洁奉公和与人民群众血肉相连，十分钦佩，把共产党看作是建设中国的新生力量；一方面对国民党内部普遍存在的贪污腐化、腐败无能，对蒋介石的独裁专制、消灭异己、为个人和嫡系谋取私利极为不满，但又寄希望于蒋介石能迷途知返，为人民利益着想，实现国共合作，和平建国。于是邓宝珊多次抵制蒋介石的内战政策，同时也拒绝了中国共产党要他反蒋起义的要求。

1946年2月，国民党六届二中全会在重庆召开。这次会议"是一个要消灭共产党和中国民主势力，把中国引向黑暗的大会"。

会上，国防部参谋总长陈诚狂妄地宣称："凭我数百万装备精良的国军，一定能在三个月打垮共军，六个月消灭共产党。"

蒋介石的嫡系将领们个个摩拳擦掌，跃跃欲试。会场上充斥着火药味。

见邓宝珊坐在一旁一言不发，蒋介石就问："你和共产党打交道多年，对他们颇有了解，你的意见如何？"

邓宝珊直言相告："打不得。第一是经过八年抗战，人民苦难深重，好不容易胜利了，需要有一个休养生息的机会，打的话，人心厌战；第二，经过八年抗战，民穷财竭，国力空虚，打的话，经济上会崩溃。"

众将面面相觑，蒋介石假惺惺地说："有道理。"

但蒋介石并不会因此停下反共的步伐，积极调兵遣将，疯狂地向解放区发动大规模的进攻。邓宝珊不愿卷入内战的旋涡，便回到陕西三原家中，闭门不出。他对人说："如果内战再起，中共若仍用游击战与国军对抗，则无异于以人肉碰钢铁，无论如何是拼不过的。"

7月底，在胡宗南的再三催促下，邓宝珊返回榆林。等待他的是蒋介石一纸命令：扩建榆林机场。原来，蒋介石正加紧往榆林空运他的嫡系部队，准备

邓宝珊将军纪念馆

邓宝珊在陕西榆林桃林山庄窑洞里批阅军情函电

大举进犯陕北解放军。

为争取这位多年友好相处的朋友，不致兵戎相见，中共中央立即派陕甘宁边区参议员刘绍庭（曾任第86师参议）去榆林，携带朱德、续范亭的亲笔信，劝阻邓宝珊不要上蒋介石的当，充当内战的炮灰，并希望他选择适当时机归向人民。

邓宝珊毕竟是一名老资格的国民党员，当时还缺乏摒弃国民党转向共产党的勇气，没有做出立即行动的抉择。在蒋介石的严令催促下，邓宝珊将机场扩建，率部走上了内战的战场。

毛泽东得知后，不无忧虑地说："看来北边的朋友交不成了。"

时任国民党晋陕绥边区总司令部中校秘书的甄载明回忆道：

8月2日晚，邓（宝珊）在榆林忽然接到一份情报，"彭德怀率领陕北主力七个旅，正向榆林挺进中。"邓看后对僚属们笑着说："共产党对榆林还用得着这样大的兵力！他们真要进榆林，也不定要用武力。"他不相信解放军会攻榆林，认为他和边区有一定交情，中共果真要占榆林，总该先派人打个招呼，所谓"先礼而后兵"，今突然出兵，他总觉得不会是事实。但接二连三的情报，证实战争已迫在眉睫了。邓才感到不安，心情十分沉重。8月4日，邓在他的桃林山庄宴请新编第十一旅营长以上的官佐，并即席表示，调他们回城，驻在金刚寺附近，必要时用以自卫。

彭德怀率大军兵临榆林城下,身在南京的蒋介石坐立不安,认为榆林的存亡,直接关系到整个西北的战局,榆林不保,则宁夏孤立,占领延安的胡宗南部也会失去北线的作战配合。

为确保榆林,蒋介石匆忙飞抵延安督战,一面命令邓宝珊部固守待援,一面命令胡宗南急调整编第1军第1师、第90师、第76师第144旅,整编第29军第17师第12旅、第38师第55旅,共8个旅6万余人,自安塞、保安(今志丹)等地分两路向绥德、葭县(今佳县)方向急进;另以整编第36师2个旅组成援榆"快速兵团",取捷径星夜驰援,务必于8月11日进抵榆林。

蒋介石的如意算盘是:既要解围榆林,又要剿灭西北野战军主力,甚至还要捕捉转战陕北的中共首脑。

这正中毛泽东下怀,胡宗南的全部主力都吸引到了榆林方向。蒋介石到达延安督战之际,正是刘邓大军向大别山进军的日子。

8月6日,西北野战军按计划对榆林外围敌军据点的发起全面进攻。

是日拂晓,第2纵队攻占赵庄,歼敌1个连;9时许与第1纵队密切配合攻克三岔湾,全歼敌新编第11旅第2团和第82团第2营及团属卫生队等部,俘虏第2团团长周效武。

7日,第1纵队乘胜攻占城南918高地、飞机场、芹河口;第2纵队攻占城北镇北台、红石峡、北岳庙、观井滩等阵地;新编第4旅攻占归德堡,追歼第28旅一部后向北挺进,占据了青云山、金刚寺;独立第5旅在击溃刘千河、

榆林战役战场遗址——凌霄塔

殿皇峁之敌后，占据城东无量殿高地。

8日晨，第1纵队攻占城南凌霄塔主阵地，歼守军第82团第3营大部。

凌霄塔位于城南榆阳桥东侧300多米高的东山上，是榆林城外唯一的制高点，站在塔上可以鸟瞰全城。明末李自成率起义军攻打榆林时，就曾在这里与明军展开过激烈的争夺战。

榆林守军自然深知凌霄塔是守城的天然屏障，凌霄塔的得失关系到榆林城的存亡，立即组织疯狂反扑。参与此战的国民党晋陕绥边区总司令部少将高参胡景通回忆道：

邓宝珊得到凌霄塔阵地失守的消息后，甚为着急，亲至南门，声色俱厉地对徐保说，凌霄塔阵地，关系甚重，必须立即恢复回来。徐保即派其第八十三团副团长王宗义带兵一营，出城反攻，并一面令该旅炮兵和南城上的守备部队集中火力，掩护反攻部队攻击前进，一面要求邓令第二十二军炮兵同时射击，阻止解放军的增援部队。经过数小时的战斗，反攻部队在各种有利的条件下，付出了极大的代价，至上午10时左右，才将阵地夺回来。

至此，榆林守军外围据点除凌霄塔外，全部被西北野战军肃清。与此同时，独立第2旅攻克高家堡，歼第256团及补训第1营，俘团长李含芳；绥德军分区第4、第6团攻占响水堡，随后相继开抵榆林，形成重兵对榆林城的全

彭德怀（左1）在开赴榆林战役途中

面包围。

中央军委在得悉胡宗南部北进和整编第36师已逼近榆林后，于7日电示彭德怀：速派部占领横山，阻击刘戡部增援榆林。

此时，驻守横山的陕西省保安第5团恐遭围歼，弃城而逃。而在蒋介石的严令督促下，钟松率整编第36师轻装疾行，于9日进抵距榆林城320里的龙州堡，次日继续向横山前进。

中央军委电示彭德怀：望立即派有力部队封锁无定河，阻击钟松部前进。

据此，西北野战军决心首先攻克榆林，而后继续打援，遂以第1纵队第358旅攻打南城；第3纵队攻打东城；第2纵队第359旅、独立第4旅攻打西城和北城。同时以教导旅并指挥绥德军分区第4、第6团，由鱼河堡、响水堡进至波罗堡、横山地区，阻击整编第36师。

为固守待援，邓宝珊以第83团（欠1个营）守南城，由整编第28旅旅长徐保指挥；总部特务营和第22军工兵营、辎重营、补充营及陕北保安团的1个中队守西城，由陕北警备副司令张之因指挥；第22军通讯营（欠1个连）、第86师炮兵营、工兵连及新编第11旅输送连守北城，由第86师副师长张云衢指挥；第257团及师直属部队守东城，由第86师师长徐之佳指挥。

10日，西北野战军主力开始大举攻城。

西北野战军为配合中原作战，发起榆林战役。图为1947年8月6日至12日第一次攻打榆林战役中，炮弹命中榆林城楼

第2、第3纵队及新编第4旅攻城北门及东门。由于城墙坚固，攻城部队缺少炮火支援，强攻和爆破均未奏效。攻击西门的第1纵队第358旅715团虽炸开小西门，3营9连并已一度登城。但因后续梯队未能及时跟进，投入战斗乘胜扩大战果，9连在打退敌人3次反冲击后天已拂晓，孤军再战不利，被迫退至城外。

11日，西北野战军第二次攻城。不料，攻城部队爆破准备不够充分，6个爆破口均为外部装药，结果有两处遭敌火力拦阻，四处因药量少未能奏效。同时由高家堡赶来增援的独立第2旅，刚到城郊即进攻东大门，时间仓促，准备不足，加之地形不熟，与各部队的协同不周，攻城受挫。

时任西北野战军后勤兵站指导员的王治国回忆道：

榆林城池坚固，守军主力国民党22军驻守多年，大部分军官和士兵都带家属和财产。红军长征到达陕北，我们党在陕甘宁创建根据地后，大部分地主富农都窜进了榆林，这部分人和榆林唇齿相依，对我军极端仇恨，加之我军没有对城市作战的攻坚经验，火器很少，导致第一次攻城受挫。我军在消灭敌外围武装后，部队一直挺进到榆林城下，主攻的6个旅各自挖了一条暗壕直通榆林城下，以炸开城墙。出乎意料的是，6声巨大的爆炸声后，十几米高的榆林城墙完好无损。原来，因计算失误，6个突破口一个也没能炸开，进攻未能达到预期目的。

就在这时，整编第1、第29军已分别越过青阳岔、安定（今子长）。整编

西北野战军向外线进军

第 36 师绕过西北野战军在横山县斩贼关设伏的阵地，出人意料地沿长城外渺无人迹的毛乌素沙漠疾速驰援，进抵横山以北刘家嘴，并星夜前进，迅速逼近榆林城。

敌人援军靠拢，攻城和打援均不可能，形势对西北野战军愈加不利。中央军委致电彭德怀：榆林非急攻可下，似宜决心暂停攻城，集结 7 个旅打钟松部。

彭德怀考虑到西北野战军已来不及调整部署，加之粮食困难，为避免内外夹击的威胁，争取主动，决定撤围榆林城，然后寻机打援军。

12 日黄昏，第 2 纵队向长乐堡转移，诱敌北进，主力向榆林东南地区集结，待机歼敌。第一次榆林战役就此结束。

此役，西北野战军以伤亡 1800 余人的代价，歼灭国民党军第 22 军 2 个整团及第 28 旅 1 个营，击溃 1 个营，俘获陕北警备少将副司令张子英、第 256 团团长李含芳，新编第 11 旅第 2 团团长周效武以下 3200 余人，毙伤 2000 余人，收复和解放了横山、响水堡、鱼河堡、归德堡、高家堡等城镇和广大地区。虽然未能如愿攻克榆林城，但完成了调动胡宗南部主力北上的战役目的，配合了陈、谢兵团南渡黄河的战略行动，并削弱了陕甘宁解放区北线邓宝珊集团的力量，使榆林变成了名副其实的孤城。

对于未能攻克榆林的原因，《中国人民解放军第一野战军战史》是这样总结的：

从客观条件看，榆林城高且厚，工事比较坚固，守军系地方实力派，为保住其地盘拼死顽抗；西北野战军缺乏重武器，且弹药奇缺。从主观上讲，一是有的主攻部队突击队指挥员未亲自到前面指挥，第二梯队与第一梯队失掉联络，未能及时投入战斗，致使第一梯队孤军奋战，被迫撤出。二是对敌援军增援之快估计不足，原估计援军可能走道路平坦、便于补给的远路，需时 20 天，结果敌援军轻装走了渺无人烟、不便补给（敌人靠空投补给）的捷径，一周就逼近榆林。由于改变了立即集中主力打援的决心，再次攻城不克，失去了打援的战机。三是时间仓促，准备不周，第三纵队 8 月 10 日赶到长乐堡，11 日即参加攻城，由于对榆林城防情况了解不够，将百斤炸药分成两次爆炸，未能成功。

西北野战军主力突然撤离榆林城，胡宗南果然中计，误认为是"仓皇逃

西北野战军某部在行军中

窜"，遂令刚刚到达榆林的整编第 36 师经归德堡南下，配合由绥德北上的整编第 29 军等部，企图南北夹击西北野战军。

20 日，彭德怀指挥西北野战军将整编第 36 师包围于米脂县沙家店一带。激战一天，毙伤俘敌 6000 余人，扭转了陕北战局，基本粉碎了国民党军对陕北的重点进攻。

22 日，陈赓、谢富治率领的太岳兵团在晋南平陆至豫北孟县之间渡过黄河，挺进豫西，有力地配合刘邓大军千里跃进大别山。胡宗南惊慌失措，生怕陈赓乘虚出击关中，急令董钊的整编第 1 军、刘戡的整编第 29 军迅速南撤，再无力量向陕北发动战略进攻了。

10 月初，西北野战军又取得延清（延长、延川、清涧）战役的胜利，围歼胡宗南部整编第 76 师 8000 余人。

至此，胡宗南部在陕北已完全处于守势，董钊的整编第 1 军 5 个旅全部南下，刘戡的整编 29 军军部和整编第 17 师、第 27 师、第 55 旅和第 76 师残部分散守备延安、甘泉、枸县地区。

为确保老巢，胡宗南把驻守榆林的嫡系部队整编第 28 旅也空运回西安。这样，榆林及其周围地区只剩下邓宝珊指挥的第 22 军军部、第 86 师师部、新编第 11 旅及陕西省保安第 5 团等部，共 9000 余人，处境更加孤立。

10 月 12 日，中央军委致电彭德怀，提出今后作战的三个方案：

（一）现地寻找打刘戡，如能歼一二个旅意义很大，但不知能寻得机会否，粮食有办法否；（二）以两个纵队打榆、神、府，一个纵队南下会合二王（王震、王世泰）开辟渭北；（三）不打现地之敌，也不打榆林，全军南出洛、中、宜、同。以上三个方案何者为宜，请考虑电告。

西北野战军领导人根据当前的敌军部署，认为南进夺取延安条件尚不成熟，决心执行中央军委三个方案中的第二方案，即北上消灭邓宝珊集团第22军，夺取榆林、神木、府谷，不仅可以扫清北线障碍，巩固后方，解除南下作战的后顾之忧，同时还能保障驻葭县的中共中央和中央军委机关的安全。

当时，在西北野战军的一些领导干部中，普遍存在着一种莫名其妙的侥幸心理和轻敌思想，认为夺取榆林城的条件已经成熟，并一厢情愿地估计再攻榆林时，胡宗南集团远道增援的可能性不大；如果来援，则便于在运动中歼其一部。

正如张宗逊后来总结教训时所说："我们觉得胡宗南集团已不可能再次增援榆林；绥远傅作义集团隔着几百里沙漠，来援兵力亦不会大；宁夏马鸿逵集团虽然离榆林较近，但封建势力为保存自己实力，增援也不太可能。根据这样的分析判断，我军二打榆林，是十拿九稳的了。"

彭德怀遂将进攻榆林的作战计划电告中央军委。军委很快复电指出：全军北上很好。同时指出，行动时间待刘戡部南下到达延安附近时，我军开始北进较为有利。

与此同时，中央军委还批准以教导旅和新编第4旅组成第6纵队，罗元

1948年4月22日，西北野战军重返延安

西北野战军炮兵准备发射

发任司令员，徐立清任政治委员，张贤约任副司令员。并从晋绥军区和晋察冀军区调运来一批粮食、炸药和手榴弹等物资，晋绥军区还特意调来一个野炮排（只有2门野炮）参加攻打榆林。

22日，西北野战军第1、第3、第6纵队及绥德军分区警备第4、第6团，先后由绥德等地向榆林开进。

胡景通回忆道：

10月下旬，国民党驻榆林部队，得到解放大军由绥德、米脂沿咸榆公路北进的确实消息后，曾对自己的力量做了估计和安排，决定：如解放军来攻榆林，必须坚守城垣及南门外凌霄塔高地和北关靠城的解宅两个据点，城外其余所有据点一律放弃。25日，先后发现解放军大部队集结于旧寨、鱼河堡、归德堡之线，接着就发生第二次榆林战役。在发现这种紧急情况后，晋陕绥边区总司令部和第二十二军军部即采取措施，部署防务。当时邓宝珊司令不在榆林，遂由第二十二军军长左世允、第八十六师师长徐之佳、总司令部参谋长俞方皋和总部高参胡景通等组成临时指挥所，统一指挥驻在榆林的部队。

第86师师长徐之佳担任榆林城防总指挥，具体部署为：新编第11旅旅长于浚都指挥该旅第1团王永清部（欠1营）和军辎重营防守西城，第2团石佩玖部和旅直属队防守南城；陕北警备司令部副司令张之因指挥军特务营机枪连、军补充营（欠 1 连）、师炮兵营（欠 2 连）、旅工兵连、新编第 11 旅第 1 团第 1 营和陕北保安第 5 团一部防守北城；第 86 师副师长张云衢指挥第 256 团补充营防守东城；第 86 师第 256 团团长高凌云指挥所部防守城南凌霄塔高地。

打榆林必须先打外围。24 日，西北野战军各部按预定计划向榆林外围守军据点发起攻击，进展颇为顺利：

第 1 纵队北渡无定河，截断赵庄、三岔湾、刘官寨一线新编第 11 旅第 1 团的退路后，主力经归德堡以东向韦家楼、花月沟、三岔湾攻击前进，并于 27 日拂晓分别围歼上述各点之守军，迅速逼近榆林城南，即行侦察作攻城准备。

第 3 纵队经米脂、石窑坪开进，在以一部围歼殿皇峁、长乐堡及其附近之守军后，主力逼近榆林城北。

第 6 纵队于 25 日经石窑坪、漩水湾隐蔽集结于赵家峁附近，27 日拂晓以一部包围歼灭青云山之守军，主力逼近城东，并占领飞机场，击毁一架运输机。

从 27 日拂晓至 30 日经 3 天激战，除城南之三义庙、凌霄塔两个坚固据点外，西北野战军肃清了全部外围据点，将榆林城团团围住。

30 日 17 时，第 1 纵队第 358 旅第 714 团和独立第 1 旅第 2、第 3 团及第 6 纵队新编第 4 旅第 771 团，分别对三义庙、凌霄塔发起攻击。部队采取爆破、火力、突击相结合的方法，逐一夺取守军阵地。

胡景通回忆道：

夜 12 时后，解放军更以各种炮火猛烈轰击凌霄塔阵地沿线碉堡和三义庙据点，掩护步兵进攻。激战约一小时，前线碉堡多被摧毁，守军官兵伤亡很多。

西北野战军某部在炮兵掩护下向榆林城发起攻击

榆林战役遗迹

这时，高凌云一面调预备队全部投入战斗，一面向指挥所告急。当时左、徐等为了确保与城存亡攸关之凌霄塔阵地，不顾各城同时受攻的紧张情况，遂下令从西、北两城守军中各抽兵两连驰往增援。但由于阵地内交通壕多被炮弹炸毁，因而增援部队在未进入阵地前即遭受炮火杀伤者甚多。夜2时左右，前线碉堡全被摧毁，团指挥所和第一线部队及三义庙据点因电话线中断，均失去联系。高巍向指挥所告急并请示办法，指挥所即召集主要负责人商讨，当时有两种主张：一种是力主死守，理由是吸取第一次榆林战役经验，守城必须固守凌霄塔；另一种主张从速撤退，增强守城力量，理由是阵地大部已失，工事亦被摧毁，纵能强行恢复，亦必须付出极大的代价，而再继续死守，又必须有相当的后续力量，万一战斗时间拖长，其结果是逐次消耗兵力，将影响守城全局。最后，虽然采纳了后一种办法，但左世允等的意志不坚定，于是派第八十六师副师长张云衢出城实地观察，如能恢复坚守，则将已派去的援队统归高凌云直接指挥，恢复阵地；否则即行部署撤退。张至凌霄塔后，目睹实际情况已无法收拾，即经左同意撤退。

31日拂晓，第1纵队第358旅、独立第1旅第6纵队新编第4旅一部攻占了瞰制城南的三义庙。下午15时，全部占领南关楼、凌霄塔阵地，守军第257团被歼过半，残部溃逃城内。

此时，第22军为增强守城力量，急忙调集驻扎在神木的第258团（欠第3

营）及补训营至榆林城。

11月1日拂晓，由于第3纵队独立第5旅及第1纵队第716团1个营警戒疏忽，动作迟缓，使援敌第258团大部窜入城内，只俘虏其百余人。

2日黄昏，第1纵队独立第1旅利用三义庙，第6纵队新编第4旅利用凌霄塔两处有利阵地，集中火力对榆林城进行强攻。其中，第1纵队在城南主攻，第6纵队在城东南主攻，第3纵队独立第2旅向城东猛攻，独立第5旅向城北展开助攻。

由于事先侦察不够，守军的很多暗堡火力点没有发现，数次冲击都受到侧射火力阻击。后虽多次组织火力掩护，但当时西北野战军的炮兵火力太弱，部队攻城时不能有效地打击敌人的火力。攻城部队事先准备工作做的也不够充分，所带云梯长度不够，刚一搭上城墙就被敌人投掷下来的手榴弹和迫击炮弹炸毁。因此，战至次日凌晨仍然无法突破。西北野战军随即下令停止强攻，改用挖坑道爆破来攻城。

西北野战军第二次围攻榆林的战斗打响后，蒋介石一面命令榆林守军固守待援，一面令傅作义、马鸿逵派兵驰援，同时命令呼和浩特、太原、洛阳、西安的空军，不分昼夜飞临榆林上空，投弹、投粮，并对城外的解放军进行狂轰滥炸。

西北野战军冒着敌机轰炸和地面炮火袭击，在城东南的魁星楼进行坑道作业。榆林守军为了给飞机作标志，在城内燃烧起炭火笼，满城星星点点。整个战役中，国民党空军共出动飞机500余架次，空投粮食100多吨、弹药近百吨。

为了让马鸿逵派兵援助榆林，蒋介石发了一份措辞严厉的电报："限你部二十四小时内必须出兵，不得迟迟不动，也不得派小部队应付。"

在接到蒋介石援榆的电令后，马鸿逵踌躇犹豫，既怕援榆损兵折将削弱了自己的实力，又怕违抗蒋介石命令要受

统治宁夏十多年的马鸿逵

责处。经再三思考，他想出了一个两全之计，即只派整编第 18 师、暂编第 9 旅并配属 1 个骑兵团去敷衍一下，主力不动。

这时，暂编第 9 旅旅长卢忠良向马鸿逵建议："共军善于围城打援，去的部队少了会被吃掉，要去就得多去些。否则，不但不能完成解围的任务，对整个宁夏的影响也不好。"

马鸿逵认为言之有理，同时也感到如果坐视榆林失守，唇亡齿寒，他在宁夏的统治也将难保，而且榆林激战多日，趁双方久战疲劳之机出兵或可侥幸得胜，便采纳了这个建议，决定将主力倾巢派出，以他的次子整编第 18 师师长马敦静担任指挥官，率领暂编第 9 旅（旅长卢忠良），整编第 168 旅（旅长马光宗），整编骑兵第 10 旅（旅长马敦厚，马鸿逵之长子）和宁夏保安第 1 纵队的 2 个团，共 3.5 万余人组成"宁夏援榆兵团"，前去解围榆林。

6 日，马敦静带着援军从定边、安边、靖边出发东进，开始进展速度比较缓慢，每天最多只走 50 到 60 华里。

蒋介石闻知后，派飞机给马敦静空投手谕，称："此次援榆，关系西北全局和贤世侄父子前途，希加速进军。"

与此同时，绥远傅作义集团暂编第 17 师约 6000 余人，也由包头扎萨旗出发，南进增援榆林。

彭德怀对各路援敌情况做了一番分析后，命令攻城部队加速坑道挖掘进度，特别强调要保证工程作业质量，做到装药位置准确。

8 日上午，西北野战军攻城部队完成了城东南角魁星楼附近长达 60 米及 120 米的坑道作业，23 时第二次发起攻城战斗。

随着两次巨大的爆破声之后，彭德怀急忙抓起电话询问前线战况："爆炸位置准不准？炸开多大的口子？突击部队上去了没有？是那个部队上去的？上去了多少人？"

第 1 纵队报告说：独立第 1 旅坑道爆破成功，在城墙上炸开了一道

某部日夜赶挖攻城坑道

运输队为西北野战军运送弹药

20 米宽的缺口，但因负责突击任务的第 2 团没有主要干部掌握突破口情况，担任冲击的第 1 营配置距爆破口过远，动作缓慢，等他们准备组织冲击时，炸开的城墙口已被敌人以强大火力封锁住了，登城良机丧失。

接着，第 6 纵队新编第 4 旅也报告说，他们所挖的坑道因药室没有对准爆炸点，在城墙外三四米处爆炸，未炸开缺口，攻击亦未成功。

彭德怀对着电话筒痛心地说："攻城的炸药，是晋察冀军区和晋绥军区从一二千里之外，人背马驮辛辛苦苦运来的，我们辜负了友邻部队的支援。要很好地组织大家学习和总结这次经验教训。"

听到彭德怀的话，新编第 4 旅的领导难过的心都要碎了。几天来，战士们辛辛苦苦挖好的坑道，由于测距失误爆破偏离了目标而前功尽弃，他们无言以对、无话可说。

张宗逊回忆道：

11 月 8 日上午挖了 60 米和 120 米的坑道各一，晚 11 时第 2 次发起攻城战斗。独一旅的坑道爆破成功，炸开一个 20 米宽的城墙豁口，由于没有领导干部掌握突破口情况，攻城的第 1 梯队未能乘爆破瞬间即发起攻击，到发觉的确炸开了缺口，要发起冲击时，敌人已用火力网封锁了缺口。新 4 旅在城东南魁星楼爆炸的另一个坑道作业，由于测量不准，坑道没挖到城底下就爆炸了，结果城墙动也没有动，放了个空炮，部队没有冲进城里。我军总结了教训，决定另

榆林战役遗址

挖坑道再行爆破。

时任国民党新编第 11 旅少将旅长的于浚都回忆道:

11 月 8 日夜,数日来举城担心的地道危机终于爆发了。这天夜里,月色朦胧,为了给飞机作标志,各城仍然燃烧起炭火笼。晚 9 时左右,解放军一度向西城外佯硐攻击,在北城外进行扫雷活动。12 时前后,侦察组报告,今晚解放军挖掘地道的声音甚微,且时有时无。指挥所据报即通知各城严加守备。不久,解放军忽向四城发动了一阵火力攻击。2 时许,解放军发动了全面的攻击,首先以炮火轰击魁星楼和南城楼数十发后,突然"轰隆"两声,似地震一样震动了全城,南城墙东段被炸陷三四公尺,飞尘蔽天,城上守兵多被震晕倒。守城指挥官一面令城防工事的侧防部队以密集火力向被炸开缺口前方集中射击,阻止解放军涌进城内,同时炮兵也集中火力向这方面射击,阻止解放军后续部队前进,一面令防守部队用预先准备的沙袋堵补缺口。经过一小时后,缺口已填补起来,也没有看到解放军的大部队来攻,战斗就沉寂下来。东城南段同时炸开之一处,因距城较远,未毁及城墙。

这时,西北野战军面临着更为严重的困难——部队早已断粮。独立第 2 旅的官兵们竟然连续 5 天未能吃到一顿饱饭,许多战士因整天吃不到东西饿得直哭。

彭德怀和张宗逊在 11 月 22 日发给中央军委的电报中指出："除 4 纵队得到 200 石粮，可维持至 25 日，其他各兵团无颗粮。3 纵队，4、6 团，5 日来未得一顿，战士饿的哭。此种情况很难出动，更难获胜。"

10 日，正当西北野战军准备继续挖掘坑道再行进行爆破攻城的时候，获悉傅作义的暂编第 17 师已进抵五道河子、孟家湾一带，逼近榆林。

11 日拂晓，西北野战军决定除留少数部队继续围城外，以第 1、第 3、第 6 纵队主力迅速北进，准备围歼援敌暂编第 17 师，可后来才发现敌情不实。而是宁马援军从西面已进至那泥河及其以东地区，而且仍在继续东进。

12 日黄昏，西北野战军主力又转而向西，急速朝榆林西南约 30 公里的元大滩地区开进，准备阻击宁马援军。

13 日，马敦静率援军抵达元大滩。不久，西北野战军第 1 纵队第 358 旅第714、第 715 团在元大滩以东 20 华里的元小滩附近，即与东进的宁马援军先头部队遭遇。

激战约 5 个小时后，宁马援军撤回元大滩，并在那里构筑工事，组织防御。下午 5 时，西北野战军主力追击至此，从三面将援敌包围在元大滩。

当晚 7 时，西北野战军向援敌阵地发动进攻。双方使用轻重机枪火力射击，激战彻夜。马敦静认为与其交火的西北野战军可能是少数先头部队，指挥所部发起数次猛烈进攻，企图夺路援榆。西北野战军击退了敌人 10 多次冲击后，双方形成对峙状态。

第二次攻打榆林战役中，西北野战军在榆林城西元大滩迎击宁夏马鸿逵援榆兵团

6.
榆
林
战
役

14 日上午，宁马援军在飞机掩护下向第 358 旅阵地发起疯狂进攻。由于第 358 旅缺乏在沙漠中打击敌人特别是敌骑兵队的作战经验，兵力未能扩散开来，在沙漠中打阻击也缺少依托，结果造成了很大伤亡，第 358 旅第 716 团副团长薛长义和第 715 团团长罗坤山身负重伤。

17 时，西北野战军按预定作战计划攻击元大滩。激战整整一夜，夺取宁马军阵地数处，并给敌以重大杀伤。

时任国民党宁夏保安第 1 纵队少将司令的马全良回忆道：

傍晚 5 时许，解放军开始运动，向马部前进，据飞机侦察，系采取三面包围形势。7 时许，解放军主力部队向马部阵地发动进攻。开始由东面向卢忠良部正面攻击，逐渐向两侧扩展，并向北面各要点突击。双方先使用轻重火力射击，继之以拼刺刀和铁锹、洋镐等。10 时左右，卢部的正面战况最为激烈，在几次肉搏之后，有两个据点曾一度被解放军突破，形势十分紧张。当时马敦静曾电请胡宗南派飞机参战，胡答复夜间飞行困难，无法派出。

激战至 15 日凌晨，宁马援军在被歼 3000 余人后，抵挡不住西北野战军的攻势，被迫向西面的巴拉素地区撤退。

时任国民党整编第 18 师暂编第 9 旅少将旅长的卢忠良回忆道：

当主力部队于 15 日上午 10 时许按照转移命令，放弃原阵地，从西北方面

西北野战军某部在大漠戈壁中追击逃敌

撤出，再向东北前进时，掩护部队军心动摇，骑兵团首先后撤，步兵也惊慌混乱，向后乱跑。解放军察觉后，乘机向马全良部发起攻击。战场上正在乱作一团的时候，胡宗南派来飞机三架，空投粮弹，在两方没有辨别清楚的情况下，洋面袋、大锅饼、子弹箱、炮弹箱及美制的"给养盒"等，纷纷投下。这时马部官兵只顾逃命，虽下令叫后面的骑兵把粮弹驮上，但实际带上的是寥寥无几，大部分都给解放军作了补充。

16日，当西北野战军主力东调准备再攻榆林之时，发现宁马援军并未远离，只是绕道沙漠窜到榆林城北乌拉尔林，与暂编第17师会合，准备继续援榆。

考虑到部队在沙漠地区连日战斗和露营，极度疲劳，且粮食困难，彭德怀遂决定撤围榆林，主力移至响水堡、党家岔、鱼河堡之线休整待机。

20日，宁马援军、绥远援军开进榆林城，与守军会合。

此役，西北野战军共毙伤俘国民党军6800余人，缴获火炮15门、轻重机枪110挺、长短枪1059支，击毁敌机4架，削弱了北线国民党军的力量。但榆林城久攻未克，西北野战军也付出了阵亡668人、负伤3333人、失踪334人的巨大代价。

西北野战军在赵家峁休整期间，彭德怀带领大家认真总结了第二次进攻榆林失利的经验教训：

彭德怀在战后做总结报告

6.
榆
林
战
役

　　我在作战指挥上有一个优点，就是不满足于已得胜利；但求之过急，而且屡禁屡犯，不易改正。第二次打榆林，只是想到中央在米脂、绥德一带不安全，打下榆林就放心了，未考虑其他方面。

　　这一次榆林没有拿下来，我彭德怀是有责任的。我们把有利条件想得多了，把不利条件想得少了。我们对榆林城敌人防御的加强也估计不足，对宁夏马鸿逵集团倾巢出动远道援榆，更是估计不足。主观上想拿下榆林，扫掉北线的一个障碍，保证党中央机关的安全，为而后主力南下转到外线作战解除后顾之忧，结果却事与愿违。

7. 沙家店战役

　　1947 年 8 月 12 日，西北野战军主动撤围榆林，以一部兵力掩护后方机关伪装主力于葭县（今佳县）附近东渡黄河，造成敌人错觉；主力则集结于榆林东南、沙家店西北地区，隐蔽待机。

　　正在延安坐镇指挥的蒋介石果然上当，误以为共军"仓皇逃窜"，将东渡黄河避战，遂命国民党西安"绥靖"公署主任胡宗南调集大军加紧追堵，将西北野战军主力消灭于榆林、米脂、葭县三角地区，或赶到黄河以东。胡宗南立即令所部"迅速追击，勿失此千载良机"。具体部署是：

　　以整编第 1 军军部率整编第 1 师 3 个旅守备绥德；以整编第 29 军军部率 5

沙家店战役旧址

个旅由绥德经义合镇向葭县方向急进；以刚刚到达榆林的整编第36师师部率2个旅，自榆林经归德堡南下，企图合击西北野战军于葭县西北地区。

时任国民党晋陕绥边区总司令部少将高参的胡景通回忆道：

连日通宵激战，榆林守城部队已精疲力竭，11日黄昏时，仍以紧张的心情，准备夜战。可是直至夜半，各处除仅有稀疏枪声外，别无动静。这时候，人们更感到疑虑和沉闷。及至天明，才得知总司令部的通知，胡宗南部整编第三十六师钟松所部援军昨晚已到达榆林西南15里之沙河，解放军已撤退，并指示各部队除留一部仍行严密警戒外，其余均就地进行休整。

12日，钟松带着几个将校进城会见了邓宝珊，邓设宴招待，尚未终席，钟松忽然接到胡宗南的电报，令该部即时南下，到绥德与刘戡部会合。

自恃"援榆有功"的钟松，连饭也顾不上吃了，即与邓宝珊道别，率所部2个旅掉头南下，经米脂县沙家店向乌龙铺方向孤军突进。狂妄至极的钟松刚愎自用，认为"共军可以吃掉别的师，却没有本事吃掉三十六师"，叫嚣要"一战结束陕北战争"，妄想功上加功。

邓宝珊要比胡宗南更了解解放军，对手下人说："钟松到榆林，连我备下的饭都不吃，就急急忙忙地配合29军，想夹击共军，要把他们赶过黄河，我看是钻彭德怀的口袋去了！"

利令智昏的钟松做梦也没有想到，彭德怀早已把目光锁定在他的36师身上，指示部下：世界上没有骄兵不败的道理，36师长途跋涉，部队疲劳，严重减员，远离主力，孤军冒进，我们要利用这一弱点消灭36师。此役打好了，不仅可以配合陈（赓）谢（富治）集团南渡黄河出击豫西，而且对于扭转陕北战场的困难局面，转入内线反攻，具有十分重要的意义。

但当时的形势确实异常险恶。

15日，国民党军整编第1、第29

1940年邓宝珊在绥远

周恩来在陕北葭县神泉堡做报告（1947）

军进占绥德，除以整编第 1 军军部率第 1 师 3 个旅留驻绥德外，其余 5 个旅由援榆集团总指挥、整编第 29 军军长刘戡率领，分路向葭县方向急速推进，于 16 日到达义合镇地区。钟松率整编第 36 师 2 个旅经归德堡南下，亦于 16 日进至镇川堡。

这样，南线刘戡的整编第 29 军与北线钟松的整编第 36 师南北相距不过 50 里，并且向东封锁了黄河渡口，向西控制了咸榆公路。

而西北野战军和毛泽东、周恩来率领的中共中央机关昆仑纵队都被挤在榆林、葭县、米脂三县交界的南北约 40 里、东西约 50 里的狭小地区内。北面是浩瀚的沙漠，东面是滔滔的黄河，西面、南面是无定河和国民党大军。这里地域狭窄，回旋余地很小，同时背靠沙漠，侧水侧敌，局面真是危险万分。

毛泽东也意识到形势之恶劣，下令要昆仑纵队轻装，做好应付最坏局面的准备。彭德怀、习仲勋等力劝毛泽东率中央机关暂过黄河。习仲勋回忆道：

党中央转移到葭县附近，前有滔滔黄河，后有十万追兵。情况很危急。我们立即命令三纵侧击刘戡，掩护党中央，并劝毛泽东同志暂过黄河。刘少奇、朱老总等也来电坦诚相劝。毛泽东同志深情地说："大家的心意我完全理解，可是我们共产党人不能失信于民呀！""现在是历史转折的关头，党中央要为人民赴汤蹈火，在所不辞！""这一仗打得好，转危为安，不走了；打不好，就向西走，准备进沙漠。"

16日深夜，西北野战军司令部接到周恩来发来的电报：中央不过黄河，继续留在陕北。

为确保党中央和毛泽东万无一失，彭德怀立即派许光达率第3纵队进抵乌龙铺、曹庄一带，接应和掩护中央机关安全转移，并急电毛泽东和中央军委，请中央机关向北转移，靠近主力。

17日，刘戡率整编第29军由义合镇进至吉征店以南地区，并继续向葭县方向前进；整编第36师师部及第165旅（欠第493团）为后梯队进至镇川堡，第123旅附第165旅第493团为前梯队，由镇川堡向沙家店以东乌龙铺前进。

此时，西北野战军主力已隐蔽集结在镇川东北的石窑坪、柏树堰地区待机。彭德怀分析敌情，认为整编第36师经长途行军，减员严重，已是疲惫之师，战斗力大大削弱，且骄狂自大、孤军冒进、翼侧暴露，遂决心以一部兵力牵制整编第29军5个旅，集中主力将整编第36师歼灭于沙家店地区。具体部署是：

第1纵队向高柏山、老虎圪塔地区集结，待敌前梯队与第3纵队接触时，主力绕到沙家店东南地区向东北侧击敌后梯队，另以一部兵力切断沙家店至镇川堡敌人的退路，并向镇川方向派出警戒，配合第2纵队、教导旅、新编第4旅，一举歼灭敌人的后梯队，再集中兵力歼敌前梯队。

第2纵队并指挥教导旅，隐蔽集结于沙家店以北的寺沟、杜渠地区，新编第4旅隐蔽集结于朱家井、高家圪塔东沟、二郎山、中峁沟地区，待敌前梯队

毛泽东转战陕北，直到1948年3月23日，中央机关从吴堡川口园则塔渡口东渡黄河离开陕北。图为毛泽东在渡船中

沙家店战役遗址

通过并与第 3 纵队接触，第 1 纵队断敌退路后，向敌后梯队发起攻击。

第 3 纵队并指挥绥德军分区第 4、第 6 团，以一部占领当川寺以北至炮梁村一线高地，吸引敌军前梯队行动，主力进至当川寺西南高地隐蔽集结，抗击刘戡部队的增援，阻止整编第 29 军与整编第 36 师会合。

18 日凌晨 3 时，彭德怀发出了"以伏击姿态歼灭该敌三十六师"的命令。

上午 10 时许，第 3 纵队及绥德军分区第 4、第 6 团，与经万佛洞、高家园子进至乌龙铺以南的整编第 36 师前梯队接触，且战且退，诱敌于黄昏时分进至乌龙铺北山。

当日午后，第 1、第 2 纵队及新编第 4 旅、教导旅，在常高山附近向整编第 36 师后梯队发起攻击。整编第 36 师迅即向西收缩于沙家店、泥沟则、张家坪地区。

西北野战军正准备向东发起追击，天降大雨，山洪暴发，前出道路被阻，遂停止进攻，返回原集结地待机。时任教导旅旅长兼政治委员的罗元发回忆道：

当进入一条狭窄的山沟时，天空突然黑云密布，霎时大雨倾盆，战斗们跌跌撞撞，像扭秧歌似的冒雨前进。这时候，我担心部队如不按时到达，就不能完成对敌包围；敌人觉察了我们的意图，事情就不好办了。部队继续向前运动，前面要翻过一个山坡，入夜，天黑路滑，啥也看不清。为了避免失掉联络和跌跤，战士们想出一个好法子：大家解下绑脚，拧成一根粗绳，抓住绳子走。有的战士还挂着棍子。就这样经过一夜艰苦的行军，第二天拂晓，部队来

1955年被授予中将军衔的罗元发

到了常高山西北的一个小村子。

钟松率整编第36师后梯队撤至沙家店及其西南地域后，临时构筑工事，防备解放军的袭击。已进至乌龙铺的整编第36师前梯队于19日推进到刘家沟。刘戡所率的整编第29军军部、整编第90师及第55、第12旅也于当日进占神泉堡、葭县、李家庄、桃向圪塔等地。

据此，彭德怀分析判断：敌我虽在18日有过小规模的战斗，但敌尚未发觉我军主力所在位置和企图，因而敌整编第36师仍有可能在其前梯队回援接应下继续东进。因此歼敌决心不变，但在部署上作了一些调整，以新编第4旅抗击可能回援的第123旅。

19日晚，彭德怀电告中央军委：钟松部已进入我预设阵地，"拟于明天拂晓包围沙家店附近敌之两侧而歼灭之，得手后，逐次向东北各个歼灭之"。

此时，钟松已察觉到沙家店附近有西北野战军主力，顿时惊出一身冷汗，急令第123旅星夜向沙家店靠拢。谁知，旅长刘子奇唯恐途中遭到伏击，加之害怕夜战，仅令配属的第493团先行驰援，主力并未回撤。

刘子奇回忆道：

18日进到乌龙铺以南地区同解放军约一个旅的兵力发生战斗。这天因下大雨，又是深沟峻岭的山区，部队

西北野战军某部指挥员在沙家店战役中观察敌情

行动很困难，而解放军用且战且退，不即不离的方法来吸引着进攻的部队，双方一直战到将近黄昏，第一二三旅只前进到乌龙铺北山，与刘戡指挥的整编第五十五旅取得了联系，交战的解放军也往北撤退了。当晚就在北山警备露营。整第一六五旅的孙铁英团在左翼，整第一二三旅在右翼，整第五十五旅在距离整第一二三旅右翼约20里的山梁上露营。两旅当晚的行动基本上已取得一致，官兵情绪才比较安定。大概也是这一天，钟松率领着他的部队和整第一六五旅大部人马由镇川堡进至沙家店。约在晚上1点钟的时候，刘子奇接到钟松十万火急的电报说：从本日下午以来，解放军分几路逐渐向沙家店前进，可能是其主力，有围攻师部的企图，要整一二三旅迅即向沙家店靠拢。当时因已深夜，第一二三旅与师部双方驻地相距虽仅30余里，但中间须经过几重大山梁和深沟，沿途又没有部队掩护，而旅的正面还处在接触状态下，因此部队不敢采取夜间行动，怕中途遭到解放军伏击。迫于形势，深夜之间，也不便召集各团长商量，恐暴露企图。只同旅参谋长研究了一下，就决定在整第一二三旅的掩护下，把附属指挥的整第一六五旅孙铁英团先行撤下，按指定的路线直接到师部归还建制。整第一二三旅全部将于天明之前撤下，在孙铁英团后跟进，相互掩护，避免意外。

20日凌晨3时，已和中央机关转移至葭县西北梁家岔的毛泽东亲拟电稿，复示彭德怀："完全同意你对三十六师的作战计划。"

拂晓时分，西北野战军各部到达指定位置后，遂发起猛烈攻击。第1纵队

1947年秋，毛泽东在陕北葭县指挥全国解放战争

首先以第 358 旅向沙家店东南高地攻击，独立第 1 旅主力向沙家店以南敌阵地攻击。激战至上午 10 时，占领沙家店、均家沟以东一线高地。

第 2 纵队以独立第 4 旅向张家坪南、西南高地之敌展开攻击，第 359 旅从独立第 4 旅左翼向常辛庄以南高地之敌攻击。经数小时战斗，攻占敌前沿阵地多处。

此时，回援的孙铁英第 493 团沿吴家沟川道与整编第 36 师主力会合。在当日 4 时才出动西援的刘子奇第 123 旅此时也进到常高山附近，企图占领常高山北侧高地，掩护整编第 36 师主力东窜，当即遭到新编第 4 旅迎头痛击。

为抢占这一要点，刘子奇指挥第 123 旅竭尽全力实施进攻，战斗进行得十分激烈。刘子奇回忆道：

> 早晨 6 点左右，孙团已到达乌龙铺南面山梁，整第一二三旅的第三六八团及旅部刚通过乌龙铺，第三六七团还在后面的北山坡。这时候听到了沙家店方面的枪炮声，知道战斗发动了，而且枪炮声愈来愈紧，战斗形势发展得很快。我认为时机急迫，即就地召来各团长研究当前情况和地形，为急求解除沙家店师部之围，决定全旅离开孙团行动，取捷径直接向进攻师部的解放军感受威胁最大的左侧翼急进，当即将部队重新部署行动，以第三六八团为先头团，并派一个营为先遣队（大约是第三六八团第一营）占领常高山北面的制高点，以掩护旅主力进出常高山。先遣队将进至常高山山麓时，突然遭到正前方和右侧方的解放军猛烈射击，前进受阻。这时旅主力已进到一处地形狭长而比较低洼的山梁上，亦稀疏地受到解放军的火力射击。预定夺取的制高点，已被解放军占领，这是双方的关键性地点，旅一定要夺到手才有活动余地。在严令第三六八团迅即攻占制高点的同时，也考虑到防守的问题，当令各部队就地构筑工事，作好防卫准备。由于解放军居高临下，先遣队几次冲锋都被打垮，旅山炮营的 3 门山炮以齐射火力支援亦无效果。山炮营原有 12 门日式山炮，因在陕北山区窜扰半年，人员大减，驮马倒毙很多，9 门山炮先后被送进了后方仓库，随营携带的 3 门炮只剩下 40 余颗炮弹，火力不够，起不到支援步兵的作用。

就在此时，原定从第 2 纵队左翼加入战斗向整编第 36 师主力攻击的教导旅拍马杀到。根据敌情变化，教导旅当机立断改变了原来的突击方向，主动向常高山方向投入战斗，迅速与新编第 4 旅取得联系，密切协同，完成了对第 123

西北野战军在沙家店战役中发起总攻

旅的包围。

罗元发回忆道：

到达常高山附近，只见东边新四旅阵地上的战斗非常激烈，一二三旅欲与三十六师靠拢，正集中兵力与火力企图夺取山顶的破庙。这是常高山的制高点。在那里抗击敌人的是新四旅七七一团的一个营，由副团长直接指挥，连续击退了敌人好几次冲击。这个山头距二纵队的阵地很近，假若丢失，就会严重地威胁到二纵的侧背。看到这种情况，我们一致认为：常高山无论如何不能丢，于是决定调二团来加强常高山的守备力量，一团仍执行歼灭三十六师的任务。

为了便于观察和指挥，我们爬上了常高山，对七七一团副团长说："坚决扛住，我们二团很快就会赶到。"接着，他将敌我双方的具体位置向我作了详细的介绍。新四旅的阵地形成了半圆形。敌一二三旅拼命地向里面钻。这时候，我们产生了一个新的想法：要是我教导旅从新四旅的右翼插过去，两面一夹，岂不是把一二三旅包围了吗？虽然这样一来，对三十六师的攻击力量会相对地减弱，二纵队的担子也加重了一点，但是只要我们坚决消灭了这股敌人，就保证了主力侧翼的安全。主席不是说过我们过山坳必须一鼓作气吗？眼前正是需要我们实行正确机动的时候。于是我们一面向野司和王震司令员报告，一面命令一团改变原来计划，掉头向东围歼敌一二三旅。

我们这一行动被野司批准以后，政治部的同志立刻分头到各团去做政治动员工作，发出了响亮的口号："坚决消灭一二三旅，活捉刘子奇！"全体指战

沙家店战役中，王震指挥部队追击南逃之敌

员不管敌人的炮火多么猛烈，敌机如何猖狂，仍不断地前进着。大家只有一个信念：坚决消灭敌人。

二团投入战斗，加强了常高山阵地的防御力量，敌人的进攻被迫减弱了；一团也迅速向常高山右翼迂回过去。与此同时，新四旅也迅速向右翼猛插，包围圈越缩越小。

战至中午时分，第1、第2纵队及新编第4旅、教导旅将整编第36师前后梯队分割包围于沙家店和常高山以南地区。

下午13时，彭德怀发出总攻击令："彻底消灭敌三十六师，是我西北战场由战略防御转入战略反攻的开始，收复延安解放大西北的开始。为着人民解放事业，继续发扬你们无限英勇精神，立即消灭三十六师，活捉钟松，号召你们本日黄昏以前胜利地完成战斗任务！"

陷入绝境的钟松和刘子奇犹如热锅上的蚂蚁，不断向胡宗南呼救，将解其覆巢之危的希望全部寄托在刘戡身上。胡宗南急令刘戡率整编第29军军部和第55、第12旅等4个旅，火速增援，并急电刘子奇"固守待援，将派飞机参加战斗"。

但当刘戡率部行至乌龙铺东南地区时，遭到第3纵队及绥德军分区第4、第6团的顽强阻击。激战至20日黄昏，刘戡部仍被死死地挡住，不能通过青阳川，虽然距钟松部只有30余里，却是"爱莫能助"。

14时，彭德怀发布命令：坚决把第123旅消灭掉，不能让它往西靠。教导

沙家店战役中，西北野战军某部向守敌发起攻击

旅与新编第 4 旅遂向第 123 旅发起猛攻。

第 123 旅虽数次向西反攻，企图与师主力靠拢，但终未得逞。刘子奇见援兵不到，向西靠拢无望，部队伤亡严重，遂率残部突围。

教导旅和新编第 4 旅乘敌脱离阵地之机，再一次发起猛攻，于黄昏前将第 123 旅全歼，活捉旅长刘子奇。刘子奇回忆道：

解放军由正面和右侧同时发动反攻，以泰山压顶之势从两面高山杀下，向整第一二三旅全线阵地猛冲，有的阵地被轮番连续冲击发生白刃肉搏，死伤枕藉，干部伤亡很多，炮兵营长亦遭炮火击毙，山炮一门被击毁，两门山炮因无炮弹已成瘫痪，骡马被打得四散乱奔。派往后面任掩护并与援军联络的一个加强排也无影无踪。在战斗紧张时候，虽由西安派来三架次飞机参战，投下几枚小炸弹，对英勇善战的解放军丝毫没起作用。首先第三六八团阵地全部被毁，团长失踪，官兵没退回一人。由于一个团被消灭后，旅只残存三个小山头的阵地，解放军的火力更加猛烈地集中在这块狭小的阵地上，更显得锐不可当。第三六七团的大部官兵伤亡，阵地失守，电台被炮弹打得粉碎，同各方联络断绝，情况不明。各路援军均被解放军阻击未到，而解放军则不断向阵地周围涌来。这时我看到前途已经绝望，立即带着残部突围，多次冲击俱未成功，混战到将近黄昏时，终于全军覆没。我和残余官兵全部被俘。

在围歼第 123 旅的同时，第 1、第 2 纵队密切配合，向整编第 36 师主力进

西北野战军某部追击逃敌

行了猛烈的攻击。战至 17 时，占领了守敌主要阵地。这时的钟松再也没有了几天前的狂妄气势，见部队伤亡惨重，待援无望，心知大势已去，便命令残部突围逃窜，自己则与第 165 旅旅长李日基换上便衣，趁夜暗溜之大吉。

第 1 纵队随即命令各部向敌纵深猛插，进一步割裂敌人部署，断敌退路。1 小时后，整编第 36 师终于全线崩溃，除钟松和李日基带少数残敌逃跑外，大部被歼。

此役，西北野战军歼灭了号称胡宗南三大主力的整编第 36 师主力，毙伤俘 6000 余人，基本粉碎了国民党军对陕北的重点进攻，扭转了陕北战局。正如毛泽东所说的：“沙家店这一仗确实打得好，对西北战局有决定意义，最困难时期已经过去了。用我们湖南话来说，打了这一仗，就过山坳了。”

习仲勋回忆道：

我们抓住钟松自恃援榆有功，骄狂至甚，孤军突出的有利战机，以第三纵队并指挥绥德警备第四、第六团，在乌龙铺以南地区，坚持抗击刘戡所部西援；以第一、第二纵队迅速包围并攻击沙家店之敌整编第三十六师师部及一六五旅；以教导旅、新四旅对西援进至常高山之敌一二三旅发动猛攻。经十多个小时激战，即于八月二十日傍晚，全歼胡宗南三大主力之一整编三十六师师部及两个旅，取得歼敌六千余人的重大胜利，成为我军进入反攻阶段的一个重要标志。

延安艺人韩起祥自编了陕北说书《沙家店战役》。图为韩起祥随
边区慰问团在西北野战军驻地演出，左1为彭德怀

23日，西北野战军在前东元村召开旅以上干部会议，毛泽东、周恩来、任弼时等中央领导飞马来到这里，向指战员热烈祝贺这一伟大胜利。

毛泽东高兴地说：这一仗打得好，侧水侧敌本是兵家所忌，而我们彭老总指挥的西北野战军英勇奋战，在短短一天时间里，就取得了空前的胜利。

8. 宜川战役

1947年7～9月，中国人民解放军晋冀鲁豫野战军主力、陈（赓）谢（富治）集团和华东野战军西线兵团挺进中原，完成战略展开，迫使国民党军在战略上处于被动地位。

8月18日，担任右翼钳制国民党胡宗南集团任务的西北野战军在彭德怀的率领下发起沙家店战役。战至20日黄昏，歼灭胡宗南三大主力之一的整编第36师6000余人。

沙家店战役成为西北野战军转入战略反攻的转折点。战斗结束后，毛泽东来到野战军司令部，高兴地说：胡宗南是个没有本事的人，阴险恶毒，志大才

反映毛泽东在陕北指挥全国解放战争的油画

疏。他那么多军队，拿我们没有一点办法！

随后，毛泽东指示彭德怀：沙家店一战，把敌人的嚣张气焰完全打掉了！形势对我们非常有利，我们要找机会再打几个这样漂亮的胜仗，到那时候，陕北的敌人就没有立足之地了。

果然，胡宗南被毛泽东的"蘑菇"战术搞得焦头烂额，几十万大军在陕北的黄土高坡上被彭德怀率领的只有3万人的西北野战军牵着鼻子走，屡战屡败，早就没有半年前进占延安时的豪情壮志了。

据说，胡宗南曾无数次叹息：为什么自己在占尽天时地利的情况下，最后还是输给了彭德怀。直到到晚年，他不无感慨地坦诚：他一生中遇到了两个克星，一个是政治克星周恩来，另一个是军事克星彭德怀。

眼见自己的部队被共军一口口吃掉，才半年不到就损失了两万多人，胡宗南真是又心痛又害怕。鉴于手里可以机动的部队越来越少，继续对陕北共军发动全面攻势已不现实，胡宗南冥思苦思，最后决定由攻转守。

10月，胡宗南从陕北、晋南抽调所部整编第1、第30、第36师至潼关及其以东地区，企图在陇海和平汉两线与解放军逐鹿中原。这一调动，使胡宗南集团在陕甘宁地区的兵力由原来的9个整编师28个旅降到17个旅。为弥补兵力不足，胡宗南被迫采取了在战略上"重点防守"、在战术上"机动防御"的策略，据守延安、洛川、宜川各要点，阻止西北野战军南进。具体部署为：

以整编第29军指挥整编第27、第90师在洛川、中部（今黄陵）地区机动。其中，整编第29军军部驻洛川，整编第27师除一部兵力维护洛川至延安的交通外，主力也驻洛川，整编第90师集中在中部附近整训。以整编第17师及陕西省保安第11团驻守延安至甘泉地区。以整编第76师第24旅主力2个团驻守宜川，该旅第72团及陕西省保安第6团驻守韩城及禹门渡口。

部署完毕后，胡宗南即从延安返回西安，将陕北的烂摊子一股脑儿丢给了整编第29军军长刘戡。

刘戡，字麟书，号三寿，湖南桃源

"西北王"胡宗南面对彭德怀一筹莫展

长城抗战遗址

人，黄埔一期生，国民党陆军中将。

1923年，年仅17岁的刘戡考入长沙陆军讲武堂，次年入黄埔军校，与徐向前同学。毕业后，刘戡参加北伐战争，因作战勇猛，屡立战功，官运亨通，由排长迭升至旅长。28岁时即授少将，一年后又晋升中将，在黄埔一期生中都是极为少见的。

1933年初，刘戡升任第17军第83师师长，随卫立煌"围剿"鄂豫皖苏区。在战斗中，刘戡右眼被流弹射中，摘除眼球后配上假眼，自此便有"独眼龙将军"之称。

这一年，刘戡率部参加长城抗战。他指挥的第83师是第17军中装备最好、战斗力最强的一个师，有1万多人，清一色的德制武器，士兵都佩戴德军M35钢盔，被称为"德械师"。

3月14日，第83师在南天门与日军展开激战。日军第16旅团在飞机、坦克、重炮的掩护下发起疯狂进攻。第83师依托工事拼死抵抗，战斗惨烈无比，刘戡甚至将卫生兵、炊事兵都组织起来投入战斗，而日军也死伤惨重，被迫从骑兵第4旅团抽调部队增援。

战至4月28日，第83师因伤亡过半、阵地被敌全部摧毁，放弃南天门。就这样，日军耗时1个多月、以2000余人的巨大代价，在南天门仅仅前进了600米。

血气方刚的刘戡见部队折损过半，痛心之余竟拔出手枪要自杀殉国，被参谋长符昭骞等人夺下了枪支。

1937 年"七七事变"后，刘戡率部参加忻口会战，重创日军。战后，刘戡晋升为第 93 军军长。

1940 年初，刘戡率部驻防阳城，封锁陕甘宁边区。时任军部参谋长的魏巍是中共地下党员。在魏巍的力劝下，刘戡配合八路军发动的"百团大战"，牵制日军，并以军用物资接济八路军。

不久，魏巍被军统特务告发。蒋介石、何应钦两次电令刘戡，假借调魏巍到中央训练团受训为名欲除之。

刘戡爱惜魏巍之才，一面电复蒋、何，以"前线工作繁忙，不能离开"为由，请求缓调；一面将此事告知魏巍，并赠以马匹供其潜赴延安。

临行前，刘戡设宴饯行。席间，刘戡说："我与魏参谋长多年共事，情同手足，现在因思想不同，他要离去，也挽留不住，只好分别了。"并表示"我可以保证，在抗日期间，我坚决抗日，不打内战。抗战胜利后，如果国共两党争天下，我还要为三民主义奋斗到底，但愿我们日后不至在战场以兵戎相见。"

蒋介石得知此事，龙颜大怒，撤销刘戡军长之职，赴陆军大学受训。后在胡宗南的请求下，蒋介石重新起用刘戡，任第 36 集团军总司令。抗战期间，刘戡率部南征北战，多次重击日寇，被誉为"杰出的抗日将领"。

历史给刘戡开了一个天大的玩笑。当年的一句谶语竟真成了现实。

1946 年春，刘戡赴陕西任第 37 集团军总司令。同年秋改编为整编第 29 军，出任军长，驻防洛川、泾阳、潼关、耀县（今铜川市耀州区）、天水等地，

中国军队在阻击日军进攻

作为胡宗南集团进攻陕北的主力兵团。

此时的刘戡再无抗日战场上的英勇和豪迈，屡屡遭解放军的痛击。

1948 年初，中央军委和毛泽东指示西北野战军，在主力转入外线作战后，"向延安，宜川线出击，得手后向该线以南，渭水以北进攻，建立渭北根据地"。

根据这一指示，西北野战军在陕北米脂吕家沟召开旅长以上干部会议。会议确定向延安、宜川线出击，歼灭胡宗南集团主力和调动其在潼关及以东的部队回援，配合晋冀鲁豫野战军和华东野战军西线兵团在中原地区作战，并打通陕甘宁与晋南解放区的联系。

彭德怀判断：若先攻夺延安，虽在政治上影响大，但延安守敌有 4 个旅，依靠坚固设防及交通运输便利条件，以逸待劳负隅顽抗，会形成僵持不下的局面；而宜川守敌只有 2 个团，兵力薄弱，我军背靠陕甘宁解放区，便于行动和后方供应，第 2 纵队可随时西渡黄河，迅速参加作战，且能获得晋南解放区的直接支援。再者，我军围攻宜川，敌必会驰援，时值冬春之交，尚未解冻，援军不宜在运动中构筑工事，利于我军围歼。

据此，西北野战军制订了春季作战方案，即南下陕中，威胁西安；利用陕中地区物产丰富、交通便利、群众基础较好等有利条件，大量歼灭胡宗南主力，调回裴昌会兵团，直接配合中原我军作战，并打通与晋南解放区的联系。

具体作战计划是：第一阶段，夺取宜川、韩城、石堡、合阳四城镇，调动

解放战争时期彭德怀在西北战场

咸（阳）、延（安）公路中部、洛川及其两侧地区之胡宗南集团一部主力来援而歼灭之；第二阶段，乘胜扩大战果，解放洛河两岸、黄龙山麓各城镇，而后收复延安，进而解放麟游山区。

针对当前敌军部署，彭德怀认为：一旦西北野战军围攻宜川，敌人增援的路线可能有三条。一是沿洛宜公路，由中部、洛川经瓦子街到宜川；二是由中部、洛川经黄龙和圪台街至宜川；三是由中部、洛川沿宜川公路以北的金狮庙梁至宜川。但可能性最大的是第一条路线。

第一条路最近，但也易遭受伏击。由于胡宗南总是过高地估计自己、对陕北的战局过于主观，必然会命令刘戡取捷径，沿洛宜公路经瓦子街直接增援宜川。

于是，彭德怀决定在宜川给胡宗南下一个"围城打援"的圈套：

以2个纵队攻打宜川城，以3个纵队分别在接近宜川城的三条大川里设防。无论敌军走哪条路线，都先放其深入，然后以1个纵队断敌退路，其他纵队两翼夹击。如果援敌取道瓦子街，第3、第6纵队以一部兵力正面阻击增援之敌与宜川守敌会合；第1纵队从左后侧攻击断敌退路，第2纵队迅速渡河从右翼由南向北攻击，第4纵队从左翼由北向南攻击，最后合围全歼援敌。

彭德怀十分自信地对手下诸将说："就这么统统吃掉，而后回师再克宜川，这一局棋就算走完了！当然，敌人也可能不来增援，那我们就打下宜川，直下黄龙，既可扩大部队，也可解决吃粮问题。"

2月12日，西北野战军第1、第3、第4、第6纵队分别从米脂、绥德、清涧、安塞地区向宜川开进，第2纵队同时由晋南曲沃地区西进，准备经禹门口西渡黄河，参加宜川地区作战。

16日，各纵队分别到达延安以东金沙镇、甘谷驿、延长地区隐蔽集结，进行战前准备。

20日，西北野战军正式发布了宜川作战命令：战役第一步先围攻宜川，夺取韩城、石堡、合阳3座县城。围攻宜川县城的任务由第3纵队独立第2旅、第6纵队教导旅和新编第4旅担任。

22日，第3纵队司令员许光达、政治委员孙志远和第6纵队司令员罗元发、政治委员徐立清率部向宜川方向攻击前进。

许光达在带领第3纵队独立第2旅查看地形时不料背部负了轻伤，他只是让警卫员蓝德明简单包扎了一下，并命令他："不准外讲，大战就要展开指挥

宜川战役期间，彭德怀、甘泗淇、赵寿山、张宗逊在一起研究作战方案

员在这时负伤，对部队情绪有影响。"

第3、第6纵队在肃清周围反动地方武装，扫除外围据点之后，于24日包围宜川守军，并发起攻击。

宜川东临黄河，南靠黄龙，为关中至陕北间的重要屏障。城虽不大，但四面环山，城西是外七郎山，与城内内七郎山相连，北为老虎山，西北角是太子山，东北是凤翅山。延绵不断的"山峰"虽说标高均不过100多米，但山势险峻，峭壁林立，攀登不易。城东南有条小溪，形成天然屏障，果真是个"一夫当关，万夫莫开"之地。当地有一首歌谣是这样形容的：

> 抬头看，心胆寒，
> 蹬着梯子难上山，
> 千军万马难攻破，
> 一杆钢枪守宜川！

胡宗南把宜川城作为一个重要的战略据点，在城四周构筑了许多工事，主要阵地多为悬崖峭壁，易守难攀。其中尤以内外七郎山和凤翅山的地理位置最为重要，是进入宜川城的关隘和门户。早年，阎锡山在此盘踞时，曾请了美、英、日、法和国民党中央军的高级军事顾问前来考察，修筑了许多永久性和半永久性的防御工事。胡宗南接防后，又以数千民工耗时四五个月进行改造和加

国民党守军修筑的暗堡

固，在内外七郎山山麓削山切壁，修筑4米多宽的外壕，架置鹿寨和铁丝网，埋设大量地雷，并在凤翅山上构筑了网络状的梅花型碉堡和地堡。

驻守宜川城的是国民党整编第29军第76师第24旅。这个旅是重新组建的，原整编第24旅在清涧战役中被西北野战军独立第2旅全歼。胡宗南任命整编第27师少将副师长张汉初兼任第24旅旅长，下辖3个团，共计3500余人。其中，第70、第71团驻宜川，第72团驻宜川以南的韩城。

张汉初回忆道：

在兵力部署上，内外七郎山与凤翅山作为重点配备。内外七郎山由赵团各派一营兵力据守，另在内七郎山控制一营兵力作为预备队。旅、团指挥所都设在内七郎山。山上并配置山炮三门。蔡团以一个营分守老虎山和太子山，两个营的兵力据守凤翅山，另在凤翅山配属迫击炮二门，归蔡团直接指挥，团指挥所即设在凤翅山。宜川城垣则由旅直属部队以及由赵团抽出之第四连归某副营长统一指挥，沿城墙四周地堡分兵防守。此外，还有地方警备部队300余人。我当时考虑到地方部队情况复杂，置于城内，万一有变，反而不利，索性置于南门外，多少还能起一些作用。总共在宜川的守兵约2700余人。

胡宗南对"固若金汤"的宜川城防颇为自信，1948年元旦后还专程从西安赶到宜川勉励张汉初：固守宜川，哪怕遭到共军的猛攻，也必须坚持一个星期，以待援军。

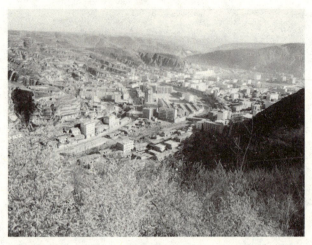

宜川县城今貌

　　既然胡长官信誓旦旦地表示，宜川城遭到共军攻击后一定会派兵增援，张汉初也只好硬起头皮驻守宜川。哪知战斗打响后，西北野战军第3、第6纵队仅用几天时间，就相继攻克外围诸要点，将宜川城包围得水泄不通。

　　战斗打响后，彭德怀即电告许光达和罗元发，要求部队攻城要猛，但攻而不克，以逼张汉初呼救求援。同时命令第1纵队司令员贺炳炎、政治委员廖汉生和第4纵队司令员王世泰、政治委员张仲良率部进至瓦子街以北指定地域集结，待机打援；命令第2纵队司令员兼政治委员王震率部由禹门口强渡黄河，在击溃守敌保安第6团后，向宜川西南圪台街地区开进。

　　果然，张汉初眼见"固若金汤"的外围阵地在英勇的解放军面前竟如此弱不禁风，没能坚持几天便丢失殆尽，只剩下内七郎山、宜川城和凤翅山3处阵地了，顿时慌了手脚，连电胡宗南和刘戡呼援求救。他回忆道：

　　27日入夜，下起雪来，雪一落地就化了，道路泥泞，寒气倍增。约9点左右，太子山和外七郎山方向枪声由稀而密，不一会儿，炮声隆隆，群山震撼，机枪连续发射的声音格外响亮，激烈的战斗开始了。先是蔡团来电话说，太子山方面解放军攻击猛烈，阵地守兵伤亡甚大，请求炮火支援。在外七郎山方面，战斗亦很激烈，解放军屡次发起进攻，均被赵团火力阻止。太子山经过半小时的激战，阵地失陷。破晓时分，据守外七郎山的第二营营长身负重伤，阵地相继失陷。这时，守老虎山的蔡团一个连支持不住，转移阵地，向凤翅山主

西北野战军向守敌发起进攻

力靠拢。经过 27 日整整一夜的激烈战斗，太子山、外七郎山、老虎山均为解放军占领。

战斗开始后，因众寡悬殊，我旅又处处陷于被动地位，情况危急，因而不得不向刘戡呼救，并电请胡宗南迅速派兵增援。

得知西北解放军猛攻宜川，胡宗南一面严令张汉初坚守城池，一面急令刘戡指挥整编第 27、第 90 师共 4 个旅 8 个团 2.4 万余人，立即沿洛川至宜川公路，经小寺庄、瓦子街轻装驰援宜川。

27 日，援军进至瓦子街地区。

瓦子街是洛宜公路的咽喉，向东经任家湾到铁笼湾，山势险峻，树林茂密，荆棘丛生，两山之间为一条长约 30 里的峡谷，是个打伏击的好地方。

西北野战军随即调整部署，以第 3、第 6 纵队各 1 个旅继续围攻宜川城，以该两纵队主力参加打援，具体计划是：

若援敌取道瓦子街时，第 3、第 6 纵队各以一部兵力由正面抗击，不使援敌与宜川守敌会合；第 1 纵队待敌全部通过瓦子街进入伏击圈后，立即断敌归路，攻击敌左侧后；第 2 纵队由东南向西北攻击敌右翼；第 4 纵队由北向南攻击敌左翼，四面合围，歼灭援敌。

若援敌经黄龙至宜川时，第 3、第 4 纵队各以一部正面抗击；第 2 纵队由东向西攻击敌右翼，并切断敌归路；第 1 纵队由西向东攻击敌左翼，合围歼灭之。

宜川战役中，西北野战军冒着敌人的炮火发起攻击

　　若援敌取道瓦子街以南砖庙梁时，第4纵队在鹰儿窝正面抗击；第1纵队由北向南攻击敌左翼；第2纵队由东南向西北攻击敌右侧背；第3、第6纵队各以一部由南向北攻击敌右翼，围歼敌人。

　　28日，天气突变，阴云密布，先是下起毛毛细雨，随后变为鹅毛大雪。西北野战军发出"进字第二号"命令："本野战军决定于明（二十九）日拂晓发起总攻，歼灭来援之敌。"各纵队顶风冒雪隐蔽迎敌。

　　这时，刘戡率部在通过瓦子街后，向公路两侧的山梁各派出1个旅：整编第26师第47旅在左，整编第90师第61旅在右，搜索前进，掩护全军沿公路行进。当第47、第61旅刚登上山梁，进至任家湾和丁家湾地区时，即遭到第3纵队独立第5旅和第6纵队教导旅一部的阻击。

　　按照预先计划，阻击部队且战且退，诱敌深入。刘戡果然中计，误以为担任阻援的西北野战军不过1个纵队七八千人，不足以阻止他们前进，便命令第61旅继续向铁笼湾攻击前进。

　　当晚，援敌后续部队已经通过瓦子街，进入瓦子街沟底公路。因道路狭窄，天黑路滑，队伍拥挤在沟里，混乱不堪。

　　刘戡决定调整部署就地宿营，并占领附近高地，将第61旅撤回任家湾以南高地，构成环形防御。他计划第二天进至宜川，因而仍摆出进攻的架势。

　　此时，大雪仍下个不停，援敌露宿风雪野地，饥寒交迫，疏于构筑工事。

　　29日凌晨2时，第1纵队独立第1旅在旅长王尚荣的指挥下，由张献村出发攻进瓦子街，歼灭了刘戡所部后卫整编第90师搜索连。至6时攻占瓦子街，

宜川战役中，西北野战军隐蔽在树林里准备出击

并以一部兵力攻占瓦子街以南高地，封闭了援敌回撤的道路。

时任国民党整编第 27 师中将师长的王应尊回忆道：

　　正面攻击顿挫，后方瓦子街已被截断，全军处于不利地位。因此，我向刘戡提出最后建议，主张乘在公路南侧尚未发现情况之前，立即向黄龙山撤退，变内线为外线，以解宜川之围。刘戡深知处境危险，同意了我的意见，并对我说："要得深夜 12 时以后，才能行动；天降大雪，道路泥泞，等大家走完了，恐怕你的部队走不出去，因为你的部队正在前面打，势必你要担任掩护，走在最后。"我当时回答他说："我走最后没有关系，充其量损失一部分部队，主力是没问题的。"于是他即叫参谋长刘振世征求整编第九十师的意见。孰料整九十师师长严明因腿部有伤，经过数日行军，深感疲困，到达后即入了梦乡；参谋长曾文思接得电话，生硬地对刘振世说："仗还没有打，就想跑，这种仗我们还没有打过。"刘振世见话不投机，要我与严明直接商量，后我曾两度打电话，都未找到严明。及至深夜，整二十七师所担任之正面，全面发生了战斗，整九十师的正面也有了情况，该师六十一旅亦由前方败退下来，并遭受了损失。至此，遂形成了刘戡全军被包围的形势。

　　刘戡做梦也没有想到，解围不成，自己反倒身陷重围。7 时许，他发觉前进的道路被堵死，后退的道路被切断，已陷入西北野战军的包围之中，当即命令严明派整编第 90 师 1 个团掉头拼命争夺瓦子街，同时又向瓦子街东南山派出部队，抢占制高点，企图向南夺路而逃。

瓦子街战斗中，西北野战军某部向敌阵地发起冲击

客观地讲，这个战术判断很精准。许多年后出版的《中国人民解放军第一野战军战史》中写道："如不迅速堵住这一缺口，将给敌留下突围逃窜的道路。"

此时，瓦子街东南山原部署由第2纵队堵击，但由于雪路难行，路途较远，第2纵队未能赶到。于是，第1纵队孤军奋战，抗击数倍于己的敌人。

双方围绕这个高地展开了殊死争夺，白刃格斗达20余次，直杀得天昏地暗，血肉横飞。在这个方圆不到200平方米的小小阵地上，双方死伤超过千人。西北野战军第358旅第714团团长任世洪、参谋长武治安，国民党军第53旅副旅长韩指针、第158团团长何怡新均战死在此。

当第2纵队赶到后，王震命令独立第4旅接替第358旅第714团作战。第358旅旅长黄新廷表示：目前714团正同敌人短兵相接，一旦转移阵地，势必增加伤亡，指战员们士气正旺，要战斗到底。王震遂改变部署，命令第2纵队协同第6纵队围歼整编第61旅。

在这场惊心动魄的血战中，第714团打出了一个只剩13个人的"硬骨头六连"和一个负伤11处、连续刺倒7名敌人的战斗英雄刘四虎。

刘四虎是个穷泥瓦匠的儿子。父亲被地主逼着冒雨去打墙，结果被砸伤，想告状申冤，却又被折腾得倾家荡产。老人咽不下这口气，上吊自尽了。刘四虎后来参加了人民解放军，在第358旅第714团2营6连2班当战士。新式整军运动中，苦大仇深的刘四虎表现突出，成为6连的诉苦典型。战场上，他英勇作战，很快当上了班长。

时任第714团2营营长的夏伟回忆道：

人民解放军某部在新式整军运动中召开诉苦大会

二班长（刘四虎）是在头一次冲上敌人山头的时候负伤的。他们班在冲击途中受到很大伤亡，到达敌人阵地的时候，只剩下他一个人了。他连头都不回，平端着刺刀，一步跨上敌人的壕沟，随手把敌人的一个机枪射手捅倒，然后便向惊慌后退的敌群扑过去。他紧追着敌人，一连刺倒了七个。直到追过壕沟，敌人军官见他只是一个人，便用手枪逼着十几个敌兵，返身把他围住。他在敌人十几支刺刀的包围中，搏斗了十多分钟，后来听见右边有自己人的声音，便从包围圈内冲了出去，一看壕沟对面一班长舒照明正被两个敌人夹击着。事不宜迟，二班长奋力一跃，隔着交通沟向敌人猛刺过去。谁知敌兵头一低，他的刺刀落了空。舒照明是脱险了，他却跌进交通沟里。后面敌人跟上来，十几把刺刀一齐扎来，把他刺成了这个样子。

血战至黄昏，第714团付出了巨大的伤亡代价，最终将敌人完全击退，占领了高地，"封住了敌军南逃的唯一缺口，为全歼援敌创造了条件"。

战后，王震高度称赞：714团是个英雄团，他们曾经1个团顶1个纵队补缺口，还打了胜仗的。

此时，刘戡和他的整编第29军已完全钻进了彭德怀为他设计的"口袋"里，上天无路，入地无门。王应尊回忆道：

拂晓后，解放军发动了总攻，各方面的部队，都进入了战斗。刘戡全军做

王震在指挥战斗

垂死的挣扎。此时全军把唯一的希望寄托在援军和飞机上，但很不凑巧，天降大雪，飞机不能起飞。援军都远在豫西，迟迟不能到达。尽管胡宗南电报纷纷，说什么已令大批空军出动助战，鲁崇义的整编第三十师限期即到，张耀明的整编第三十八师已向西安空运等等，进行欺骗，但远水解不了近渴。入夜，战斗更加激烈，火力更加凶猛，四面八方都是炮弹和手榴弹的爆炸声，接着就是一片冲锋的叫喊声和厮杀声，通夜是这样激烈的战斗。经过一日夜的战斗，刘戡全军伤亡严重，粮弹殆尽，士气更加消沉。

3月1日晨，西北野战军主力已将敌4个旅压缩在乔儿沟、丁家湾、任家湾之间纵横不到15里的狭小地区内，形成铁桶包围之态势。此时，西北野战军第2纵队经圪台街北上，也赶到瓦子街以南砖庙梁参战。

上午11时，第1纵队沿洛宜公路及其两侧由西向东，第2纵队由南向北，第6纵队主力由东南向西北，第3纵队主力由东北向西南，第4纵队由北向南，同时发起猛攻。

战至16时，公路两侧阵地均被西北野战军攻占，敌军全部被压到瓦子街至丁家湾相距10里的川道里，溃不成军，四处逃窜。刘戡虽亲临督阵，终不能挽回败局，位于乙庄寨的指挥所也被攻破。

黄昏时分，刘戡见大势已去，再无任何希望，绝望地致电胡宗南："败局已成，决心流尽最后一滴血。"同时命令各部，焚烧机密文件秘本，砸毁电台，各行突围。

西北野战军攻占瓦子街

时任国民党整编第 90 师少将参谋长的曾文思回忆道：

严明坐了滑竿（注：严明在上年 3 月向延安进犯时，在山西河津以北覆车断腿，愈后行动不便，专备了一乘滑竿）从乙庄寨以东爬上公路以北的山，被轻机枪打死了。刘戡在乙庄寨子里要自杀，被刘振世夺了手枪，后来逃出寨子，跳下土坎，刘振世在前，刘戡在后拾了一颗手榴弹自炸毙命。

这天，胡宗南虽多次派飞机至瓦子街助战，但于事无补。战士们看着敌机在头顶上盘旋数圈后离去，讥讽地说：蒋介石、胡宗南派飞机为刘戡吊孝来了。

17 时，战斗结束。西北野战军的将士们一面打扫战场，一面唱起了雄壮的战歌：

> 挺进！挺进！
> 向渭南，向渭北，
> 向大关中平原上大进军。
> 那里有穷苦的老百姓，
> 多年来遭受灾难和苦痛，
> 早就盼望着人民解放军，
> 去解放他们……

刘戡援军在瓦子街全军覆没后，宜川守敌成为瓮中之鳖。其实，当西北野

刘戡在宜川战役中兵败自杀。图为刘戡任军长时签发的
结业证书

战军以迅猛动作连克宜川外围据点后，拿下宜川城便是指日可待的事。

时任第3纵队独立第2旅旅长的张开基回忆道：

可是，正当我旅全体指战员摩拳擦掌准备攻城的时候，突然接到纵队的命令，要部队就地待命，并叫全旅团以上干部到纵队开作战会议。

接到命令的同时，纵队司令部还通报说，兄弟纵队已从宜川附近撤离，分路向西南方向进发了。

……到了纵队部，开会的人都已经到齐了。会场里比往常静得多。大家的心情显然和我的一样，都屏息静气地听着许光达司令员的讲话，生怕漏掉一个字。

许司令员今天好像特别兴奋。他向会场环顾了一周，说："为什么围起来了，不马上打呢？这里面是大有文章的。"他走到墙根前，指着地图说："同志们，你们看，刘戡的两个整编师，四个旅，摆在洛川、黄陵一线，如果我们把它引出来，一锤子敲掉，你们想想看，西北战场上将会出现什么样的局面？！野司把主力摆在瓦子街地区，叫我们三纵和六纵攻城，这里面的道理，我想，同志们会明白的！"

几句话，说得大家眉开眼笑了。

"你们的任务是什么呢?"司令员看着我和梁政委说,"你们二旅配合六旅一部攻城。要把洛川的刘戡引出来,还不能让宜川的敌人跑掉一个。"说到这里,他略略顿了一下,"当然喽,要作好这文章,需要动脑筋。你们要考虑怎么个打法。"

我稍稍思考了一会儿,冲口说说:"宜川是战略要地,胡宗南一定要来增援的,我们一股劲攻就是了。"

"一股劲攻?!"许司令员笑着摇了摇头,"你说的只是事情的一方面,胡宗南那家伙,既不愿失地,又怕丢兵。他极力想保住宜川这个关中屏障,

1955年被授予大将军衔的许光达

阻止我军南下,如果我们三锤两棒子搞掉宜川,胡宗南可能另打算盘——叫刘戡固守黄陵和洛川,那我们的战役计划就不能实现了。"他对着地图,用拳头朝宜川猛捶了一下,说道:"我们的计划是:开始,要猛攻宜川,逼使被围在宜川的张汉初告急。胡宗南的援兵一出动,就要打怪名堂:援兵急来就慢打,慢来就急打。"说到这里,他掏出手帕,擦了擦眼镜,风趣地说:"你们听说过活捉老狼的办法吗?有经验的猎人,预先挖好陷阱,先掏出狼崽子,打得它嗷嗷乱叫;老狼一急,不顾一切去救崽子,结果便掉进了陷阱里。如果猎人一棒子把狼崽子给打死,老狼也就不来了!我们现在就是打的这个主意。"

3月1日晨,冷风夹着大雪席卷宜川,城内外一片白雪皑皑。双方发射的炮弹爆炸后的硝烟,把雪渍染成了黑色,在白雪覆盖的山梁上显得分外醒目。

几天来,猛烈的炮弹爆炸声如同滚雷般自西南方不断传来。虽然与刘戡的电讯联络早已中断,但张汉初还是判断出前来增援的整编第29军已被西北野战军阻挡在瓦子街任家湾附近,并得出刘戡不幸陷入共军"围城打援"圈套中的结论。

围城的西北野战军已先后两次送来劝降信,要求张汉初放下武器,起义投诚。可当他召集参谋长陈玉武、第71团团长赵仁商议时,赵仁明确表示

西北野战军某部攻占宜川城

"宁可战死，不愿投降"，陈玉武则默不作声。

到了下午，炮声渐渐沉寂下去，接着机枪声也听不到了。张汉初心里明白：刘戡和他的整编第29军凶多吉少，同时直觉也告诉他：宜川城危在旦夕。

张汉初这次的直觉一点都没有错。

2日晚6点整，第3纵队独立第2旅和第6纵队教导旅在宜川城东西两处同时发动攻击。由于地形熟悉，准备充分，独立第2旅第6团不到一个小时就从小北门杀入城内，直扑内七郎山。

雄踞在宜川城西南角的内七郎山，背倚城墙，俯瞰全城。山并不算高，不过100多米，但山势险峻，绝岩峭壁，大段的城墙筑在半山腰上，倚山而立。经过多年的苦心经营，整个山体已被修成了一个庞大的山城堡垒。山下外壕如蜘蛛网密布，密密麻麻的鹿寨、铁丝网围绕着山脚。地雷、拉雷、重磅炸弹，多得像河滩的石头，埋在阵地前沿……

张开基回忆道：

攻取内七郎山的困难，还不仅在于地势险峻，而且布防严密。据俘虏说，上内七郎山只有一条路：在半山腰的城墙上，有个必经的洞口，口上盖着块大石板。不熟悉情况的人就是到了跟前也难发现。从这洞口进去，向右拐，走一截狭窄的坑道，才是到山顶去的阶梯。顺着台阶，拐弯抹角地爬二三里高，才能到山顶洞口。山上的洞口就更难上了，窄得像井口，顶多能同时上去两个人，上面构筑着钢筋水泥的碉堡，碉堡里面架着轻重机枪。人少了，上不去；人多了，敌人对着洞口，用机枪一扫，把手榴弹、迫击炮弹往下一扔，任你多少人也都要牺牲在洞里头。这样的地形，子弹打不顶用，爆破用不上，纵有千军万马，也难施展。何况张汉初的旅指挥所、炮兵阵地、仓库都在山上。上面

西北野战军某部向敌阵地发起攻击

粮弹之多，足以使敌人有恃而无恐。

峭壁上敌人的火力组成了一道严密的火网，拦阻着独立第2旅突击部队的去路，攻城战斗进展很慢。独立第2旅的炮火因为山势地形的阻碍无法摧毁这些火力点，步兵也无法靠近岩壁，突击队扛着云梯连续攻了好几次，都没有成功。

这的确是块难啃的硬骨头。张开基一面命令所有炮兵猛轰山头，一面又命令部队在组织强攻的同时对敌展开政治攻势，设法夺取城墙上的洞口。

破晓时分，第21团报告说他们攻下了内七郎山，正在搜索歼敌。

起初，张开基不大相信，连问了两遍，得到的都是肯定的回答。为了解攻下内七郎山和支援第6纵队教导旅攻打凤翅山的详细情况，张开基急忙从旅指挥所直奔内七郎山。

来到山下时，枪声已经完全停止了。只见炮火正猛烈地向凤翅山轰击，战士们押着一串串俘虏走下山来。

在山上张汉初的指挥所里，张开基得知了智取内七郎山的经过：

原来，第21团第2营攻进城后，冯副营长带着第4连埋伏在一个十字街口，防止凤翅山和城里的敌人向内七郎山增援。

果不出所料，张汉初为确保内七郎山，命令城里的一个连于当夜上山增援。偏巧这个连的番号也是4连。当他们稀稀拉拉地往内七郎山方向走，刚过十字街口，冯副营长一挥手，部队一拥而上，截住了敌军4连的尾随部队。

宜川战役中被俘的国民党军

　　冯副营长立即通过俘虏问明了敌情及上山下山的口令，意识到：如果来一个将计就计，来个冒名顶替，改强攻为智取是再好不过的。

　　于是，冯副营长厉声对敌排副说：现在给你一个戴罪立功的机会，领我们上山。搞好了奖赏，否则小心你的脑袋！

　　敌排副连连点头答应。

　　战士们把俘虏的枪栓都卸了，换上了敌军的黄军装，让俘虏走在前边。冯副营长朝天放了几枪，一队人马装着慌乱的模样向内七郎山上跑去。

　　等到了山顶，敌人还没有反应过来，冯副营长率领第4连就占领了守军的炮兵阵地，随后指挥部队调转炮口朝着凤翅山开火……

　　张开基回忆道：

　　我正听得入神，一个穿着敌军官服、身材结实、充满英气的人钻进碉堡，向我敬了个礼。我一看，正是二十一团二营的冯副营长。我握紧他的手说："你在这次战斗中，机智灵活，能够为全局着想，对这次战役贡献很大啊！"

　　他立正站着，腼腆地笑着低下了头，半天，才说出一句话："就是没抓到张汉初。"

　　"跑不了他。"我满有信心地说。

　　张开基说得没错，张汉初的确没有逃出解放军的重重包围。就在西北野战

宜川战役遗址

军向宜川城发起总攻时，张汉初收到胡宗南的电报，令其率部突围。他当即找来陈玉武、赵仁商议。结果三人对突围方向各执一词：

陈玉武主张向东突围，沿黄河直奔韩城，收拢部队。张汉初认为这条路并不好走，因为王震的第3纵队不久前才从禹门口渡河，沿途必会受阻，非安全之计。

赵仁坚持由城南突围，向东南方向逃窜，转入中部集结。但张汉初考虑到走这条路，虽交通便利，容易靠拢后方部队，但共军主力集结在城西南，想要通过绝非易事。

张汉初提出向北突围，绕道共军后方，再转向南下。理由是共军主力南下，后方必然空虚，乘虚突围，较有把握。

最终，三人研究的结果是先把残部收拢起来，统由赵仁指挥，从东门突围，靠拢驻守凤翅山蔡仲芳团，再做计议。

但当张汉初、陈玉武、赵仁等来到东门城墙时，即遭解放军猛烈的火力压制。军心涣散的部队建制混乱，无法控制，各自逃命，张汉初身边只剩下了2名卫士。

张汉初见大势已去，为了逃命竟一咬牙一跺脚跳城而下，不料跌伤了腰部，行走困难。好不容易涉水过河，但前往凤翅山的道路又被解放军的火力封锁，只好藏身于山下的一个岩洞里。

在苦苦煎熬了大半夜后，张汉初深知此处不是久留之地，便挣扎着走出山

大批国民党军俘虏被押下战场

洞，趁着夜暗只身向西南方向逃去。

3日清晨，惶惶如丧家之犬的张汉初被2名解放军饲养员发现，乖乖地当了俘虏。这时，西北野战军已攻克宜川城，全歼守军。

此役，西北野战军歼灭胡宗南部1个整编军军部、2个整编师师部、5个旅共2.9万余人，其中毙伤7500多人，俘虏整编第29军参谋长刘振世、第27师副师长李奇亨、第90师参谋长曾文思等以下21000多人。整编第29军军长刘戡自杀，第90师师长严明、第31旅旅长周由之、第47旅旅长李达等被击毙。第27师师长王应尊、参谋长敖明权，第53旅旅长邓宏仪、参谋长宫润章，第61旅旅长杨德修等被俘后，乘夜暗混乱之机逃脱。

这是西北野战军经过新式整军、转入战略进攻后的第一个大胜仗，粉碎了胡宗南集团阻止西北野战军南进的企图，取得了西北战场上的空前大捷，并迫使位于陇海铁路潼关以东及郑州地区的国民党军回撤西安，有力地策应了晋冀鲁豫野战军、华东野战军西线兵团在中原地区的作战。

自此，在西北战场上，交战双方的军事力量发生了根本变化：国民党军由进攻转为防御；而西北野战军的战斗力大大提高，由一次消灭敌人一个建制团到一次消灭一个整编军。

3月7日，毛泽东在为解放军总部发言人起草的评论《评西北大捷兼论解放军的新式整军运动》中，高度评价了宜川瓦子街战役：

这次胜利改变了西北的形势，并将影响中原的形势。这次胜利，证明人民解放军用诉苦和三查方法进行了新式整军运动，将使自己无敌于天下。……我

宜川战役示意图

西北人民解放军在此次向南进攻中，旗开得胜，声威大震，改变了西北敌我对比的形势，今后将比过去更有效力地同南线各战场的人民解放军配合作战。……西北野战军的战斗力，比之去年是空前地提高。西北野战军在去年作战中，还只能一次最多歼灭敌人两个旅，此次宜川战役，则已能一次歼灭敌人五个旅。

面对宜川惨败，蒋介石极为震怒，电斥胡宗南：宜川丧师，为国军"剿匪"最大之挫折。

国民党在其《戡乱战史》中也认为："是役，自刘戡军失利后，关中空虚，被迫抽调晋南、豫西大军进至关中，以致造成晋南开放，临汾被围，洛阳失守，伏牛山区共军坐大之局面。"

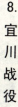

9. 澄郃战役

　　1948 年秋，解放战争进入夺取全国胜利的决定性阶段——战略决战阶段。

　　经过两年的浴血奋战，到 1948 年 7 月，国民党军的优势荡然无存，被歼 260 多万，虽经补充但总兵力已由战争开始时的 430 万下降到 365 万，但能用于一线的正规军只剩下 249 个旅（师）170 余万人，且被人民解放军分别钳制在东北、华北、西北、中原、华东等五个战场上，大部分只能担任战略要点和交通线的守备，能够进行战略机动的兵力已经不多。其中新组建的和被歼后重建后的师、旅又占绝大多数，士气涣散，军无斗志，战斗力大为下降。

西北野战军发起 1948 年春季攻势，收复大量失地，胡宗南部转入防御。图为 1948 年 4 月，西北野战军在延安新市场举行庆祝延安光复大会

1947 年 12 月，毛泽东在陕北米脂

国民党军上至高级指挥官下到普遍士兵，都已看出蒋介石发动的这场战争，败局已定。厌战、反战情绪日益高涨，蒋介石就如同一具僵尸，没有灵魂了。国民党的军政要员们，包括蒋介石所谓的学生们都不再信任他。"大太子"蒋经国哀叹道："高级将领弃职潜逃、临危变节，而投匪者，比比皆是，真正忠贞为国而殉职的将领，寥若晨星。"

眼见匪越剿越多，兵越打越少，仗越打越背，蒋介石也无计可施，不得不承认："过去两年来的剿匪军事，我们全体官兵牺牲奋斗，固然有若干成就，但就整个局势而言，则我们无可讳言的是处处受制、着着失败！……无论军事、政治、经济各方面情形的表现，的确是严重而危险的……到了危急存亡的关头。"

与此形成鲜明对比的是，中国人民解放事业正以不可阻挡之势迎来了收获季节。毛泽东曾作了一个生动的比喻："解放战争好像爬山，现在我们已经过了山的坳子，最吃力的爬坡阶段已经过去了。"

人民解放军掌握了战争主动权，总兵力则由 127 万猛增到 280 万，其中正规军由 61 万上升至 149 万。武器装备大为改观，用从"运输大队长"那里"接收"的美式军械武装了自己，共建有 35 个炮兵团，拥有山炮、野炮等重炮 1100 余门，并组建了坦克部队。在血与火的洗礼下，人民解放军斗志昂扬，越发成熟起来，不仅拥有丰富的打大规模运动战的经验，而且积累了城市攻坚战的经验。

在东北，林彪、罗荣桓率东北野战军接连发动 1947 年冬季攻势、1948 年

9.
澄
郃
战
役

春季攻势后，迫使卫立煌的 55 万大军龟缩在长春、沈阳、锦州地区，陷入孤立无援的困境。

在华北，人民解放军相继发动察南绥东、晋中、冀热察等战役，杀得阎锡山、傅作义集团人仰马翻。

在西北，彭德怀率西北野战军取得宜川大捷，瓦子街一役全歼刘戡整编第 29 军，并乘胜收复了延安。志大才疏的胡宗南深陷西北，动弹不得。

在华东，粟裕的胃口更是大得出奇。豫东一战，竟吃掉了国民党军区寿年兵团 9 万余人，吓得刘峙集团 60 万大军收缩在徐（州）蚌（埠）一线，不敢轻举妄动。

在中原，就连一向声称"不怕共产党凶，只怕共产党生根"的"小诸葛"白崇禧也无法阻挡住刘邓大军在大别山站稳脚跟……

与此同时，中国共产党的各项政治主张、政策深入人心，解放区得到了空前的扩大和巩固。解放区面积已扩大到 235 万平方公里，占全国总面积的 24.5%；人口达 1.68 亿，占全国人口的 35.3%；拥有县以上大中城市 586 座，占全国城市的 29.5%。约 1 亿人口的老解放区已经完成土地改革，广大翻身农民的革命和生产积极性高涨，支援战争的力量得到大大增强。

得道多助，失道寡助。种种迹象表明，国民党的反动统治已是风中残烛，摇摇欲坠。在神州大地，两种道路、两种命运的决战时刻即将到来。

为加速全国解放战争的胜利进程，1948 年 9 月 8 日，中共中央政治局扩大

西北野战军某部攻占敌军阵地

毛泽东与中共中央和人民解放军的主要领导人在西柏坡研究向全国进军问题（油画）

会议在河北省平山县西柏坡召开，史称"九月会议"。

出席会议的政治局委员有毛泽东、周恩来、刘少奇、朱德、任弼时、彭真、董必武等7人，中央委员和候补中央委员邓小平、邓颖超、叶剑英、陈毅、徐向前、聂荣臻、贺龙等14人，列席会议的有胡耀邦、杨尚昆、胡乔木等10人。这是抗日战争胜利后到会人数最多的一次中央会议。

会议首先听取了毛泽东的报告。

有谁能想到，在军事、政治、历史、文学和经济上都造诣极深的毛泽东，竟然会对简单枯燥的数字有着极其浓厚的兴趣。从这一点可以看出，毛泽东对事物的分析判断，决不满足于定性分析，更着重于定量分析。

早在1946年10月，毛泽东在延安的窑洞里起草《三个月总结》时，算了一笔账："三个月内，已被人民解放军歼灭二十五个旅……可以预计，在歼灭第二个二十五个旅这一任务完成的时候，人民解放军必能夺取战略上的主动，由防御转入进攻。那时的任务，是歼灭国民党军队第三个二十五个旅。果能如此……那时国共军力对比，必起重大变化。"

5个月后，即1947年2月，毛泽东在《迎接中国革命的新高潮》一文中继续算这笔账："去年七月至今年一月作战，已歼灭蒋介石进犯解放区的正规军五十六个旅，平均每个月歼敌八个旅……预料今后数月内可能达到歼灭蒋军连前共计一百个旅的目的。"

到1948年，毛泽东已能算出国民党统治屈指可数的日子了。两年来歼敌264万，从敌人能得到的补充和被歼速度及解放军的发展，5年的作战结果，国

九月会议前夕，蔡树藩（左起）、聂荣臻、贺龙、邓小平在一起
合影

民党军可能只剩200万人左右，解放军可达近500万。

于是，毛泽东在九月会议上，大胆预言："我们的战略方针是打倒国民党，战略任务是军队向前进，生产长一寸，加强纪律性，由游击战争过渡到正规战争，建军五百万，歼敌正规军五百个旅，五年左右（从1946年7月算起）根本打倒国民党。"

会议还提出了解放战争第三年（1948年7月至1949年6月）歼敌正规军115个旅（师）左右的作战任务，并具体规定了各野战军和各兵团的作战任务。其中要求西北野战军歼敌12个旅（师）左右，钳制并削弱胡宗南集团，使之不能实现战略机动。

此时，胡宗南集团虽被西北野战军打得狼狈不堪，损兵折将近10万人，但经过补充，仍有11个整编师30个旅约25万人，加上青海马步芳、宁夏马鸿逵、榆林邓宝珊部，约有31.8万人，连同特种部队、地方保安部队8.2万人，仍有40万大军。与不足7万人的西北野战军相比，在兵力上占有绝对优势。

西府陇东战役结束后，转入"重点机动防御"的胡宗南错误判断西北野战军须"六个月后始能作战"，遂奉蒋介石之命，抽兵外援连遭败绩的中原战场，以整编第30师空运太原，以整编第65、第27、第13师调至豫陕边境，以防中原野战军西进，保障其侧翼安全。同时将主力置于西安及其以北地区，布重兵围困黄龙山区，并趁西北野战军整训之机，向黄龙山南麓蚕食进攻。

从5月下旬到7月中旬，胡宗南集团先后占领澄城、郃阳（今合阳）、白水。在"扫荡"关中分区后，又攻占栒邑（今旬邑）、马栏等地。

在西北野战军的沉重打击下，胡宗南部被迫实施"重点机动防御"。图为国民党军坚守城市

7月底，胡宗南命令国民党西安"绥靖"公署中将副主任、第5兵团司令官裴昌会率所部4个整编师10个旅另1个骑兵团，共7.8万余人，分左右两路由白水、澄城、郃阳一线进犯黄龙解放区，企图控制黄龙山南麓的壶梯山、将军山等要点，并相机进占石堡（今黄龙）及韩城等地。

其中，以整编第38、第17师由郃阳进犯韩城和禹门口，企图切断晋西南和陕北解放区的联系；以整编第36师由白水进攻石堡；以整编第1师位于同官（今铜川），掩护进攻部队翼侧安全，并随时准备东援。

遵照中共中央、中央军委的战略部署，西北野战军为配合全国战场的战略决战，进一步削弱与牵制胡宗南集团不能抽兵增援其他战场，决定集中主力5个纵队共5万余人，发起澄郃战役。具体部署是：

以第1、第2、第3、第4、第6纵队11个旅5万余人，隐蔽集结在石堡东南及西南山地，采取正面出击和两翼迂回相结合的战术，求歼整编第36师；以第4纵队骑兵第6师（1000余人），在宜君以南的洛河东岸，钳制整编第1师并阻击该敌东援；以第3纵队2个团、第2纵队1个团及黄龙军分区1个团组成左翼兵团，在韩城西南山地构筑野战工事，抗击整编第38、第17师（欠第142团）及骑兵第4团的进犯，保障主力左翼安全及韩城、禹门渡口运输线的畅通。

19日，彭德怀就粉碎胡宗南集团对黄龙山区的进攻，歼灭北犯之敌的计划向中央军委报告。次日，毛泽东复电指出："首先准备歼击可能北犯之敌是正

彭德怀在地图前指挥作战

确的。"

29 日，彭德怀再次电告中央军委："拟首先歼灭三十六师及一四二团全部，得手后再歼十七师、三十八师。"

整编第 36 师的前身为第 36 军，原系国民党军事委员会用于封锁陕甘宁边区的一支战略部队。

1945 年 7 月，胡宗南为防八路军于抗战胜利后在陕西地区"做大"，便向前往西安视察的蒋介石提议编组特种军，以长期担负封锁任务。一来可增强各封锁部队的实力，二来在表面仅对延安方面使用了一个军的番号，避免舆论影响。

在得到蒋介石的批准后，胡宗南选定以第 36 军为基础实施改编，下辖 5 个师，每个师辖 4 个团，各团又都以四四制编组，全军 7 万余人。守备线西起甘肃固原，经庆阳、平凉、榆林、洛川至宜川，长达 1300 余里。

1946 年 4 月，根据南京国防部计划，第 36 军整编为第 36 师，下辖第 28、第 123、第 165 旅，共 9 个团 3 万余人，号称胡宗南的三大主力之一。

蒋介石发动全面内战后，整编第 36 师充当胡宗南麾下的反共急先锋，在陕北地区屡屡与西北野战军"斗法"，互有胜负。

1947 年 7 月，陕北重镇榆林城被围。胡宗南一面命令先期进驻榆林的第 28 旅归邓宝珊指挥外，一面又急命中将师长钟松率第 123、第 165 旅驰援。

钟松率援军出人意料地循保安（今志丹）、靖边，出长城，沿伊盟南端边缘沙漠挺进，从而成功地绕开了西北野战军的阻击，直抵榆林城下。围困榆林的解放军被迫撤围而去。

8月14日，钟松趾高气扬地开进榆林城，一时名声大噪，获颁四等宝鼎勋章。榆林当地报纸也大肆宣传，谓其"行动神速巧妙，出其不意，榆林城不战而解围"。

然而好景不长。仅仅过了5天，8月19日，整编第36师师部和第123、第165旅就被西北野战军主力包围在沙家店。激

驻守榆林城的邓宝珊

战一天，除钟松和第165旅旅长李日基等少数人趁乱侥幸逃脱外，第123旅旅长刘子奇以下6000余人被歼。

沙家店战役后，整编第36师遭到重创，但尚存7个团。胡宗南一面命令钟松带着整编第123、第165旅残部开赴西安整补，一面将驻防榆林的整编第28旅调回归建。

1948年3月9日，西北野战军在瓦子街全歼整编第29军主力后，继攻洛川城。胡宗南急调已整补完毕的整编第36师驰援。第3、第6纵队围攻洛川22

1948年春，彭德怀在西府陇东战役中，号召部队进军

9.
澄郃战役

天未能得手，而整编第 36 师又已推进至蒲城，遂撤围而去。

4 月中旬，西北野战军发起西府陇东战役。整编第 36 师奉命驰援凤翔、宝鸡，并乘解放军主攻宝鸡之时收复凤翔，随后向陇县沿公路尾追。

5 月初，整编第 36 师在攻占荔镇后，钟松一改以往稳扎稳打、步步为营的谨慎做法，以日行百里的速度经宁县、正定向东北沿公路高速追击，连续数次冲散后撤的解放军行军纵队，使之"遭到不必要的损失"。

西北野战军上上下下对钟松和他的整编第 36 师恨之入骨，彭德怀跺脚称其为"打不死的钟松"。时任第 2 纵队副司令员的郭鹏回忆道：

> 三十六师师长钟松，是最坏的家伙。关于他，我们是顶熟悉的了。一九四六年我们从中原突围，他从中原一直跟到陕北；一九四七年我军出击三边，回师榆林，他又紧跟着我们转了一圈。可是，他又非常狡猾，你刚刚向他一伸手，他马上就往后躲。在沙家店，我们让他尝到了厉害，弄了它个全军覆没，可是这个滑贼却像条泥鳅一样，在最后的一刻，又被他滑脱了。前不久，我们从西府行动回来时，他才重新上阵，大概是为了挽回沙家店大败所丢掉的面子吧，他又跟在我们后边咋呼了一路。

但又有谁知道，这个"打不死的钟松"早年曾是共产党员。

钟松，原名钟雍田，1900 年生于浙江省松阳县樟溪乡钟家村。1922 年从浙江省立第 11 师范学校毕业后返乡，在樟村小学任教。1924 年到广州投考黄埔军校，被编入第二期炮兵队，并改名钟松。

在校期间，钟松秘密加入中国共产党，并参加了革命军人同志会。不久，"中山舰事件"爆发，钟松改换门庭，转投国民党，自此与共产党人在战场上兵戎相见。

十年内战期间，钟松多次参加"围剿"苏区的作战，并率部围堵红军长征，积功升至独立旅旅长。抗日战争期间，他驰骋疆场，屡立战功，官至中将军长。尤其是在滇西反攻作战中，因功获青天白日勋章。

全面内战爆发后，钟松和他的整编第 36 师来到西北荒凉的黄土高原上，在与西北野战军的多次较量中，逐渐摸到了"共军"的一些作战规模，打起仗来也更加滑头，被彭德怀视为一个难缠的对手，一直想找机会除掉它。

沙家店一役虽吃掉了第 123 旅，狠狠地打击了整编第 36 师的嚣张气焰，

西北野战军渡过泾河，向西府地区挺进

但钟松却漏网了，令彭德怀遗憾不已。这次机会终于来了。彭德怀决心集中西北野战军几乎全部家当——5个纵队11个旅，准备第二次围歼整编第36师的3个旅。兵力上，5万对1.5万，彭德怀占有绝对优势。

1948年7月30日，整编第36师进占澄城县城以北冯原镇、刘家凹地区。

整编第38、第17师在进占郃阳以北的甘井镇、鸡毛村后，于31日向梁山、尖山以南进犯，突击支队和骑兵第2旅第4团进占百良镇。从8月1日起，整编第38师和整编第17师第12旅在飞机和密集炮火的掩护下，连续向蔡自洲、仙宫、司马庄、铁营及焦树岭等西北野战军阵地猛攻，遭西北野战军左翼兵团顽强抗击，难以进展。

时任国民党整编第38师少将副师长兼第177旅旅长的李振西回忆道：

8月4日前后，整第九十（注：作者回忆有误，整编第90师并未参加澄郃战役，应为整编第17师，下同）、三十八师分向甘井镇、百良镇以北攻击前进。我们一过百良沟，甘井镇、百良镇地区的人民解放军西北野战军主力即撤退到韩郃公路以北高地，只在公路北三甲村东北高地摆了一个前进据点。8月5日，整第三十八师第一七七旅即向三甲村高地攻击，开始只用了一个团的兵力和一个山炮连，接着全旅都增加上去，并集中了整第一七七旅的美造炮营、整第三十八师师部的野炮营及临时配属的美造重迫击炮连，集中火力向该据点猛攻，经两日的激烈战斗，虽然附近的房舍都摧毁了，阵地的土地也都打黑了，可是始终冲不上去；最后连整第五十五旅第一六五团也增加上，不但没有动摇

9.
澄
郃
战
役

国民党军修筑的堑壕遗址

解放军的据点，而整第九十师当面的解放军又迫使该师退到甘井镇附近，改取守势。

4日，整编第1师也从同官以北哭泉镇向宜君实施钳制性进攻。

就在此时，整编第36师发现西北野战军主力有集结于石堡附近的迹象。钟松隐隐感到形势不妙，共军有围歼自己的企图，随即命令部队停止前进，在冯原镇就地构筑工事，转入防御。具体部署是：

整编第28旅李规部居左，于澄城之魏桥、冯原、壶梯山一线占领阵地，并向介牌山之线派出警戒部队；整编第165旅孙铁英部居右，西接壶梯山东侧，东至熊村、刘庄一线占领阵地；师直属部队位置于壶梯山以南约3里的东柳村；整编第123旅方晓松部居于师部之后4里处的寨子里，作为师预备队。

钟松希望能依托地势险要的壶梯山为主要支撑点，把阵地构筑成一个要点式防御体系。同时将情况报告第5兵团司令部，请求裴昌会派部增援。

但令钟松大为光火的是，他苦苦等来的却是裴司令官转发的西安"绥靖"公署关于冯原镇并无共军主力的电报，拒绝派出一兵一卒。

李振西回忆道：

据我们得到的情报，光整第三十八师当面的解放军至少也在一个师以上，同时第五兵团部和西安绥署综合各方情报，也判定整第三十八、九十师当面的解放军约在两个军以上。根据西安绥署的情况判断，解放军坚守三甲村据点是企图掩护主力集结，准备在百良沟以北地区歼灭整第九十师和整第三十八师，因而西安绥署令澄北壶梯山、冯原方向的整第三十六师，除以整第二十八旅坚守壶梯山外，其余集结冯原以东地区，准备策应整第九十、三十八师作战。

同样着急上火的还有彭德怀：陷阱早已挖好，胡宗南、裴昌会也都中计，做出错误判断，但钟松却迟迟不上当。

于是，彭德怀决定继续撒下诱饵，命令左翼兵团主动后撤至香山寺、清凉寺、魏山、芝川镇地区，以吸引整编第38、第17师向韩城进犯，诱使整编第36师向石堡进犯。

6日，整编第38、第17师先头一部进占韩城，主力停留于芝川镇地区。但整编第36师死活就是窝在原地不动，在冯原镇、壶梯山、刘家凹正面宽12公里、纵深6公里的地域内，继续构筑野战工事，加强防御。

既然敌人不出动，那就主动打上门去。

8日拂晓，西北野战军主力对整编第36师展开猛烈攻击。针对钟松的防御部署，西北野战军采取中央突破、两翼迂回、割裂围歼的战法，即对外围据点实行分割包围，切断敌军相互间的增援，集中优势兵力攻击壶梯山阵地。

战斗打响后，第1纵队攻击魏家桥，以爆破及竖梯攻击手段突破寨墙，全歼守敌，继占东家渠，后以第358旅第715团配合第2纵队攻击壶梯山，主力向冯原镇攻击；第4纵队于当日凌晨利用夜暗完成对曹家陇头和关家渠守敌的

西北野战军某部向敌外围据点发起攻击

包围，激战 2 小时，攻占曹家陇头，随后又克关家渠，向冯原镇整编第 123 旅发起攻击；第 3、第 6 纵队向冯原镇以东地区的整编第 165 旅发起攻击，占领刘家凹，并将该旅第 493 团包围于梁周村。

16 时，第 2 纵队在第 1 纵队一部配合下，以独立第 4、第 6 旅和第 359 旅，从东、西、北三面向壶梯山同时发动猛攻。

壶梯山位于冯原镇北 7 公里处，地势险峻，号称冯原镇之锁钥。站在山上，可俯瞰附近群峰及冯原镇附近平地。郭鹏回忆道：

我们到了壶梯山东面的牛堡泉，登上了北山。从这里看壶梯山，十分清楚。这是伸向平原的一群孤山，山坡上，稀稀落落地长着几棵大树，还有几块显然十分瘠薄的坡田，高低不齐的几棵晚苞谷没精打采地吊着颈子。敌八十二团在这里的一个星期，总算没有白过，山上已经让他的工事塞严了。最低处是密密麻麻的单个碉堡，稍上去是用伏地碉和交通壕构成的独立集团工事。再上去是前后交错、互相连贯的地碉群，有的形成三角，有的四方四正，外边还都加上了矮墙、外壕和鹿寨，大概这是敌人的主要阵地。最高的那个山顶原有一座大庙，现在也被改造成一个大型的堡垒了。

驻守壶梯山的第 82 团号称整编第 28 旅的精锐，战斗力较强。钟松将该团放在这里，就是考虑到壶梯山为整个防御配系中的制高点，一旦丢失全师阵地都将受到钳制。

但令钟松大跌眼镜的是，战前被寄予厚望的第 82 团仅仅守了 2 个小时，就全军覆没。时任国民党整编第 28 旅少将旅长的李规是这样回忆的：

8 月 9 日拂晓，解放军向壶梯山主阵地先后发动两次攻击，均被击退，唯大道西边高地的解放军顽强不退，对我阵地威胁最大，并有迂回我侧后方模样。当时派第八十二团副团长宋清泽率兵两连出击反攻，由于上山仰攻地形不利，并遭受解放军集中炮火猛烈射击，伤亡很重，以致出击失败。解放军趁机又连续向我主阵地发动两次猛攻，均被击退。由于上午 10 时至下午 7 时，解放军的优势炮火向我壶梯山主阵地整整集中射击了 9 个小时，阵地大部被摧毁，尘土飞扬，硝烟弥天，助战飞机飞临上空，无法识别敌我，竟滥行轰炸，使守备部队受到很大伤亡，电台也被击毁。而电话忽断忽续，无法与上级联络，很

人民解放军炮兵部队在作战中

难适应战斗需要。

第八十二团出击失败，解放军愈攻愈猛，情势紧张。我认为第八十二团兵力薄弱，任务艰巨，曾电请钟松增援，不料钟松因过去对我有成见，不但不增兵力，反用生硬的口气回答说："没有部队增援，无兵还要守住阵地，如果放弃阵地，就以违犯军法论处……"当时我很生气，在电话中回答说："如果我放弃阵地违犯军法，那么你也要连坐。"我的话还没说完，钟就把电话筒扔下了。下午7时后，解放军炮兵停止射击。不久，向我壶梯山主阵地开始夜间攻击。我左地区队方面战斗激烈，第一营为解放军火力所牵制，我右地区队方面，解放军集中优势兵力猛烈攻击，激战约3小时，即发生肉搏战。第八十二团第二营因伤亡很大遂退守第二线阵地，双方对峙。至12时许，左地区方面，解放军向第八十二团第一营猛烈进攻，几进几退，一直激战至拂晓前，该营兵力不支，退守第二线，暂成对峙状态。

8月10日拂晓前，第八十二团团长董文轩又重新整顿部队，调整部署，命第三营营长率领核心阵地的守备部队七、八两连，增加于一、二营之间，弥补空隙，力求固守第二线，以待增援部队到达后再图反攻；另以第九连之残部及特务排守备核心阵地。调整后即向上级请求增援，仍无结果。上午7时后，解放军炮兵又开始向我第二线阵地猛攻，至中午12时前后，我山炮已被击毁，单凭步兵固守阵地，兵力不足，全部阵地被解放军割裂，分点包围，已陷于各自为战，不能互相策应的局势。左右两地区队均因伤亡过重而先后撤退至核心阵

壶梯山战斗结束后，西北野战军某部乘胜追击逃敌

地。当时第八十二团第二营营长范长山被俘，第一营营长刘树德受伤未退，继续作战；第三营营长撤退中失踪，全团连排班长以下及士兵伤亡更重，无力再守。至下午3时许，第八十二团长董文轩只带卫士数人突围下山，收拾残余官兵数十人，带至冯原镇归还旅部。

对于壶梯山战斗的经过，甚至包括最基本的作战时间，李规的回忆都存在着不少出入，想必是他或多或少地为自己和部下开脱，毕竟阵地是在他的手中丢失的。

壶梯山失守，意味着整编第36师丢掉了防御支撑点，冯原镇以南已无险可守，钟松立即同副师长朱侠、参谋长张先觉商议对策。张先觉回忆道：

壶梯山失守后，全师阵地受到钳制。我建议后撤20里到王村镇待援，钟、朱均同意，经电告裴昌会许可。裴并命第三十师放弃韩城，从郃阳西向王村镇附近的第三十六师靠拢，协同作战；还命驻澄城的整编第三十八师第十七旅王作栋部北进至王村镇归钟松指挥，加强兵力。师部还部署当撤退到达后方阵地时，预作梯次配置，以便在援军未到前，对解放军的攻势，采取逐次抵抗，遂命整编第二十八旅撤至塔虎村至露井之线，为前进阵地；整编第一六五旅速撤至王村镇利用寨子构筑中间阵地工事；师指挥所及各直属队位于王村镇南4里之杨家凹；整编第一二三旅担任师的撤退掩护。

"打不死的钟松"果然有两把刷子，见势不妙，立即率部后撤，以避免落入共军主力的重围。客观地讲，钟松的反应还是十分敏捷的，撤退部署也很有章法。

不料，李规在接到命令后根本就没有等师部行动即自行撤向澄城。张先觉回忆道：

> 黄昏前，钟松命令整编第一二三旅炮兵对壶梯山打炮。夜半，后撤部队到指定位置，只有整编第二十八旅一个营在黑夜撤离冯原时，途中与解放军发生遭遇战致被冲散。师部与整编第二十八旅暂失联系。9日拂晓，整编第二十八旅旅长李规忽由澄城来长途电话说："因昨夜看不清道路，天明才知道到了澄城。"我报告钟松说："第二十八旅不遵命令，到了澄城该怎么办？"钟默然。上午8时，整编第十七旅派参谋来联系说第十七旅由澄城出发北进，估计午前10时可以到达。实际该旅并未出发前来，由于整编第二十八旅自动撤到澄城，引起第十七旅官兵内心不安，派参谋来弄虚作假而已。午前9时，第一六五旅旅长孙铁英来电说："王村镇前沿阵地发生战斗，发现有敌强大纵队，由王村镇东西两侧南进，预料不久即到达师部附近。"我向钟松报告后，钟松惊慌失色。我建议立即撤入澄城待援，朱侠不同意。

李规对第28旅自行撤退到澄城则是这样描述的：

> 10日下午，第八十二团失守壶梯山撤退到冯原镇时，当时全军已在全面撤

壶梯山战斗遗址

退。第二十八旅因伤亡甚重已无力作战；可是钟松仍令第二十八旅担任后卫，掩护师的主力脱离阵地，并命令我旅转进至王村镇后，即以主力（第八十三团）去解刘家凹的围（第一六五旅的一个团被围）。当时我们对钟松这样不合理的命令很气愤。认为这是钟松因我过去几次拒绝他安插亲信到我旅而怀恨在心，今天借机报复陷害。并且根据当时部队的作战情况，第二十八旅已溃不成军，无力作战，而刘家凹被围的是第一六五旅的一个团，第一六五旅主力距刘家凹很近，且是没有参战的生力军，备而不用，反以第二十八旅绕道王村镇后北上解围，不但路远而且地形不熟，缓不济急。在这样的情况下，我为了保存自己的残余实力，拒绝接受新任务。当时由于在撤退中钟松的主力第一二三旅、一六五旅，师直属部队都拥挤在一条道上，以致人马践踏，混乱不堪，无法收拾。第二十八旅在王村镇稍事休整后，只派少数警戒兵，并未作任何作战准备，同时停止对师的通讯联络。当晚2点钟，我哨兵与解放军接触后，我即率领残部向王村镇东南方向撤退。11日拂晓到达澄城县以北沟沿一个小村（距王村镇约15里）停止休息。

不论李规在回忆中所说的情况是否属实，有一点却是准确无误的：将帅不和、勾心斗角、尔虞我诈、相互排斥的现象在国民党军内无处不在、无时不在。这也许就是兵力、装备占绝对优势的国民党军不到4年就败退大陆的一个重要原因。

李规率第28旅撤往澄城，使整编第36师主力失去掩护，门户大开。西北

国民党军组织防御

野战军第1、第2、第4纵队乘胜追击,第3、第6纵队各一部由刘家凹附近向南截击。

钟松见情况危急,即令整编第123旅主力利用夜暗拼死突围,自己率卫士趁乱再次侥幸逃脱。而由朱侠指挥的师部和整编第123旅第368团则没有钟松的好"运气"。

9日午前,该部在杨家凹被追击的西北野战军包围,大部被歼。朱侠在督率所部突围时被当场击毙,张先觉和国防部战地少将视察官马国荣、少将高级参谋李秀当了解放军的俘虏。

与此同时,整编第165旅旅部及第494、第495团在王庄镇被围。黄昏,旅长孙铁英趁雨天分路突围,一部就地被歼,大部趁黑夜逃窜。经西北野战军各纵队分途追击,除该旅旅部及第495团一部漏网外,其余均被消灭,第494团少将团长陈定被生擒活捉。

郭鹏回忆道:

我们在平原地带上的王庄镇追上了敌人。我们和一纵队首长研究,正要发动总攻,忽然六旅来了报告,说王庄镇的敌人趁着黄昏已经向东南突围了。于是,我们又马上修改命令,继续穷追。

去九旅传达命令的人刚走,九旅的报告却送到了。原来,在王庄镇之南还有一外名叫杨家凹的地方。钟松的师部从前一个杨家凹逃走之后,又在这个杨家凹住下来了。九旅八团在那个杨家凹扑空之后,尾敌猛追,也一直跟到了这个杨家凹,没容敌人喘气就扑了进去,横冲直撞,把敌人冲了个稀巴烂,打死了敌人的副师长朱侠,活捉了敌人的参谋长张先觉。除少数几个漏网外,敌师部大部就歼。但是钟松呢?为什么报告里没有见到他的名字?送信的人一说我才知道,这个滑头自从八日黄昏率部逃跑后,一直就没有打算停脚,后来,那个坐在西安指挥战斗的胡宗南来了电报,强让他立即停止逃跑,转入防御。不得已,他只好把部队扔在这里,让那个倒霉的朱侠做了他的替身,自己却脚底板上抹了油。

第二次围歼整编第36师的战斗打响后,相距仅25公里的整编第38、第17师慑于被歼,未敢增援,于8月8日放弃韩城、郃阳、澄城开始南撤。

西北野战军遂展开追击,于10日拂晓前,在锁子头、段庄附近击溃整编第

西北野战军某部追歼逃敌

123 旅留守白水县的第 369 团及整编第 17 师第 12 旅、第 48 旅第 142 团等部，并乘胜收复韩城、澄城、郃阳。

11 日，第 4 纵队一部及左翼兵团，击溃了南逃的骑兵第 2 旅第 4 团、第 48 旅和第 55 旅第 165 团的掩护部队。

13 日，整编第 38、第 17 师撤至大峪河以南转入防御。同日，西北野战军在攻占太峪河以东的马村镇后，停止追击，战役结束。

此役，西北野战军歼灭国民党军整编第 36 师大部，毙伤俘敌 9000 余人，粉碎了胡宗南企图封锁西北野战军于黄龙山区的计划，乘胜收复澄城、郃阳、韩城，扩大并巩固了黄龙解放区。

然而未能如愿全歼整编第 36 师，尤其是让钟松再次漏网，成为澄郃战役的一大遗憾。《中国人民解放军第一野战军战史》是这样分析原因的：

（1）受地形限制。澄郃战区塬地多为南北深沟，不易做大的迂回，影响了部队迅速行动。加上通信联络不畅，追击中部队彼此缺乏联系，协同不够，也影响了战斗效果。（2）战役准备阶段泄露机密。战前敌便衣侦探混入石堡、三岔我军驻地活动，以及宜川战役俘虏兵投敌，供出西北野战军主力集结地域及作战企图，引起敌军特别警惕。

22 日，中共中央致电祝贺："这一胜利，正粉碎了胡匪在西府战役中曾获得胜利的胡说，并继续使胡匪陷入被动，便于我开展关中的胜利局面。"

再说钟松突围后，于 8 月 12 日奉胡宗南之命率残部移驻大荔整补。

战斗中的西北野战军一部

24 日，胡宗南带着西安"绥靖"公署参谋长罗列、副参谋长沈策、参谋处长及作战科长、情报科长、副官处长、执法队，一脸怒气地来到大荔第 5 兵团司令部，召集第 5 兵团所属驻大荔附近部队团长以上军官开会，检讨冯原作战（即澄郃战役）失败的原因。

李规回忆道：

次日（8 月 25 日）上午 9 时，我根据通知按时前往大荔中学开会。当我由七里村（大荔城西）进城时，看见城门口士兵重重，通过城内街巷时，见到城内大街小巷，都是荷枪实弹的卫兵，通衢大道，行人绝迹。及到大荔中学附近，看见该校周围警戒森严，如临大敌。学校门口停放汽车数辆，另有囚车一辆，更使人胆战心惊。

会上，先由据守壶梯山核心据点的第 28 旅第 82 团团长董文轩报告壶梯山战斗经过。董文轩称：该团据点被解放军完全摧毁，官兵伤亡殆尽。当旅预备队增援上来时，阵地已突破，全旅均投入战斗，在战斗到最后一个据点被摧毁后，才冲出来。

李规在报告第 28 旅战斗情况时，特别强调了四点：

1. 我军在战斗未发生前，对共军的大部队动向不明，总认为当面不过是共军少数地方武装，因而对情况重视不够。

9.
澄
郃
战
役

壶梯山

2. 我军在兵力配备上没有进占介牌山，仅遵照师部指示把阵地重点布置在壶梯山上，不但右翼无依托，而左翼第八十四团之第二营又远出壶梯山 20 余里，形成很大空隙，以致战斗一发生，第八十四团第二营即被消灭，共军大部队即由介牌山居高临下直扑壶梯山。第八十二团在壶梯山的守备部队受介牌山猛烈火力的钳制，出击则仰攻失利，固守则左右无援，兼之工事强度不够，后方又无炮火掩护，因而官兵伤亡很大。每次请求增援，都没有结果。第八十二团 8 日拂晓前开始战斗，坚持到 10 日下午 3 时，终因官兵伤亡过重，阵地成了一片焦土，无力也无法固守，因而失去壶梯山阵地，撤退到冯原镇，当晚奉令全线撤退。

3. 第二十八旅除第八十二团外，其余第八十四团由于师部指示作据点配备都远在 10 余里以至 20 余里以外，形成兵力单薄而分散，为共军各个消灭。其余（包括第八十三团、八十四团残余及旅直属队）均由于撤退时师部没有规定序列，指定道路，以致全师各部队由一条道路撤退，人马拥挤，部队混乱，造成中途溃散，因而到达王村镇时，已溃不成军，无法掌握，更加重了部队的损失。

4. 我对敌情重视不够，指挥不当，致使部队损失过重，壶梯山失守，请求处分。

接着，沈策检讨战役得失，推演整编第 36 师的作战经过。他在说明壶梯山阵地的重要性后，矛头直指钟松，指责整编第 36 师对西安"绥靖"公署一再指示要全力加强壶梯山阵地的命令不加注意，以及整编第 28 旅闻风逃窜和整编第 36 师主力不但不及时恢复阵地坚守待援，反而甫战即逃，最终招致遭受极大损

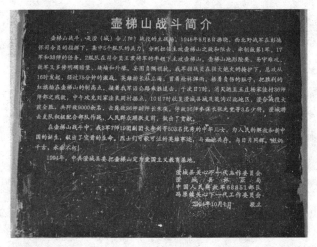

壶梯山战斗纪念碑

伤，破坏了全盘计划。

钟松见沈策刻意回避西安"绥靖"公署判断失误、见死不救的责任，反将罪名全部加在自己身上，当即愤然站起身来反唇相讥：

"壶梯山战役失败的主要原因，是由于大本营对情况判断错误。当整38师在郃阳正喊叫共军的主力在他们的当面时，我们当面早已发现了很多共军，而大本营硬说根据情况判断共军主力在整17师、整38师的当面，整36师当面只是少数牵制部队，于是三令五申地要整36师主力集结冯原以东，准备策应整17师、整38师作战。其实共军声东击西，以少数兵力把整17、38两师吸引到郃阳地区，而以大兵团秘密运到整36师方面，所以当壶梯山战斗一开始，就遭到数倍于我的共军攻击，此时主力又被截成数段，除分别突围外，只有全军覆灭。可是大本营把失败的责任推到第一线指挥官身上，如何令人心服……"

胡宗南几次想阻止钟松说话，但钟松始终不加理睬，继续侃侃而谈，一时搞得胡宗南下不了台。气得胡宗南把桌子一拍，大声呵斥道："你钟松能干，我胡宗南不好，但是我就不要你干……"

钟松自然不服气，还想要再反驳，却被坐在身边的裴昌会死死拉住坐下，不吭声了。

胡宗南脸色铁青，当场宣布："整编第36师师长钟松撤职关押，师长由整编第76师师长李日基充任，第76师师长由谢义峰升任。第28旅旅长李规，图谋不轨，既不固守壶梯山的主阵地，又不听从命令解刘家凹之围，擅自将部队撤离主阵地达 20 余里，在该师前线战斗紧急的情况下，不派部队增援出击，以致该师遭受重大损失，影响整个战局，这些事实，绝对不能令人容忍……"

参加这次会议的李振西回忆道：

钟松仍不服，经大家劝阻，才没有再说。胡宗南气得回到休息室，把桌子一推，全部茶具摔坏了，会也不开了。大家都三五成群地坐在树荫下抽闷烟。还是第五兵团司令官裴昌会提议，找几个人去劝说劝说，可是胡宗南基本部队的将领都不敢去，只好叫了几个非嫡系将领去求情，并向胡宗南保证以后要绝对服从命令打好仗，同时整第三十八师把情报扩大的责任推到参谋长慕中岳身上，算是认了错，这才重新开会。胡宗南在讲话时宣布了钟松革职留任，第二十八旅旅长李规、团长董文轩撤职关押，一出丑态百出的军事会议就此结束。

10. 荔北战役

1948 年 8 月，国民党军进犯黄龙解放区的行动失败。澄郃一役，钟松的整编第 36 师再次遭到歼灭性打击。月底，胡宗南亲赴大荔主持"冯原作战检讨会议"，当场宣布将钟松撤职留任，以观后效。并严格规定了多条杀律，企图借高压手段，整肃军纪，重振士气，挽救其失败之命运。

会后，胡宗南将整编师、旅改为军、师，并为防御西北野战军乘胜南下，威胁潼关，截断西北与中原的战略联系，调整部署，以蒲城、大荔为中心组织防御，将主力集中配置在交通线上，以阻止西北野战军南下潼关或再出西府（西安以西泾渭两河之间地区）。

西北野战军缴获的国民党军汽车

具体部署为：第 17 军驻永丰镇、韦庄、南北酥酪、寺前镇地区，以城镇和村落为据点，沿大峪河南岸构成第一线防御阵地，军部驻韦庄；第 38 军驻坞坻村、义井、汉村、唐家堡地域，依托铁岭山构成第二线防御阵地，军部驻义井；第 36 军残部及第 5 兵团司令部驻守大荔县城。以上这 3 个军布成所谓的袋形阵地，企图引诱西北野战军主力深入铁镰山以南、洛河以东的荔北平原，在陆空协同下，一举歼灭之。

同时，以第 76 军（欠第 24 师）、第 90 军（欠第 53 师）驻守蒲城兴市附近地域，策应荔北战场；以第 1 军、第 76 军第 24 师、第 65 军分别驻守耀县（今铜川市耀州区）、富平、兴平，以第 57 军驻守邠县（今彬县）、醴泉（今礼泉），以第 69 军驻守潼关、灵宝，以第 27 军驻守雒南（今洛南）、商县（今商州市），随时准备机动作战。

9 月中旬，胡宗南与西安"绥靖"公署副参谋长沈策、第 5 兵团司令官裴昌会等诸将，来到大荔义井校阅第 38 军，鼓动士气。

在对营以上军官讲话时，胡宗南牛皮吹得嘟嘟响，大言不惭地声称："过去我们在战略方面，由于面摊得太宽，包袱背得很重，处处陷于被动，吃了不少亏，现在我们改变了这种战略，把包袱让给共产党背，我们则采取机动控制，诱敌深入，集中绝对优势兵力，在渭北平原进行大规模的歼灭战。今后只要你们三个军能拖住共军的腿，后边集结的几个军，就一齐上来，与之决战……这一次我们要痛痛快快地打它一个好仗，来振奋一下士气。"

胡宗南的想法很美好，但现实却无比残酷。他没有想到，西北野战军的行动如此神速，胃口也变得如此之大。

澄郃战役后，西北野战军进行了 1 个多月的休整，总结前次战役

1948 年 8 月 23 日，彭德怀为西北野战军某部题词

经验，补充人员，整顿纪律，进行攻坚战术、技术训练，重点训练了对平原村落的进攻和打三角碉堡群的战术，部队战斗力有了新的提高。此时，人民解放军根据中央军委的统一部署，在全国各战场上开展了大规模的秋季攻势。

遵照毛泽东关于"今后一段时间，宜在渭北打胡（宗南）"的指示，同时为配合中原野战军解放郑州和华北军区部队发起太原战役，西北野战军决定于9月底或10月初在渭北地区发起攻势，再歼胡宗南几个师。

9月12日至23日，彭德怀在澄城西北野战军司令部驻地主持召开前委扩大会，研究部署战役计划。

当时，胡宗南集团部署在洛河以东、渭河以北地区的兵力虽有11个军，但大多是被解放军歼灭后重新编成的部队，军无斗志。在大荔及其以北地区的第17、第38军和第36军残部，部署在永丰镇、寺前镇和大荔城正面20公里、纵深30公里的防御地带上，虽以城镇及平原村落为据点，形成纵深配备，但各据点之间间隙很大。

彭德怀判断，如对该部敌人实施攻击，胡宗南派遣援军，唯有驻蒲城的第90、第76军主力距离较近，而这两个军均是被歼后重建的，官兵士气不高，战斗力也不强。胡宗南的主力第1军驻在耀县、第65军驻在兴平地区，至少要三天后才能赶到增援。

据此，彭德怀决心集中5个纵队6万余人于10月初发起荔北战役，采取穿插迂回、割裂包围、各个歼敌的战法，求歼国民党军第17、第38军，并准备打援。战役计划分为两步：

1948年5月，习仲勋在西北野战军前委第二次扩大会议上讲话

10.
荔
北
战
役

第一步，以第 1 纵队由寺前、西观之间插入第 17 军防线纵深，割裂其防御部署；以第 3、第 4、第 6 纵队由北向南分别围歼第 17 军各防御据点；以第 2 纵队由东向西攻击，主力进攻业善、韦庄之间，截断第 17 军退路和阻歼北援之敌；另以第 2 纵队部分兵力歼灭驻守两宜之保警队和双泉之骑兵第 4 团。第二步，视情况再向第 38 军进攻。

具体部署是：

以第 1、第 2、第 3、第 6 纵队分别自郃阳（今合阳）、澄城以南的交道镇、庙洼、岱堡、黑池镇等地向敌右侧背包围攻击，割裂敌军防御体系，各个歼灭敌人。其中，第 6 纵队包围歼灭醍醐镇之敌第 143 团，而后相机使用；第 1 纵队经寺前镇与醍醐镇之间，迂回敌后，攻击南北酥酪、张家城之敌第 48 旅旅部及 142 团、澄县保安团等部，而后围攻韦庄镇之敌；第 3 纵队围歼寺前镇之敌第 48 旅 144 团，而后准备配合第 2 纵队歼灭敌援军；第 2 纵队以一部歼灭两宜镇、双泉镇之敌骑兵第 4 团及保警队并占领双泉镇，主力进至业善镇附近地区集结，切断酥酪、醍醐镇、寺前镇之敌退路，确保第 1 纵队之侧背安全，并对敌整编第 38 师实施威力侦察，向大荔之敌进行游击侦察，准备歼灭由南向北增援之敌。

以第 4 纵队（欠骑兵第 6 师）沿澄城、大荔公路至洛河间，由北向南实施正面攻击，歼灭永丰镇守敌第 12 旅第 36 团后，协同第 1 纵队围歼韦庄之敌。

以第 3 纵队独立第 5 旅第 15 团 3 营配合黄龙军分区和韩城、郃阳地方武装组成南进支队，在东府工作委员会领导下，前出朝邑、平民，策应该地保警队起义。

边区的民兵配合西北野战军主力作战

以第 4 纵队骑兵第 6 师、黄龙军分区警备第 4 旅、关中军分区第 21 团、渭北总队等部，分别向咸（阳）同（官）铁路两侧及蒲城、白水等地区出击，开展游击活动，扫除薄弱据点，钳制、分散和迷惑敌人。

时任国民党第 38 军中将军长的姚国俊回忆道：

9 月中旬以后，第十七军前方时与解放军小部队有冲突。从各方面情况判断，解放军有向大荔以北进攻的迹象。第五兵团司令部当时对于大荔以北的兵力部署，有不同意见。曾向胡宗南建议将第十七军和第三十八军撤至大荔城两侧构筑阵地，以城郭为中心，迎击解放军，等到后方增援部队到达后，进行反攻。这一意见，未被胡宗南采纳。因此，第三十八军对于本军的任务，始终不够明确。经屡次向第五兵团司令部请示，最后指示：着在义井附近塬上及东、西汉村一带构筑阵地，准备防守。军部得到指示后，即令第一七七师在东、西汉村附近构筑阵地，第五十五师在义井以北塬上构筑阵地，军直属部队在义井附近构筑阵地，炮兵阵地位置于义井以北塬上。虽然作了一些作战准备，但当时军部和兵团部均未料到解放军很快就会发动攻势，因此，当第一七七师师长李振西和军部参谋长请假去西安时，军部及兵团部都还准假。

10 月 5 日拂晓，西北野战军各纵队在澄城、邰阳以南的交道镇、岱堡、黑池镇地区集结完毕，于是日黄昏向攻击出发地隐蔽开进。

6 日拂晓，西北野战军参战各部按照预先部署，对据守永丰镇、醍醐镇、

澄城郊外地貌

酥酪、寺前镇、韦庄、两宜镇及双泉镇的第17军和骑兵第4团展开全线攻击。

战斗发展比较顺利。第1纵队以第358旅第714团为前卫团，借夜幕掩护，在敌间隙中轻装急进，直插敌防御阵地侧后之张家城，切断了韦庄至酥酪第17军军部与第48师的联系。敌军阵势大乱，企图南逃，遭第714团堵击，被歼一部，第48师师长万又麐以下300余人当了解放军的俘虏。

战至11时许，除驻双泉镇的骑兵第4团大部逃向大荔，永丰镇、韦庄守敌正在围歼之中外，北党村、西观、寺前镇、醍醐镇、酥酪、临高各设防据点均被解放军攻占，第48师大部被歼，少数残兵逃向朝邑县。

14时，第2纵队独立第4旅、第359旅攻克东家村、新村，将第12师第34团大部歼灭，残敌逃向韦庄。此时，困守韦庄镇的第17军军部、第12师师部及第35团，既不能解第36团之围，又无信心坚守，乃于黄昏拼命向西南方向突围。

西北野战军紧迫堵截，歼其1个多营，缴获大量辎重、武器。残敌向唐家堡方向逃窜，并在第38军火力掩护下，西渡洛河逃去。

时任国民党第38军少将副军长兼第177师师长的李振西回忆道：

10月初，荔北前线平静无事，谁也看不出解放军有向荔北进军的迹象。我得到第五兵团司令官裴昌会的同意，瞒着胡宗南到西安去玩，5日晚到了西安。6日拂晓，胡宗南的人事处长张汝弼、总务处长李中毅先后来到我家，催我赶快回前方去，据说大荔前线战事激烈。紧接着胡宗南来电话："你还没走，谁叫你来西安……"我脸都没洗，在张、李二人的监视下出了中山门。当日下午1时左右，我在途中遇见第九十军、三十八军的眷属，纷纷向后跑。据说前方打得很厉害，部队已经垮下来，当时枪炮声还很激烈，溃兵乱窜，情况已不允许我继续前进。只好沿洛河西岸，准备到大荔第五兵团部联络一下再看。可是当我下午4时左右至羌白附近时，第五兵团部已由大荔逃出，正在那里架设电台，同前方联络。据说第九十军、第三十八军情况不明，第一军增加上去，也没有消息，第三十六军只在大荔城内留一个师暂时维持秩序，主力也已撤过洛河。当时我看他们慌成一团，有继续西逃的样子，便又折回，准备随第一军打寻部队。黄昏后，我到船舍镇洛河桥头时，满河滩都是溃兵，也分不出是哪一军哪一师，对岸枪声打成一片，我只好弃车，挤在溃兵伙里一同向西逃跑。直跑到7日早饭时，在蒲城龙阳镇附近，先后碰见了第九十

西北野战军某部正在包抄溃逃的国民党军

军军长陈子干、第三十八军军长姚国俊、第五十五师师长曹维汉、第一七七师副师长张玉亭，才知道10月5日夜12时左右，驻永丰镇的第九十军的一个团突然被解放军包围，军与师、团之间的电话中断。第五兵团司令官叫第三十八军驻胭脂山上的第五十五师就近派一个团去解围，第五十五师第一六五团刚到永丰南塬塬边，就被潜伏的解放军猛袭，立即溃退下来。第九十军军长陈子干听说后路被截断，赶忙向铁镰山上撤退。第三十八军第五十五师受第九十军影响，也退到铁镰山打虎寨附近。天明时东西汉村的第一七七师又被包围。第三十八军军长姚国俊，听说第五十五师撤退了，第一七七师被包围了，也跑上铁镰山。

7日晨，西北野战军调整部署，决心由追歼第17军转向对第38军进攻。除以第4纵队继续围攻永丰镇外，集中第1、第2、第3纵队在炮火准备之后发起猛烈冲击，围攻第38军。

坐落在渭北高原上的铁镰山、胭脂山东西长约五六十里，南北宽约十里，其实并不高，只比大荔平原高出几十米，也不险峻。

这时，第90、第38军2个军部及所属4个师都挤在小小的铁镰山上，汽车、大车、炮车塞满道路，拥挤不堪。面对解放军的凌厉攻势，根本无法组织

西北野战军某部炮兵正向敌射击

起有效的抵抗，只能各自为战。至 15 时，西北野战军相继占领了唐家堡、坞圪村、汉村、八岔山等阵地，歼灭第 177 师第 529 团全部及第 55 师一部。

第 38 军残部沿铁镰山向西南溃逃。第 2 纵队追击至老君寨以西的洛河东岸，浮敌千余，缴获该军全部重武器及其他大量军用物资。第 3 纵队追击至船舍渡附近，歼灭增援之敌第 1 军第 167 师第 499 团一部。

南逃之敌溃不成军，除一部被俘虏、一部淹没于洛河之中外，余敌落荒而逃，遗弃之伤兵、尸体及马匹比比皆是。第 2、第 3 纵队派出部分部队打扫战场，主力后撤休整待命。

与此同时，第 6 纵队乘胜直逼大荔城郊。第 5 兵团司令部在第 36 军残部掩护下，仓皇向洛河南岸逃窜。被围于永丰镇的第 36 团，抵抗不支，15 时突围又未得逞，是夜即被第 4 纵队全歼。

当西北野战军围歼第 17、第 38 军时，南进支队于 6 日拂晓进至朝邑县以北 10 公里的鲁坡村，得知朝邑伪保警大队和常备大队 1100 余人在共产党员、大队长杨海潮、王彦亭的领导下举行起义，遂于午前赶到县城西侧之大寨子村。此时，起义部队已将国民党朝邑县县长卜儒英和县党部书记长刘映南以下 200 余人拘捕，并解除了华潼师管区接兵连和山西"剿共"游击队的武装。午后，由寺前镇溜掉的第 48 师第 144 团副团长等近百人逃到朝邑县城，被南进支队和起义部队截俘，缴获枪支 100 余支。次日解放了平民县城。

第 4 纵队骑兵第 6 师于 5 日攻占同官（今铜川）周家岭，歼灭守敌 1 个多连，击溃由同官来援之敌 1 个团。黄龙军分区警备第 4 旅于 6 日攻占了蒲城西

西北野战军某部战士和群众在一起喜读战斗捷报

北之高阳镇，消灭守敌蒲城保安团第3营，收复白水县城。

为进一步发展胜利，西北野战军准备在原地作短暂休整，寻机再战。

然而此时，胡宗南错误判断西北野战军因伤亡过大已无力进攻，遂为挽救荔北败局，利用其交通便利的条件，紧急从耀县、兴平、潼关等地调集第1、第65军和第13军第135师等部，连同在蒲城、大荔地区的第90、第76军和第36、第38军残部，共13个师9万余人，在榴弹炮、坦克和飞机掩护下，实施大举反扑。具体部署为：

第65军军长李振指挥该军及第27军第47师杨荫寰部，于船舍镇通过洛河浮桥后，沿铁镰山南麓的义井、东西汉村向郇善镇攻击前进；第1军陈鞠旅部附重迫击炮连由铁镰山打虎寨、胭脂山向韦庄攻击前进；第76军李日基部星夜向永丰集结，策应第1、第65军作战；第36军钟松部沿韩郃公路向寺前攻击前进；第38军李振西部沿金水沟西岸挺进，切断金水沟以东道路。另以第12师李继唐部、第27军第31师及战车团集结大荔附近，归第5兵团直接指挥，准备随时参加战斗。空军大队于攻击开始时，即编队轮流轰炸，协助地面部队作战。第5兵团部于攻击开始前，进驻大荔，统一指挥。

10日下午15时，国民党军出动1个步兵营和骑兵百余人，进至大荔以北的柳池营、中山地区，作试探性进攻，被第6纵队警戒分队击退。

11日晨8时，国民党军以6个师的兵力，由大荔沿杨家庄、吕村及铁镰山

西北野战军某部指挥员正在指挥作战

分左右两路向北进攻。其中，第 65 军经许庄北犯，所属第 187 师分两路向八岔口、东汉村、李家坡进攻；第 160 师向大壕营进攻；第 36 军第 123 师配属第 65 军经赵家向西汉村、西高塬进攻；第 1 军第 167 师向白马村、李家垣进攻。

面对敌人突然发动的疯狂进攻，西北野战军决定以第 2、第 3、第 6 纵队各一部坚决阻击进攻之敌，掩护主力在杏子河、坞坭村、窑头、南阳庄、曲头地区占领阵地展开防御。待查明当面敌情后再转入进攻。抗击部队经终日激战，击退敌人十多次冲击。

黄昏时，第 65 军进至胭脂山、东汉村、西汉村、李家坡、大壕营、多壕一线。西北野战军决心乘敌立足未稳之际，以求歼第 65 军 2 个师为目标，集中主力第 1、第 2、第 3、第 6 纵队于 12 日转入进攻，粉碎敌人反击。第 4 纵队一部监视蒲城之敌，主力由孙家庄经晋王村东渡洛河，攻敌侧背，配合野战军主力的作战行动。

12 日拂晓，西北野战军发起反击，4 个纵队主力由孙镇东渡洛河攻敌侧背。第 65 军依托野战阵地，拼命顽抗。胡宗南紧急派兵驰援，并调来西安"绥靖"公署所属榴弹炮连、战车连及飞机 10 余架支援作战。李振西回忆道：

第六十五军军长李振带警卫营及第一八七师曾颖部的一个团在汉村休息，也被解放军包围，打得李振乱嚷乱叫，在报话机上不断以威胁的口吻，叫第四十七师师长杨荫寰猛攻，包围西汉村的解放军，解他的围，否则就要枪毙他，可杨荫寰却始终不敢前进一步。曾颖带第一八七师全部增上去，也被包围

荔北战役战场一角

住。据裴昌会对人说："李振向来都没有喊叫过，这一次失了声，足证战事的激烈了。"第一军听说李振被包围于西汉村、第一六〇师被击溃，吓得在铁镰山、打虎寨之线改取守势。裴昌会叫第三十六军向西汉村攻击，先解李振的围，可是该军第一二三师一接触便被打得跑到大荔北门外，才收住脚。第三十六军军长钟松也赶忙缩到大荔城郊布防。时已黄昏，西汉村的战事还在激烈地进行，解放军几次打进村中，把李振压迫到西汉村西北角挣扎。警卫营、第一八七师也被打得稀烂。胡宗南忙叫裴昌会，尽一切力量解西汉村的围，并责令第一线各军师长，如果李振被俘，前线各军、师长都要受处罚！胡宗南所以对李振这样关心，据说因李振是广东军阀余汉谋的嫡系，关系复杂，恐怕舆论责备而影响他本人的威信。第五兵团司令官裴昌会根据胡宗南的指示，与绥署副参谋长沈策研究后，决定了如下的解围部署：第一军军长陈鞠旅指挥该军三个师及第二十七军第四十七师由胭脂山东端攻击西汉村西北。第三十六军附战车团一部由义井东南攻击西汉村西南。第三十八军于攻占东汉村后沿韩郃公路直趋寺前镇阻止解放军向西汉村增援，第十二师附战车团主力沿金水沟两岸警戒，掩护兵团右翼。

激战至10时，第1、第3、第6纵队攻至东、中、西汉村，包围了李家坡。第2纵包围大壕营，将第65军第160师压缩于土寨之中，展开猛攻。

位于大荔县城以北10多公里的大壕营村，成为第2纵队与国民党第65军第160师反复绞杀的主要阵地。

荔北战役烈士纪念碑

大壕营四周地形平坦，有一大土寨子坐踞村内中央，其东南有个较小村落叫小壕，其实两村相连，难分彼此。

第160师原为国民党广东实力派余汉谋的部队，抗战胜利后被调往内战前线。第2纵队以第359旅在北，独立第4旅在东，合力会攻大壕营；以独立第6旅主力攻小壕，另以1个团前出小壕村，构筑对外和对内的防御阵地，准备阻敌增援和防敌突围。

攻击发起后，在敌人强大火力拦阻下，第2纵队多次组织冲击，均未能够靠近。战斗中，第717团一位副班长钱志友抱上炸药，迅速冲到围墙跟，炸开了1米宽的通路口，7名战士曾一度从这里冲进去，然而因后续部队没有及时跟上，遭到敌人反扑，又被迫撤出。

经半日激战，第160师死伤惨重，军心慌乱，师长黄植虞和参谋长赵廷谊均被击伤，与军部间的联系也被截断，被迫以无线电话向军部求援。而军长李振被解放军围困在西汉村，手中无兵可派。李振回忆道：

解放军向我大壕营及东、西汉村之线进行猛攻，特别是在李家坡的第五六〇团，因位置突出，而又在塬上解放军直接瞰制之下，解放军对该团采取了围攻，战斗激烈。该团坚持到12日，一再求救，由第一八七师派第五六一团张营前往增援。因解放军进攻猛烈，该团及张营死伤惨重，第一八七师几次派兵增援，均为解放军所阻，不能前进。而后因东汉村正面遭受解放军强力压迫，第

被西北野战军抓获的国民党军俘虏

一八七师再难抽调兵力往援，该团团长冯直夫被生俘。

解放军对东、西汉村猛攻后，第一八七师在东汉村的主阵地，经该师所属各级预备队的增援，尚能稳住。但西汉村方面第一二三师的阵地一再被解放军突破，均由军预备队进行恢复后再交该师据守。下午2时后，情况更为严重，突破第一二三师阵地的解放军一部，已包围到军指挥所所在地东汉村以南几百公尺处；另一部在歼灭第一八七师的第五六〇团占领李家坡后，乘胜紧靠东汉村右侧插入，两路对军指挥所所在地形成合围之势。我即使用军预备队第四七九团及军直属部队并配以战车队进行强力反攻，始将插入的解放军击退，恢复并稳住了阵地。我并派辎重兵营营长李一太组织督战队在第一二三师阵地后，用"枪毙"来威胁第一二三师官兵进行固守。

大壕营远在由大荔通邻阳的公路右侧，由于战斗激烈，军指挥所与固守该地的第一六〇师之间的有线电话联络，早被打断，因而只有以无线电话用广东话联络。午后3时，解放军攻到大壕营北门与该师发生争夺战，战斗异常激烈，该师师长黄植虞不断用无线电话求援。当时因军预备队已全部投入战斗，无兵可派。我只有以无线电话用"退却枪毙"的威胁办法严饬该师长自行设法，抽调兵力，恢复阵地，进行固守。

午后，被围在东、中、西汉村之敌在6辆坦克、10余架飞机的掩护下，以密集队形向南溃逃。

西北野战军因缺乏反坦克作战之经验，阵地被敌突破。危急时刻，用山野

用高射机枪向国民党军飞机射击

炮向坦克直接瞄准，集中火力猛打，步兵适时组织堵截追击。至 16 时，击落飞机 2 架、击毁坦克 2 辆，并在李家坡歼第 187 师第 560 团又 2 个营。

当日晚，胡宗南见第 65 军伤亡过半，第 1 军进攻收效甚微，遂孤注一掷，将后续部队统统投入战场，妄图扭转战局。彭德怀鉴于再战不利，当即改变决心，命令各纵队停止攻击，除以少部兵力与敌周旋，主力后撤至铁镰山有利地带进行防御。

13 日，国民党军抽调第 1 军 1 个师、第 76 军、第 13 军第 135 师和第 38 军第 55 师等 7 个师的兵力，连同第一次反击的 6 个师在内共约 9 万人，再次实施反击。

西北野战军坚决进行阻击。第 1 纵队第 358 旅第 714 团和独立第 1 旅第 3 团，坚守西汉村以北和李家垣东侧阵地，连续打退了敌人的 20 多次冲击。战斗中，714 团 6 连排长、战斗英雄李恩龙头部负伤后，抓一把土掩住伤口继续指挥战斗。该连战士、特等英雄高家凯在子弹打完后，跳出掩体冲入敌群，拉响手榴弹与敌人同归于尽。

第 6 纵队新编第 4 旅和独立第 1 旅第 2 团，连续击退敌人 6 次冲击，击毙第 78 师副师长景纯庵。下午 14 时，敌人又以十余架飞机轰炸扫射，支援第 1 军地面攻击。新编第 4 旅和独立第 1 旅终因伤亡过大而撤出前沿阵地。与此同

荔北战役烈士陵园

时，第 3 纵队在坡底和东、西渠头粉碎了第 65 军残部的进攻。

为诱敌深入，分散其兵力，相机加以歼灭，西北野战军主力交替掩护，向郃阳、澄城以北转移，后又回驻澄城、郃阳北部的冯原镇、赵庄镇、百良镇一带休整。

李振西回忆道：

中午，我在东汉村坡底，遇见第三十六军军长钟松，他告诉我："我们一上去共军就退了，没有怎么打，李振的围已经解了，第一军已到韦庄，我们两个师已到郗善镇，现在 20 华里内没有共军……"我们两个正在公路旁扯闲，忽然机步枪声很激烈，接着第三十八军第五十五师师长曹维汉报告："寺前镇附近发现共军很多，正与我一六五团激战中……"钟松听说寺前镇尚有很多的解放军，连说："不好！不好！恐怕共军诱我们深入，来解决我们。我就怀疑为什么没有怎么打，共军就撤退了。原来是这样。我要赶快回去准备夜间配备，我们是要后退配备，你们如黄昏前拿不下寺前镇，还是后退配备稳当，谨防夜间袭击……"同时裴昌会接到我的报告后，也指示我在黄昏前，完成夜间的防御配备。当时我为了迅速击退当面的解放军，除把第五十五师全部增加上去外，还把第一七七师也全部增加上去，直打到下午 5 时左右，才进入寺前镇，解放军已向义井镇方面撤走。当晚我们就在寺前镇及其附近布防。14 日早，第五兵团司令官裴昌会给我来电："当面共军分向澄城、郃阳方向撤退，我第一军向澄城方面追击前进，第三十六军向郃阳王村镇方向追击前进，第三十八军向郃阳坊镇一带追击前进。"

国民党军的进攻行动变得十分谨慎，采取密集队形，齐头并进。西北野战

西北野战军某部骑兵部队集结待命

西北野战军某部缴获的国民党军山炮

军见不易割裂敌人，乃决定将主力迅速北移。国民党军亦不敢追击，只尾随逐步向前推进，直至16、17日占领郃阳、澄城后停止前进。

当国民党军主力北进，其后方空虚之际，第4纵队并指挥黄龙军分区之警备第4旅于14日至17日扫除了蒲城、富平两县内之龙阳镇、党睦镇、兴市镇、美原镇、流曲镇各点的地方反动武装及敌后方留守部队，截断了大荔经蒲城至富平的公路，歼第1军第1师山炮营及保安团等700余人。战役结束。

此役历经两个阶段，共14天，西北野战军以伤亡9100多人的代价，歼灭国民党第17、第36、第38、第65军各一部及反动地方武装2.5万人，击毙第

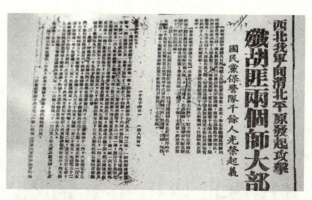

有关荔北战役的报道

78 师副师长景纯庵，击伤第 160 师师长黄植虞，俘虏第 48 师师长万又麟，缴获各种炮 183 门、轻重机枪 685 挺、长短枪 6450 支，首次取得了在平原村落攻坚作战的胜利，削弱了胡宗南集团防御力量，配合了中原、华北战场作战。

至此，胡宗南的 5 个机动军中有 4 个先后遭到歼灭性打击，基本丧失了作战能力，其机动防御计划濒于破产，西北战场双方力量对比也发生了根本性变化。

李振西回忆道：

两次荔北战役，我们都是以丢盔弃甲而宣告结束，按照胡宗南的计划，解放军确已诱来了，但是被歼灭的不是解放军而是我们；绝对优势的兵力也集中了，但被打得焦头烂额的仍然是我们，而不是解放军。谁都知道两次荔北战役都是惨败，而胡宗南却硬把大败说成大捷，大事宣传，唆使西安各界扩大庆祝，还在西安新城东门外中正堂为几乎做了俘虏的第六十五军军长李振设宴庆功，并把李振升为第十八兵团司令官兼第六十五军军长，同时要参加庆功宴会的高级将领讲话，歌颂荔北大捷，这种一意孤行打肿脸充胖子的做法，连李振都摇头感愧！

11. 西北 1948 年冬季战役

　　1948 年深秋，国民党统治区的政治、军事、经济、社会生活面临全面崩溃，蒋介石的统治已是穷途末路，处于风雨飘摇之中。中国人民解放事业正以不可阻挡之势迎来了收获季节。

　　在东北，历时 52 天的辽沈战役刚刚胜利结束，东北野战军取得了歼灭国民党军 47 万余人的辉煌战绩，一举解放了东北全境。

　　在华东、中原地区，淮海战役激战正酣，华东和中原两大野战军并肩作战，歼灭了黄百韬兵团，正在围歼黄维兵团，驻守徐州的刘峙、杜聿明集团不久就会成为两大野战军的盘中之餐。

淮海战役中，中原野战军全歼被围困在双堆集的黄维兵团。图为战后黄维兵团的汽车防线

西柏坡中央军委作战室

在华北，傅作义集团屡遭重创后，固守在北平（今北京）、天津、张家口等地区，失去了南北两面的依托，军心动摇，陷入了孤立无援的混乱境地。

在西北，胡宗南集团自荔北战役后，虽兵力数量和武器装备还略占优势，但被西北野战军压缩在关中地区，主力部队连续被歼或遭歼灭性打击，士无斗志，眼见厄运难逃。

全国军事形势发生了新的转折，人民解放军总兵力上升到 300 万人，国民党军总兵力则下降到 290 万人。

11 月 14 日，毛泽东在《中国军事形势的重大变化》一文中指出：

经过战争第三年度的头四个月，即今年七月一日至十一月二日沈阳解放时，国民党军队即丧失了一百万人……中国的军事形势现已进入一个新的转折点，即战争双方力量对比已经发生了根本的变化。人民解放军不但在质量上早已占有优势，而且在数量上现在也已经占有优势。这是中国革命的成功和中国和平的实现已经迫近的标志……这样，就使我们原来预计的战争进程，大为缩短。原来预计，从一九四六年七月起，大约需要五年左右时间，便可能从根本上打倒国民党反动政府。现在看来，只需从现时起，再有一年左右的时间，就可能将国民党反动政府从根本上打倒了。

为阻止西北野战军由黄龙山区南进，确保老巢西安无虞，胡宗南调整防御部署，采取所谓"机动防御""重点增援"的新战术。具体部署是：

　　以第1军附第30军第30师、第76军附第36军第165师、第90军附第69军第144师，共9个师组成东府3个防御集团，分别驻守在西起白水以南之罕井、东至郃阳（今合阳）正面50多公里的地域内；以澄郃、荔北战役中遭受歼灭性打击的第17军、第36军（欠第165师）、第38军、第65军及骑兵第2旅第4团，共4个军，分驻临潼、大荔、三原、富平等地补充休整；以第3军（由新编第6师等组成）、第57军（由第203师改编）、第69军（由整编第13师改编，欠第144师）、第27军及第225师分驻同官（今铜川）、耀县（今铜川市耀州区）、咸阳、西安、潼关、雒南（今洛南）、商县（今商州市）、淳化等地。

　　荔北战役后，西北野战军以纵队为单位，各组织3至4个百人的武装工作队，配合地方武装开展游击战争，积极袭扰敌人，破坏交通运输，捕捉外出活动的分散之敌，利用夜间喊话，瓦解、疲惫敌人。同时担负组织群众、宣传群众、发动群众的任务，协助地方干部建立新区政权。野战军主力集结于白水、澄城、郃阳以北地区，进行为期20天的整训和补充，尤其是加强平原村落攻坚作战和打坦克等训练，进一步提高了部队的战斗力。

　　11月上旬，中原野战军和华东野战军联合发起淮海战役。为了牵制胡宗南集团不使其调兵增援淮海战场，同时也为了保证西北野战军能够顺利进行冬训，彭德怀决定于中旬发起冬季战役，再歼敌2至3个师，以改变渭北拉锯与相持的局面，并据此提出了三个方案：

　　一是以一部兵力突然攻击敌军第一线3个集团中的1个集团或1个集团中的一部，调动其另2个集团来援，集中野战军主力在澄城、郃阳之间，或澄

西北野战军某部在整训中

抗日战争时期，朱德（右）与彭德怀在山西省武乡县王家裕八路
军总部

城、白水、蒲城之间，于运动中各个歼灭敌军 2 至 3 个师。

二是以 1 至 2 个纵队突然包围同官、耀县之敌，相机歼灭第 3 军一部，调动敌军主力西援，野战军主力于澄城、白水、蒲城之间歼敌援军一部。

三是以 1 至 2 个纵队攻击耀县、淳化敌军，集中野战军主力围歼同官守敌第 3 军。

6、7 两日，西北野战军前委开会研究冬季攻势的作战部署。经反复研究，会议最终决定取第一个方案：计划首先求歼位于蒲城与白水之间第 1 军指挥的第 30 师及陕西省保安第 2 旅，相机歼灭蒲城东北、洛河西岸的第 1 军第 78 师，而后再视情况变化，确定新的歼击目标。

12 日，彭德怀发出《关于敌兵力分布及我军战术问题》的指示，指出：从西北战局全貌来看，敌大我小还暂时存在。但从此次荔北战役前后来看，形势与内容已起了很大变化，变得于我们有利。我军继续全歼敌两三个师，渭北战局即可改变，拉锯与相持将成过去。针对西北野战军战术上存在的问题，彭德怀要求全体指战员认清形势，"把全局有利与一个一个地夺取敌人阵地，一点一点地积蓄革命力量联系起来，去处理问题。"

西北野战军各纵队认真学习这一指示，统一思想，进行战前动员，并于同日按命令分别从白水、澄城、郃阳三县北部地区向预定目标开进，预定 18 日开始攻击。

14 日，胡宗南以为西北野战军已全部西移，遂令驻守澄城、郃阳、蒲城的国民党军派出少量部队分路北犯，以窥探动向。其中，第69军第144师由邰阳县城以南乳罗山附近越过金水沟向韩城进行火力侦察，先头部队第430团于当日黄昏时分进抵临皋村。

驻徐水河以北的第2纵队当即以第359旅包围第430团，以独立第4、第6旅迅速进至临皋村以西，断敌退路并阻击援军。

15日拂晓，经过一个半小时的战斗，第2纵队全歼第430团。与此同时，第3、第6纵队也向出扰之敌发动攻击，但均无大的战斗。

午后，求胜心切的第2纵队没有按战前部署行动，而是越过金水沟向乳罗山地区第144师师部和2个团发起进攻，想乘胜一举全歼该敌。激战通宵，至16日晨，歼灭第144师第431团和第432团1个营。

由于第2纵队的突然行动，使胡宗南产生误判，认为西北野战军将在澄城、邰阳地区发动新的攻势，于是将出扰各部收拢，命令位于罕井、白堤、山东村的第30师和保安第2旅立即缩回蒲城，并急调第1、第65军和第17军第12师、第3军第17师等部，组成"消防队"式的机动防御，由蒲城、富平、耀县东援。

至19日，第38军第55师由三原进至永丰西北马湖，第17军第12师由渭南进至邰阳县城以南露井镇，第3军第17师由耀县进至蒲城以西兴市镇，第1军由蒲城进至澄城，第65军由富平进至永丰镇，第30师撤进蒲城。

这样，西北野战军原先预定歼灭蒲城以北第30师的计划无法实现。

彭德怀在西北前线指挥所

孙子兵法云："水无常形，兵无常势。"久经沙场的彭大将军自然深谙此用兵之道。20日，西北野战军果断调整部署，实施第二方案：乘国民党军东调的有利时机，把野战军分成左右2个兵团，东西呼应，以1个兵团向西调动敌人，然后集中兵力，在运动中歼敌。具体部署是：

以张宗逊率第1、第4纵队及警备第4旅、骑兵第2旅组成右翼兵团，向同官、耀县地区的国民党军第3军出击，求歼一部，以调动其余国民党军西援；第2、第3纵队停止攻击，与第6纵队组成左翼兵团，隐蔽集结于蒲城、永丰以北洛河东西两侧地区，准备寻机歼灭回援之敌。

对于这种新战术，彭德怀在总结冬季战役经验时曾风趣地指出："打敌人要像打乒乓球一样，来回都能打他。那边打过来，这边打过去，过来也打，过去也打，不使他清醒，不让他喘息，而要他乱蹦乱跳，兵力分散，各个被歼。"

果然，胡宗南对彭德怀的"乒乓球战术"一时摸不着头脑，不知所措。当第144师在邰阳遭到攻击时，他下令主力全部东调；随后第17师在同官附近被围，又急令东援主力西调。结果，胡宗南的主力部队被西北野战军牵着鼻子在东至邰阳、西至咸（阳）同（官）铁路沿线东奔西跑，疲于奔命，12天内往返三趟，平均日行40余公里，一个个被拖得疲惫不堪。

对此，时任国民党第76军中将军长的李日基是这样回忆的：

11月中旬，第七十六军的阵地刚构筑完毕，解放军忽然在邰阳地区发动了攻势，很快地就夺取了几个重要据点，消灭了第一四四师两个步兵团。胡宗南

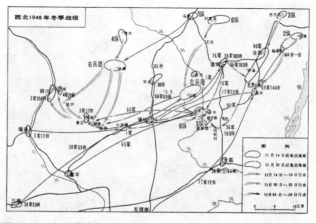

西北1948年冬季战役示意图

11.
西北 1948 年冬季战役

急令第七十六军放弃阵地南撤到马家河（韦庄镇北不远的河流弯曲地带），然后越大浴河向东北方向和家庄增援第九十军。到达时，解放军已后撤。次日，第七十六军奉命由和家庄向郃阳及其东北方向进犯；第九十军由和家庄沿金水沟南和大浴河北之间地区向北进犯。当第七十六军主力部队到达贺碱上附近时，其先头连已在金水沟北岸被消灭。该部就在原地加紧构筑工事。向北派出的搜索部队，在数里外即与解放军小部队相遭遇。因此，我判断解放军主力可能在郃阳附近，立即向上报告。胡宗南即改变计划，令我军停止进犯，就地防守。

过了两天，胡宗南又将部队作如下调动：第一军由尧头撤到蒲城以南地区集结；第九十军撤到大荔以北地区整补；第七十六军并指挥第一六五师在和家庄、贺碱上、王善庄地区占领阵地固守。此时，解放军一部向同官守兵发动攻势，胡又令第七十六军放弃阵地撤退至韦庄镇（大荔北 40 华里）及其附近，占领阵地并准备向西增援。三天以后，胡又令第七十六军主力进据永丰镇（韦庄镇西 10 余里），以一个师在洛河西岸桥头堡占领阵地。第九十军（第一六五师改归九十军指挥）由大荔北进至韦庄。我对这个部署极为反对，在电话里同兵团参谋长李生润争吵了一场，未得结果。接着兵团司令裴昌会在电话中和我说："这个部署是西安绥署的意思。"我答道："这样跨河部署我不干，请你另派人来接替军长！"裴没有再答复。胡宗南为什么要这样部署？我认为他既不清楚解放军的主力所在，更不了解解放军的意图。因此，盲目要求控制永丰镇附近的洛河渡口，以便保持部队向西向东的机动自由。我为什么要反对这个

西北野战军炮兵向敌轰击

部署呢？我是根据当时所得到的情报，判断解放军主力一定在洛河以西、永丰镇迤北地区，企图歼灭第七十六军。如果第七十六军西进，解放军则由洛河西岸利用与第七十六军行进路线相平行的山地作隐蔽，由其右侧袭击而消灭之；如果第七十六军在永丰不动，则乘其立足未稳时，一举而歼灭之。胡宗南对我的报告不以为然。他始终认为解放军的主力要夺占同官。所以要我按照他的计划行动。我为命令所迫，即作如下的部署：第二十四师在洛河西岸以桥头堡为核心占领阵地；新一师（注：应为第20师）占领永丰镇及其附近外围要点；军部位置于刘家沟（永丰东一华里半）。各部队即时加紧构筑阵地，并令各师派出小部兵力远出搜索。

21日，右翼兵团进至同官东南陈炉镇、薛镇、美原镇等地，与第3军第17师在韩村、康庄、底店附近遭遇，展开激战。为全歼第17师，右翼兵团以警备第4旅控制陈炉镇，以第1、第4纵队向草滩、康庄地区攻击，对其形成夹击之势。至22日14时许，共歼灭第17师大部及第3军军部2个营6100余人，击毙少将师长王作栋。

23日，右翼兵团乘胜继续向康庄西北军台岭、店子坡实施攻击，歼第3军第254师一部，并于次日炸毁黄堡镇以北铁桥，攻占黄堡镇及火车站。

与此同时，左翼兵团占领新村、史家山、金粟山一线地区，准备伏击西援敌军一部。

面对西北野战军右翼兵团的突然猛烈进攻，胡宗南再一次产生了错觉，判断西北野战军主力在同官、耀县地区，急令洛河以东的第1、第65军等部掉头

西北野战军某部向军台岭发起攻击

西进增援，第76、第90军及第36军第165师分别从澄城、郃阳地区迅速南撤，经永丰、蒲城西援。

至23日，第1、第65军和第38军第55师、第17军第12师等部分别抵达同官东南兴市镇、薛镇、美原、蒲城等地，第76军撤至永丰镇及洛河以西石羊地区。

这时，西援敌军发现西北野战军设伏于马湖一带，乃停止前进，占领洛河东西两岸，构筑工事准备固守。25日，第90军及第36军第165师撤至永丰以南坞坭村、唐家堡地区，亦停止后撤，就地转入防御。

西北野战军左翼兵团伏击歼敌计划因此未能实现，遂立即由等待伏击转为主动攻坚，决定乘国民党军兵力分散之机，集中主力歼灭第76军于永丰镇地区。

第76军是中央军嫡系部队。前身是抗战初期由毛炳文第37军第8师扩建而成的，陶峙岳任军长，时为中央军半嫡系之原湘系军部队。为进一步使该部中央军化，1938年7月，国民党军委会发布命令，由胡宗南集团第1军军长李铁军改任第76军军长。自此，第76军成为胡宗南的嫡系主力部队。抗战胜利后改为整编第76师，下辖3个旅1.8万人，调入西北地区。

全面内战爆发后，整编第76师在西北战场上可谓命中多难。1947年10月延清战役中，守备清涧县城的整编第76师师部及所辖第24旅1个团又1个营遭全歼，中将师长廖昂、少将参谋长刘学超被俘，廖昂因伤重而亡。战后，胡宗南重建整编第76师，师长一职由整编第36师第28旅旅长徐保调任。1948年4月西府陇东战役中，驻守宝鸡的整编第76师师部及所辖第144旅再遭全

1948年4月19日，西北野战军第1纵队在西府陇东战役中向敌发起攻击

歼，少将师长徐保被击毙。

短短半年间，整编第 76 师两次遭到西北野战军的歼灭性打击，士气低落，战斗力不强。胡宗南不得不于 6 月间在鄠县（今户县）第三次重新将整编第 76 师补充起来，并任命他的心腹爱将——整编第 36 师第 165 旅旅长李日基出任该师师长。是年秋，胡宗南将所属整编师、旅恢复为军、师编制，李日基为第 76 军中将军长，下辖 2 个师。

李日基，字普如，1904 年生于湖南安仁。黄埔军校第五期步科、陆军大学将官班乙级第三期毕业。1935 年在胡宗南的第 1 师任营长，率部在四川松潘围堵中央红军长征。抗日战争全面爆发后，于 1938 年任第 1 军第 78 师第 468 团团长，在豫南参加对日作战。1941 年任第 9 军新编第 24 师副师长，1943 年任第 27 军第 46 师少将师长，1944 年任第一战区副司令长官部少将高参。1946 年出任整编第 36 师第 165 旅旅长，追随胡宗南积极参加反共内战，与整编第 17 师第 48 旅旅长何奇、整编第 36 师第 123 旅旅长刘子奇、整编第 1 师第 167 旅旅长李昆岗并称为胡宗南的"四大金刚"。

据说，1947 年沙家店战役胜利后，毛泽东在一次会议上说："胡宗南说他有四大金刚，我看他的'金刚'不如老百姓的腌菜缸。他们四口缸被我们搬来了三口：何奇、刘子奇、李昆岗，只剩下一口缸，叫什么？"

有人回答："叫李日基！"

毛泽东的湖南口音把日念成二，"对，李二吉，这次没抓住他，算他一吉；下次也许还抓不住，再算一吉；第三次可跑不了啦！"全场哄地大笑起来。

西北野战军某部机枪阵地

果然这一次，李日基在劫难逃。

25 日下午，第 2 纵队主力由马湖地区向据守在洛河西岸石羊、坡头、曹村等地的第 76 军第 24 师发起攻击，当即歼其一部。余部仓皇逃至洛河东岸，与第 76 军军部及第 20 师会合于永丰镇。

李日基回忆道：

11 月 25 日下午 3 时，我在刘家沟军部听到第二十四师方面枪声很密，同时接到该师师长于厚之报告说，解放军已向他部阵地右翼发起进攻。当时即让参谋长高宪岗向上报告情况，我即亲赴第二十四师防地。到达时，该师阵地前担任警戒的一个步兵营，已被解放军消灭。之后，右翼团遭到攻击，守兵站不住脚，也溃退下来。当即令预备队戴克北团加入战斗。这时，师的情况已很混乱。我安置后回到军部时天已很黑（此时军部已由刘家沟移到永丰镇），即将情况向兵团部报告。兵团司令裴昌会要我把第二十四师撤到永丰镇。我说："永丰镇地面很小，全军集中在一个地方，兵力太密，一个炮弹可以杀伤很多人。"裴说："我晓得。你的部队都是新兵，没有作过战，如不把他们圈在寨里，在夜间敌人一冲就要垮的。至于伤亡么，共军能有多少炮弹？！只要能支持过今晚，我叫第九十军明早就前来解围。"我即令第二十四师撤过洛河来，并令部队撤退后，即将洛河上半永久性的桥梁炸毁。晚 10 时许第二十四师全部撤到永丰镇，但事先没有爆破准备，没有把桥梁破坏。因而解放军跟踪追来，永丰外

西北野战军某部准备发起攻击

围阵地，即全面遭到攻击。

当晚，为加强对第76军的攻击力量，第3纵队协同第2纵队东渡洛河，除以第3纵队独立第5旅和第2纵队2个团进至永丰镇以南楼子原、韦庄地区，堵击可能南逃的第76军和抗击北援的第90军外，集中2个纵队主力对永丰镇发起猛攻。

战至26日晚，完全肃清外围据点之敌，将第76军万余人包围压缩在东西长600米、南北宽300米的镇内。

第76军因曾两度被歼，军官中一部分是被解放军俘虏受训后放回来的，一部分是从其他部队东拼西凑的，而士兵全都是强迫抓来的，没有经过训练。全军上上下下士气颓废，厌战、怯战情绪严重。因此，当遭到解放军的勇猛进攻时，根本不经打，很快就垮下来了。李日基回忆道：

外围阵地失守后，已形成四面包围处境。永丰镇的寨墙本来很薄而且没有做工事，弹药粮食，特别是饮水都成了严重问题，不能长期坚守。但固守一夜，我想总不会有问题。因此，根据第二十四师师长的意见，把留下的一个西门最后也用土袋堵死了。午夜12时许，接到第九十军军长陈武的电话，但是刚要通话，电话线忽然断了，再也叫不通。在一个多小时后，陈武派一班武装兵给我送来命令，内容是："第九十军于夜12时开始向大荔撤退；第七十六军接到命令后即向大荔撤退；第九十军已派出一个步兵营在义井高地掩护第七十六军撤退。"我接到这个命令后非常生气，胡宗南竟指令我归陈武指挥了。我还怪怨裴昌会先要我全部集中寨内，说等明早派部队来解围，致使我把寨门完全堵死，现在却又要我即时突围。我也怪怨第九十军不该老早逃跑，现在距我军20多里外的地方派掩护部队，起什么作用？况且永丰镇已被解放军四面包围，虽然从对方兵力较小的南面可硬冲出去，但损失一定不会小。这时我的思想乱成一团。我想到：（1）突围可能被打死或打伤，如不死，胡宗南还要我继续干。再干的话，还不是继续这种生活？（2）胡宗南提拔我当军长时，一些资格较老的人曾一致反对过。在鄠县整训时，胡宗南一再替我吹嘘，逢人便说我如何努力，如何能干。如今打了败仗回去，不仅自己面子不好看，而且也给胡宗南脸上抹灰。（3）又想到守在这里固然是死路一条，我虽然不愿意死，却有死了总比这样拖着活受罪强的念头；最后想到解放军的政策宽大，即使被俘决不

11. 西北1948年冬季战役

会杀头。想到这里，何干林过去对我所说的话就在我脑海中浮现起来（何干林是第一二三旅的副团长，于1947年2月在淳化负伤后被俘。1948年7月回到西安后，我接他到鄠县军部住了两天。在谈话中，他把自己被俘后所受到的优待情形以及廖昂、李昆岗、刘子奇等被俘后受到的宽大待遇都告诉了我）。于是让参谋长把两个师长请到军部商讨，究竟是突围好还是固守好？结果，他们都不主张突围。当时我说了以下几句话："现在我们要突围，固然要有些损失，但还是能突出去的。守在这里是死路一条，一个也跑不了的。你们既然都不愿意突围，就下去吧，死了报答国家，报答胡先生。"还想着说："不死，就去吃小米吧！"可是这话到了嘴边又缩回去了。

……我令各部队在寨墙上挖凿枪眼，在寨内空地挖掘掩蔽部，作巷战准备。次日，令第二十四师担任南面的防守任务。早晨，我沿着寨墙脚走了一圈，视察各处的工事和官兵的情绪，结果使我非常失望，他们昨夜并没有做工事，都是懒洋洋地满不在乎。白天解放军停止攻击。这天上午，接胡宗南电报要我撤退到大荔附近。当时我给他的复电如下："撤出现阵地，中途被全歼，敌人损失小，补充多。守在这里，纵然被歼，敌人损失大，补充少，而且能给大荔以较充分备战的机会。"胡宗南当时算是同意了我这意见。

为保证全歼第76军，彭德怀果断命令第2纵队和第3纵队独立第2旅集中全力围攻永丰镇；同时将第6纵队由山怀里、周家山调至孙家庄、石羊及其以南地区，准备随时策应南面抗击部队或配合右翼兵团第1、第4纵队夹击东援敌军；将右翼兵团的第1、第4纵队于28日晨自高阳、六井镇附近调至上王

西北野战军战士驾驶缴获的坦克

被西北野战军某部炸开的永丰镇缺口

镇、罕井、白堤地区，准备侧击由蒲城东援之敌。

攻击部队在王震、许光达的统一指挥下，采取土工作业，挖掘坑道进逼镇堡墙下。28日凌晨3时，在猛烈炮火的支援下，第2纵队从西北和北面、第3纵队独立第2旅从西南面，同时发起总攻。守军拼死顽抗。战至4时许，攻城部队利用坑道爆破、连环爆破炸开的缺口，以云梯登城攻入镇内，与残敌展开激烈的巷战。

战斗中，西北野战军的"棍棍炮"发挥了巨大的威力。所谓"棍棍炮"，就是利用八二迫击炮筒，用一根小于炮筒口径的木棍，下端装上炮弹的底火药包作为抛射的动力，上端用布捆绑炸药十余斤，发射距离达100至200米。

在当时西北野战军缺乏重火器的情况下，这种"棍棍炮"成为攻坚利器，爆炸威力超大，除起到杀伤与破坏作用外，还给敌军官兵精神上以很大的震慑。

战后，李日基和两个师长都哀叹：我们当官的一直蹲在地洞里未曾伸出过头，加上所有的电话线都被炸断了，根本谈不上掌握部队，除尽是炮弹的爆炸声外，寨子里的什么情况都不知道了。

李日基回忆道：

是夜战斗的中心仍在西门北侧被突破的地方，双方往返争夺，部队伤亡很大。天将黎明，北面东段又被突破一个缺口，接着东面南段也被突破一处。这时候，我手中一点预备队也不掌握，只带几个卫士跑到北面东段的突破口指挥

11. 西北1948年冬季战役

守兵进行挣扎，企图挨到天明，盼飞机前来支援。可是从东西两面缺口攻进来的解放军，发展得很快。我看到大势已去，马上回到军部，令参谋长把来往的电报和底稿全部焚烧了，以防留给解放军。正在焚烧中，解放军就进到军部所在的窑洞。当时虽然有些身边的人替我打掩护，说我是副官，但是解放军战士中有人认识我（有个战士过去在第一六五旅旅部当兵，在陕北作战被俘后参军），我只好承认我就是李日基。

10 时，战斗胜利结束，西北野战军全歼第 76 军。

当永丰镇激战正酣时，胡宗南为挽救这支命在旦夕的嫡系主力，急令第 90 军和第 36 军第 165 师由胭脂山向永丰镇救援。但这两支援军遭到第 3 纵队独立第 5 旅和第 2 纵队独立第 6 旅第 16 团、第 359 旅第 719 团的顽强抗击，被阻于永丰镇以南 10 里外，除以野炮盲目向永丰镇射击外，始终未能前进一步，眼巴巴地望着第 76 军被全歼而无能为力。

27 日，由富平东援的第 1、第 65、第 38 军及守备蒲城的第 17 军等部，因惧怕途中遭到伏击，乃绕道蒲城以南的党睦镇、龙阳镇前往救援，直到 28 日晚才进抵大荔以北的八岔口。此时，第 76 军已全军覆没。

29 日，当援敌气势汹汹地进至永丰镇、韦庄、临皋地区时，西北野战军早已打扫完战场，安全撤离。敌人除看到 5000 余具死尸和重伤兵，再次饱尝战败的凄凉滋味外，只有徒增疲劳和失败情绪。

此役，西北野战军共歼灭国民党军 1 个军部、3 个师部、9 个团又 7 个营共 2.5 万余人，毙伤第 17 师师长王作栋以下 7600 余人，俘虏第 76 军中将军长李日基、少将参谋长高宪岗，第 20 师少将师长吴永烈、第 24 师少将师长于厚之、第 17 师上校副师长张恒英等以下 1.7 万余人，从而彻底粉碎了胡宗

大批国民党军俘虏被押下战场

缴获的国民党军汽车和弹药

南所谓"重点机动防御"的新战术，巩固了澄城、郃阳、白水地区，解决了西北野战军的粮食供给，保障了冬季整训，拖住了胡宗南集团，有力地配合了淮海战役。

12月1日，中共中央致电彭德怀、贺龙、林伯渠、习仲勋、张宗逊、赵寿山，并转西北人民解放军全体官兵："庆祝你们歼敌第七十六军两个整师、第六十九军一四四师和第三军十七师大部共10个整团近3万人的巨大胜利。尚望继续努力，为全歼胡宗南匪军，解放大西北而战。"

13日，《东北日报》刊登了题为《王震将军接见被俘军官李日基等》的文章：

上月二十八日，于蒲城县永丰镇战斗中被俘之胡匪七十六军中将军长李日基、军参谋长高宪岗、二十师师长吴永烈、二十四师师长于厚之等高级军官，现已送到解放军二纵队司令部。王震司令员于军务匆忙中接见了他们，并吩咐他们坐下谈话。李日基端立鞠躬说："当了俘虏，有罪不敢坐。"王震将军以平和的口气说："人民解放军宽待俘虏。"李等始就座。王将军一一问过他们的家眷情形后，李日基等开始惊慌畏惧的神情方渐消失。

王震将军问："七十六军全军覆灭，你们有何感想？"李答："我们是官无信心，兵无斗志，怎样能打得过解放军呢！不论官兵，普遍的心理，就是早打早完，晚打晚完，早晚只有一个完。"王将军问："你知道人民解放军朱总司令、彭副总司令颁布的惩处战争罪犯的命令吗？"李答："我从广播中听

王震给部队作战前动员报告

过。胡先生（匪首胡宗南）虽早有命令，要我们在紧急时，一定要破坏武器，但我没有下过破坏武器的命令，请求调查。"王震将军严肃地说："你在抗日战争中，就坚决执行蒋、胡的命令，反共反人民，后又积极参加进攻延安及此后的历次战役，破坏边区，残害人民，直到现在你的罪恶是不少的。此次，只要经过调查，证明你确实没有下过破坏武器的命令，还可以受到解放军的宽大处理。但是，在我们缴获的六门山炮中，尚缺两个标尺，两副瞄准镜及其他零件，是否是你下的命令？"李答："不是，我可以叫炮兵营董营长如数交出。"李乃当场写信给该营长："请将瞄准镜、标尺及其他零件如数交出，不得隐藏，否则，解放军将按惩治战犯命令予以处分。"待李日基写完后，王震将军继续发问："你对蒋介石的战略指导看法如何？"李答："南京国防部根本谈不上什么战略指导。"王将军又问："你们读过毛主席的十大军事原则吗？"李答："读到过。毛主席的战略思想是英明的，国民党简直没有办法。以西北战场来说，彭副总司令不但指挥解放军，而且还指挥了胡宗南。"他接着说："贵部在邠阳对九十军实行攻击时，陈武（九十军军长）报告说是六个纵队，我们的部队就赶紧增援，及至贵军从西面打来，我的部队又返回西面去堵。跑来跑去，到处挨打，我们简直是打糊涂仗。贵军的炮火非常猛烈，我躲在掩蔽部，没有出来，各级都完全失掉了掌握。"谈话结束后，李日基立即给他妻子写信说："解放军对俘虏确实宽大。"

由于李日基的思想进步很快，不久即出任中国人民解放军第 18 兵团高参兼

人民群众欢迎第 18 兵团进入成都

成都起义将领训练班班长。

　　中华人民共和国建立后，李日基又被刘伯承元帅聘请到南京军事学院，担任军事理论教官。后来转业到地方工作，历任河南省人民政府参事、省政协委员等职。1984 年病逝。

12. 西北 1949 年春季战役

1949 年是解放战争的最后一年，中国人民解放战争进入了战略决战的最后阶段。年初，全国形势发生了根本变化，各个战场捷报频传。

国民党军精锐损失殆尽，只剩下 71 个军 227 个师的正规军番号约 115 万人，加上特种兵、机关、学校和地方部队，总兵力 204 万人，其中能用于作战的部队只有 146 万人。而这些部队多是新建或被歼后重建的，且分布在从新疆到台湾的广大地区，在战略上已无法组织有效防御。蒋家王朝如风中残烛，摇摇欲坠。

1949 年春，人民解放军发起渡江战役前，某部官兵举行誓师大会

随着辽沈、淮海、平津三大战役的相继胜利，人民解放军已基本解放了长江以北地区，面积达 261 万平方公里，人口约 3 亿，拥有县以上城市 776 座，总兵力增加至 358 万余人，其中野战军增加到 188 个师（旅）218 万人。

整个形势的发展正如毛泽东所指出的：我们已经完全有把握在全国范围内战胜国民党，中国人民解放战争在全国范围内的胜利是毫无疑义的了。

在全国解放战争胜利发展的大好形势下，西北地区的解放战争也取得了巨大发展，基本上恢复了陕甘宁边区，开辟了黄龙西府广大新区。西北野战军在 1948 年一年间共歼敌约 16 个师 11.5 万余人，迫使胡宗南集团退守洛河以西地区，苦撑残局。

1949 年初，西北野战军在宜君、白水、澄城、和阳（今合阳）地区进行整训。1 月 11 日至 23 日，中国共产党西北野战军第一次代表会议在陕西省澄城县以北的武庄举行。会议传达了中共中央政治局会议通过的《目前形势和党在一九四九年的任务》的党内指示和毛泽东 1949 年 1 月 14 日发表的《关于时局声明》，并作了西北野战军 1948 年几项工作基本总结和 1949 年的任务报告。

关于今后作战任务，彭德怀指出：敌人目前总的军事方针是依托巴山、扼守长江，以保守江南及西南各省。从全局看，西北还有几个大仗要打。我们要集中力量消灭胡宗南的兵力，稳步前进，扩大解放区；要占领一连串的城市，要有一套城市政策；要进一步加强纪律性，克服胜利途中的困难，将革命进行到底。

遵照中央军委《关于各野战军按番号顺序排列》的指示，西北野战军从 2 月 1 日起改称中国人民解放军第一野战军，彭德怀任司令员兼政治委员，张宗逊、赵寿山任副司令员；阎揆要任参谋长，王政柱、李夫克任副参谋长；甘泗淇任政治部主任，张德生任副主任；刘景范任后勤司令员，方仲如任后勤副司

人民日报刊登的《毛主席发表对时局声明》

毛主席發表對時局聲明

12. 西北 1949 年春季战役

西安市民欢迎第一野战军入城

令员。所辖纵队改称军、旅改称师。下辖第1、第2、第3、第4、第6、第7、第8军，共计15.5万余人。

此时，胡宗南集团仍有13个军33个师约17万人的兵力。依照国民党当局的战略退却部署，胡宗南企图以四川为后方，凭借秦岭、巴山设防。一面将西安"绥靖"公署机关、学校、家眷等沿川陕公路陆续南迁汉中、广元，作撤退准备；一面四处抓丁、扩充军队、调整部署，以防人民解放军南下和西进。具体部署是：

第18兵团部及第65、第90、第1、第38军分驻富平、阎良、三原、泾阳，第5兵团部及第17军（欠第12师）、骑兵第2旅（欠第4团）、第36军（欠第28师）集结于咸阳、鄠县（今户县）、西安、临潼、渭南、华县，第84师驻守潼关。另以第57军沿邠县（今彬县）、永寿、乾县、醴泉（今礼泉）线担任防御，第14师第44团位于口头镇负责警戒。

2月，胡宗南为阻止第一野战军进攻西安，将第76军第20师、第17军第12师和第30师以及陕西省保安第4旅、第36军第28师等部部署于同官（今铜川）、美原、兴市镇、蒲城、大荔一线。

时任国民党第76军第20师少将师长的褚静亚回忆道：

蒋介石、胡宗南并没有从发动内战的失败中吸取教训，而是继续到处拉兵抢粮，祸害人民，以扩充其反动武力，妄图做垂死的挣扎。第二十师就是在这种情况下，再度拼凑起来的。1948年12月26日中午，胡宗南召我到他在西安市城内东南角的下马陵办公室，当面任命我担任第二十师师长，并说，部队是由陕西省三个保安团拨编组成的，问我有没有意见。我说："我好久不带兵，对现在部队中师、团长熟识的很少，不要说相互配合对敌作战，就是彼此联系，都成问题，请另派别人。"他便说："你的困难我了解，你去暂负3个月责任。"我说："一定要我负责，请允许我提两点请求：第一，三个团长由我推荐任命；第二，部队编成后，让我作短期训练，再行使用，使我有机会了解干部及士兵的素质，便利指挥作战。"他一一答应了，并含笑送我出门。但是，谁都晓得，胡宗南平日把军队看作是蒋家王朝的私产，对团长以上人选，独揽一身，决不轻易放手，今天竟破例许我推荐，实出我意料之外，足见暗淡的内战前途，已迫使胡宗南不得不对人事控制，暂作权宜，放宽尺度，以笼络人心。

1949年初的国民党军已毫无斗志。图为开往前线的国民党军士兵

我为了维护个人的利禄和蒋家王朝的江山，在西安连年节都没有过，29日冒着严寒雨雪，前往耀县、白水等地接收保安团队。1949年1月15日，将保安团队接收完毕，陆续集结在三原附近地区，准备整补训练。在接收点验中，发现腐败透顶的陕西保安团队，名义上虽属3个团，实际官兵人数不满3500名（师编制定额为12000人），许多士兵在数九寒天，还未穿上棉服，欠饷数月未发，官兵形同一群集团乞丐，望之令人寒心。我一面将情况报告西安绥署请拨补兵额，一面领发更换武器，在工兵、通讯、医疗等器材及运输工具尚未领回，师直属营、连尚未组成之际，胡宗南竟命令本师星夜开往同官，接替第六十九军，担任守备同官的任务，在这种情况下，我只好硬着头皮，带领数千残缺不全的乌合之众开往同官前线。

为歼灭胡宗南集团有生力量，扩大渭河以北解放区，造成夺取西安的有利条件，第一野战军前委决定"解冻（二月中旬）时即开始春季攻势。拟首先

铜川今貌

攻夺同官，吸引敌增援，求得第一仗在山地歼灭两、三个军""如敌一军、六十五军调离关中，我拟先攻蒲城，得手后出富平取耀县"。

同官，陕西关中地区北部的一个小县，位于陇海铁路支线——咸（阳）同（官）铁路终点，是由延安通往西安的必经要道。

自1940年国民党掀起第二次反共高潮后，同官县城便成为胡宗南集团封锁陕甘宁边区的指挥中心和补给基地。胡宗南在同官县东西两侧高塬及南北河谷地区，修筑了星罗棋布的地堡工事，并派有重兵驻守。1948年胡宗南集团退守关中地区后，这里又成为扼阻解放军南进、保卫关中的战略要点，由第69军谢义峰部驻守。1949年1月下旬，第69军移驻耀县，同官防务交由新组建的第76军第20师担负。

褚静亚回忆道：

本师1月20日晚由三原乘火车北开，21日拂晓到达同官，接替了六十九军防务，该军退驻耀县。在此期间，胡宗南前后共给我三点指示：（一）由西安亲自打来电话责成我对部队抓紧训练，提高官兵射击水平和作战能力；（二）着我就地雇用人员，编组师谍报队，积极开展活动，搜集共军情报，及时报告；（三）2月16日派第六十九军军长谢义峰亲来同官，代他面授命令，其要旨如下：1.据报共军主力部队连日来已在洛川附近地区集结，有沿咸榆公路南下窜扰关中模样；2.要我师暂归第六十九军军长谢义峰指挥，确保同官阵地，拒止并监视共军行动，掩护第六十九军部队由耀县向三原附近地区安全后撤；3.我师今后行动，另电通知，如无命令，不得擅自行动。谢义峰在传达命令、交换情报后，当天即回归耀县。我为了达成任务，并安定官兵情绪，表面上力持镇静，并即指示各团不断派出搜索部队，四处活动，侦察解放军行动，防止意外情况发生。

1月27日，彭德怀、张宗逊、赵寿山将此计划电告毛泽东，并告知各军："冬季整训决提早结束，春季攻势决提早开始，各军务须于二月八日前完成一切进攻准备，十日出动。"

2月初，关中地区天降大雪，第一野战军决定"推迟数日，待天晴后出动"。12日，毛泽东复电彭德怀：

依据你处当面敌情是否有利于即打一仗，如无甚大有利，可以暂时不打，以便你及王震出席二中全会，留张宗逊和赵、甘在一起指挥部队继续休整。太原、大同解决后华北三个兵团二十三万人可全部用于西北，至少徐周、杨罗两兵团十七万人可以用于西北，彻底解决胡、马，占领潼关、西安、汉中、天水、兰州有待于徐杨等部之到达。太原、大同大约可于三月内解决，休整一个月至两个月，大约在六月徐杨等部即可协同你部攻西安。二中全会定于三月一日开会，希望你及贺、习、王诸同志均能到会，二月二十八日以前必须到达中央，如打一仗则你及王震不能到会，故以不打为宜。

同日19时，彭德怀致电毛泽东，并通报贺龙、习仲勋："三月无粮，须取数县才能解决吃饭问题。估计攻取蒲城、同官两城比较易得，且可逼敌放

1949年2月1日，第一野战军司令员兼政治委员彭德怀和副司令员张宗逊在西北前线

1955年被授予上将军衔的张宗逊

弃大荔、朝邑、平民，如我不进攻富平、耀县、三原时，不会引起大战。故我与王震离队，由张、赵、甘、阎指挥，以张为主，不会出问题。"

13日2时，毛泽东复电彭德怀，同意第一野战军如期发起春季攻势。并电示张宗逊等人，明确提出春季攻势以抑留胡宗南集团不使东调宁沪。

张宗逊在回忆录中写道：

2月17日，彭德怀同志离开西北前线，前往河北省平山县西柏坡，出席中共中央七届二中全会。一野司令部的工作由我负责。

春节刚过，我们即按原定计划，发起春季战役。这时，胡宗南主力集结在耀县、富平、三原、泾阳地区，以第二十师、十二师、三十师、陕西省保安第四旅、第二十八师等分散守备在铜川、蒲城、大荔地区。我军以歼灭蒲城守敌为目的，以第四军向耀县、铜川发动攻击，吸引敌人主力，然后集中第一、二、三、六军围歼蒲城的敌人。

18日，由中部（今黄陵）、宜君出发的第4军进至同官西北马鞍桥、党家原、龙家原。在侦悉守敌第76军第20师的布防情况后，于19日夜以第10、第11师的5个团向田家原、五里铺、王益沟发起攻击；以第12师一部监视陈炉之敌，主力向军台岭攻击。

至20日中午，第11师扫清同官西原敌外围据点并攻占白家原，第10师攻占高家原并歼守敌一部，军台岭、陈炉之敌一触即逃。

午后，同官守军第20师撤逃耀县，与第69军相继逃往三原。第4军顺利解放同官及城南五里铺据点和煤矿区，于21日晨8时进占耀县城。

褚静亚回忆道：

2月19日黄昏，始发现解放军"一野"部队有到达同官西北地区的迹象，其先头部队夜间曾一度向西塬我守备第一团阵地攻击，为时约一小时，即行离去，再未发生其他情况。20日中午前后，又发现解放军大部队，沿同官西侧地区，向耀县方向逐渐活动，并已切断同官、耀县之间铁路交通和通讯联络。根据情况判断，解放军主力部队，有可能直驱关中追歼第六十九军后撤部队，对同官暂时采取封锁。不料黄昏前后，复发现解放军向西塬我守备部队阵地前沿，活动频繁，才确定解放军一定攻打同官。我一面令部队做好战斗准备，一面将情况急电谢义峰，转请胡宗南指示本师行动。入夜，解放军即开始向本师西、南两方面阵地进攻，8时左右，双方战斗愈趋激烈，10时左右，接到胡宗南电令指示如下："贵师应于本晚沿同官—陈炉镇—富平大道向富平县附近撤退，而后向三原县转进停止待命。"此刻解放军已将本师三面包围，攻击异常猛烈，为了迅速脱离战场，逃出重围，我命令各部队：（一）本师奉命于本晚沿同官、陈炉镇、富平大道向富平县附近撤退；（二）各团阵地守备部队除留一部保持战斗外，主力速向师部驻地集结，待命出发；（三）行进时第二团李子勋部为前卫，第一团刘奉学部及师警卫营为本队，第三团张明初部为后卫，行进中我在本队先头；（四）各部队下达命令，禁止使用电话，防止泄露消息；（五）部队只准携带一日口粮，士兵尽量轻装，以利行动。12时集结完毕由同官出发，21日午前4时到达陈炉镇。不料解放军追击部队已赶至陈炉镇，咬住师后卫团的尾部，我令后卫团派一个营，占领据点，阻止追击部队，令师主力速向陈炉镇东南山口逃窜。午前6时左右，师主力刚脱出山口，解放军的左翼截击部队，又掐住后卫团的尾部。此时天已渐亮，我令后卫团且战且走，掩护师主力继续南逃。沿途风声鹤唳，草木皆兵，行李面粉，到处抛弃，干部怨言

西北野战军某部向敌发起攻击

不止，士兵携械潜逃。22日拂晓前，到达富平。一天一夜，滴水未喝。在富平县休息了一天，将后卫部队收容后，23日夜间，继续向三原县转进。

面对解放军的凌厉攻势，胡宗南集团主力纷纷后撤。驻守蒲城墙村、十里铺、兴市、美原、到贤的第30师、第17军第12师也相继西逃，退守富平及其以西地区，只留下陕西省保安第4旅据守蒲城。

20日晚，第1军附骑兵第2旅隐蔽进至高阳镇地区，第6军进至白水城，第3军进至马湖一带，第2军进至孙镇及其以东地区。

21日晚，第1军准备围歼兴市、美原之第30师，截断蒲城至富平公路，然后以主力向蒲城进攻。由于守敌先行撤退，黄昏时分，第1军进至兴市地区集结。

与此同时，第3、第6军向蒲城发起攻击。第6军迅速扫清城北城西外围据点后，集结于城西坡头、山府地区；第3军第7、第9师由城东、南门爆破成功。战至22日凌晨2时，全歼守军陕西省保安第26团、蒲城自卫团，俘虏第11专署专员、保安第4旅少将旅长赵国珍以下千余人。

张宗逊在回忆录中写道：

这时胡宗南集团由"机动防御"变为依托秦岭，重点退守西安至宝鸡一线，保存实力，待机反击的战术，即一发现解放军进攻立即向后撤，仅留地方武装据守。根据战场的变化，我们对准备撤退的敌人，要大胆深入，迂回敌后，截断敌人退路，才能有效地歼灭敌人；对敌人地方武装据守的城镇，则不能和进攻敌人正规军据守的据点那样强攻，而是有充分准备地采取袭击的办法，速战速决。

蒲城今貌

彭德怀与第一野战军政治部主任甘泗淇合影

22日，张宗逊、甘泗淇、阎揆要致电中央军委，报告行动部署："拟以一、二、三、六军于明日向富平推进，首先歼富平地区之敌，得手后看情况再决定下一步行动，以四军向淳化追击，首先歼灭该地区分散之第十四师，得手后威胁西兰路，以骑兵旅活动于下邽、孝义、关山、交口、渭河北岸地区，消灭团匪，摧毁保甲，掩护地方工作。"

次日，中央军委复电批准，并指示张宗逊等人要依当时情况酌定之，告诫干部不要轻敌，防敌反扑。

这时，胡宗南集团主力相继退守乾县、泾阳、三原、富平和以西地区。其中，第1军已撤至泾阳以南，第69军撤至泾河以西，第65军和第18兵团部撤至泾阳，第90军主力撤至永乐镇，以一部留守三原及其附近地区。第一野战军主力遂依照行动部署，分别向富平、淳化、口头镇之敌展开进攻。

24日下午，第3、第6军主力向富平推进，准备围歼富平守敌第30师。第1、第2军分别进至富平县城以西以南地区，阻击三原可能来援之敌，并切断富平守敌退路。第4军第12师第30团攻占石桥，师主力向淳化县城攻击前进。守军第14师第40团心知不敌，仓皇弃城而逃。第4军第10师随即跟踪猛追，全歼该敌400余人，解放淳化城。

此时，第一野战军发现第90军由永乐镇南移至高陵，有在瓦窑头地区与解放军作战的企图，遂改变部署，除以第3、第6军各一部继续攻歼富平守敌外，第1、第2军和第3、第6军各一部集结待机。

25日晚，第3军第9师进至富平攻占县城后，继续向南关车站及连城堡攻

富平夜景

击前进，至 26 日全歼富平自卫团 400 余人，第 30 师逃往泾阳。第 6 军第 17 师第 51 团也在富平以西歼敌一部。

这时，胡宗南急调由同官、三原一路南撤的第 20 师连同第 14 师第 40 团残部，火速前往淳化西南的朱家庄、口头镇地区布防，企图阻止解放军继续南进。

褚静亚回忆道：

2 月 24 日到达三原后，我将部队在沿途的混乱及潜逃情况告知了第六十九军军长谢义峰，要求让部队休整几天，谢当面许可。不料 25 日午后 5 时，第五兵团司令官裴昌会由咸阳亲用电话命令本师即刻开往泾阳王桥镇，担任龙首山防守，阻止解放军由淳化方面南进。我又将部队实际困难报告了他，请求改变命令，他即训斥道："你如违抗命令，我当以军法从事。"在这种高压下，我就带着部队，连夜开往泾阳。临出发时谢义峰发现我情绪不好，即派南京来的视察官彭杰（彭当时住该军军部，负责监督部队作战）及一少校参谋伴我同往，监视我的行动。当夜到达泾阳王桥镇指定地区，26 日拂晓占领龙首山阵地。龙首山位于泾阳县以北约十五六公里处，右起淳原公路口头镇，左至泾河左岸，东西全长 30 余华里，地势南陡北平，到处可以攀登，利于攻而不利于守，因位处醴泉县唐陵上方，故名"龙首"。我感兵力单薄，阵地辽阔，采取了重点防御。一面令部队迅速构筑工事，一面派人侦察解放军情况，除发现解放军零星部队活动外，无其他情况。

为查明三原、泾阳敌情，第4军提议向口头镇及其两侧高地之敌攻击。

在得到上级批准后，28日夜，第4军第10、第11师向口头镇发起攻击，第12师除以一部控制嵯峨山向东警戒外，主力向云阳镇方向警戒和截断口头镇敌之退路。

战至3月1日晨5时，第12师主力攻占九顷原，第11师攻占口头镇，守敌仓皇南逃。第11师主力即向马宝、西凤山地区之敌侧后迂回，展开于马窑、朱家庄地区，全歼第20师师部和第60团；第10师在西凤山及崔黄家地区与第20师第58、第59团激战，将其全歼。

褚静亚回忆道：

27日午夜，解放军的小部队，开始向本师阵地进攻，从阵地左方一直打到右方，便停止了攻击。以情况判断，可能是解放军的搜索部队向本师阵地作威力侦察，探明虚实，决定进攻。我即指示部队，严加防范，但是28日白天，依旧风平浪静，据派出的侦察人员及前方守兵共同报告，均未发现解放军主力部队活动。入夜解放军突然向本师发动全面进攻，以右翼阵地攻击最猛，战斗十分激烈，我即将情况电话告知三原谢义峰，请派兵支援。不料3月1日午前2时左右，我右翼第三团阵地，被解放军突破，守兵四处溃逃，我即派师预备第一团团长刘奉学带领两个营赶往增援，并责成务必恢复阵地，维持原线，固守待援。不料刘团在前进中，被解放军伏兵包围歼灭。午前5时许，解放军已攻至师指挥所，与我警卫部队发生战斗，其一部已深入本师大后方，占据了王桥

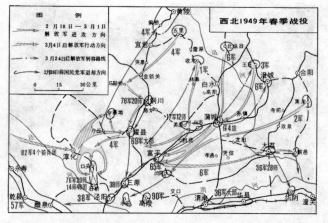

西北1949年春季战役示意图

镇，切断了师的退路。6时左右，我同师参谋长张凌汉、视察官彭杰（彭已负伤）等被解放军包围压迫在王桥镇以北的麦田中活捉。7时左右，师左翼守备部队第二团亦被歼。

口头镇战斗，第4军共毙伤俘第20师少将师长褚静亚、参谋长张凌汉及各团团长以下1800余人。

鉴于胡宗南集团11个师集结在三原、高陵、泾阳和咸阳以北地区，第一野战军没有机会再各个歼敌，便就地休整待机，开展新区群众工作。同时以第6军和骑兵第2旅协同东府分区部队，收复大荔、朝邑、平民。

大荔守敌第28师和第84师第252团如惊弓之鸟般弃城南逃。第6军第17师遂渡过洛河，展开追击，歼灭第252团第2营大部，并于4日攻克大荔，全歼守城的陕西第8专署突击大队3个中队、大荔自卫团6个中队等地方武装。同日，东府分区第22团先后占领朝邑、平民县，驻守该两县的敌地方武装保警队投降。

自第一野战军发起春季攻势后，胡宗南集团节节败退，几乎溃不成军。远在西宁的国民党西北军政长官公署副长官、青海省政府主席马步芳对此深感不安，唯恐解放军在打垮胡宗南后，挥师西进，收拾自己。毕竟当年他双手沾满了红军西路军将士的鲜血，与共产党人有不共戴天之仇。而正被前线战局搞得焦头烂额的胡宗南此时也想利用马步芳苟延残喘，于是二人一拍即合，商定搞"胡马联防"。

边区群众为部队运送粮食弹药

从 3 月 5 日起，胡宗南以第 1、第 38、第 65、第 69、第 90 军共 11 个师向第一野战军占领的蒲城、淳化、耀县、同官诸城实施疯狂反扑。马步芳则出动第 82 军 4 个骑兵团在第 248 师师长兼骑兵纵队指挥官马得胜指挥下，由常宁向淳化地区进攻，配合胡宗南部行动。

国民党第 82 军第 248 师是 1948 年 7 月在西宁刚刚组建的，下辖 2 个步兵团、1 个骑兵团和直属部队等。

当时，马步芳之子马继援率领的陇东兵团，除第 82 军所辖第 100 师和骑兵第 8、第 14 旅外，只有为数不多的几个保安团、队，官兵素质低下、缺乏训练，战斗力不强。马步芳、马继援父子遂向蒋介石乞求扩军以应付危局。面对各战场节节失利的被动局面，蒋介石也正急需有人替他打内战，便欣然同意，给了第 248 师的番号。

第 248 师组建后，即开赴陇东的平凉、白水镇、安口窑等地驻防。不久，师长马全义（马继援的舅父）因贪污枪支、虐杀逃兵而被撤职，第 1 团团长马得胜升任师长。

时任国民党第 248 师中校参谋主任的刘敬臣回忆道：

马步芳

马得胜是靠镇压各族人民起家的，双手沾满了人民的鲜血。他对巩固马家父子的反动统治是有功的。在陇东反共战役屯子镇、萧金镇等战斗中有些战绩，故赢得了这一师长的宝座，成了青马部队中显赫一时的风云人物。

1949 年刚过阴历年不久（约在阳历 3 月初），马继援抽调第一〇〇师马成骏骑兵团，第一九〇师高登瀛骑兵团，第二四八师马全骑兵团，以及骑兵第八旅的铁维诚骑兵团，企图出击关中地区的柳林镇，由马得胜统率。马得胜奉命后即偕同参谋长马成林、参谋主任刘敬

马家军中的民团部队

臣及两名译电员，携带报话机一台先乘车赴泾川会见马继援。在第一九〇师师长马振武的办公室里，马继援在挂着关中地区军用图前，向马得胜等详尽地介绍了双方态势、出击的路线等，并口述命令。大意是：

（一）所抽4个骑兵团的兵力，由马得胜师长指挥，务期在4天内赶赴陕西关中柳林附近，全歼关中分区及共军两个独立团，以策应胡宗南部的李振军。

（二）各骑兵团于明日中午赶赴永寿集结待命。

（三）作战科长杨振华陪同马师长一行即赴西安绥署接受胡宗南主任面谕后回部述命，马师长折回永寿指挥队伍向柳林进发。

（四）掌握确实情况，见机而行，千万不要硬拼，要随时注意与友军联系。

时间紧迫，连一杯开水都来不及喝，我们就退出办公室，随后马继援亲自送到停车处，与大家一一握手道别。这一简单的笼络手法，竟使马得胜感到无上荣幸，有点飘飘然了。殊不知这一次"壮行色"的道别，却把他送给了死神并成了不可恕宥的反人民的历史罪人。

东下的汽车行在凸凹不平的碎石公路上，颠簸得格外厉害，几个人都有些说不出的难受，但马得胜还不断地督促司机加快速度。夜很深了，车子被阻在咸阳桥头，守卫的宪兵营卫兵命令下车检查，并声明天亮后才准离开。几经交涉，经向绥署电话请示后由该营长陪同到西安。西安早已实行宵禁，没有特别通行证休想进城。我们在微弱的灯光下，隐隐约约地看到西城楼及城墙短堞后，有不少士兵背枪荷弹地转来转去，两扇高大铁城门关闭得严严实实，门外还有十数名全副武装的士兵来回徘徊，对我们深夜来临的几位客人，均投射着惊异的目光。对答口令后，由宪兵营长说明来意，开门处有个军官招呼马得胜、马成林乘来迎接的吉普车驶向绥署。杨振华和我去青海驻西安办事处。约一小时后，他们接受指示回来了。按西安绥署指示，明日8时让马得胜和马成林乘飞机在空中看看进击的路线和情况，返回地面后立即行动不可迟误。他们乘机在空中飞行了半个小时后，马得胜带着兴奋的心情回到办事处，他对这次胡的召见、乘飞机侦察感到受宠若惊，得意之色溢于言表，竟大言不惭地对青海驻西安办事处主任说："这次定要出其不意地狠狠给共军一拳。"

针对敌情变化，第一野战军决心采取诱敌深入、待机歼敌的方针，除以第4军1个团配合关中地方武装游击于淳化方里地区外，主力先后主动撤出淳化、耀县、富平、同官、蒲城等县城，转移到黄陵、宜君、白水、澄城和大荔以北地区。

至10日，国民党第1、第36、第38、第69、第65、第90军先后复占口头镇、永乐镇、马额、袁家等地。马得胜率4个骑兵团进占淳化，一部进至爷台山地区。

11日，马得胜率部又经铁王、凤凰山向东疾进。当日上午，在耀县西北暮坳、顶牛村地区，与第一野战军第4军第10师遭遇。

激战至黄昏，第10师在毙伤俘第248师少将师长马得胜以下千余人后，主动转移。刘敬臣回忆道：

西北野战军炮兵部队在行军途中

205 西北 1949 年春季战役

马全骑兵团按命令在左翼展开攻势，其右翼马成骏团还来不及即时展开攻击，被激怒了的马得胜像一尊凶神恶煞，板着铁青的面孔，用战刀不停地戳着脚下的大地，咬牙切齿地怒斥马成骏行动迟缓，影响战机。逼得该团长立正站在前面不敢申辩，口内只"是！是！"地应诺着，额头上渗出蚕豆大的汗珠，两腿一直在颤抖。等到马得胜喊出："还不赶上去！"的命令后，犹如死囚遇赦，早一溜烟地消逝在前面了。铁维诚得令后，沿柳林西北向解放军背侧迂回包围；高登瀛团除派出一个连向其左侧迂回包抄外，为总预备队。战斗部署就绪后，马得胜脱去外衣，只着一件蓝毛衣，骑一匹大马，由四名随从人员簇拥着驰向前沿。约莫半个小时，由于他穿着异样，目标暴露，被解放军炮弹当场击毙。阵地上遂即通过报话机，将这一突然情况，用隐话报告给参谋长，并请其转告马继援。据说马继援得报后，痛哭流涕，如丧考妣。他之如此痛哭和悲伤，因为失去了一个效忠的帮凶，深有兔死狐悲之感。

12 日，胡宗南集团再陷耀县、同官、蒲城、大荔、朝邑等县。

鉴于胡、马两集团会合后在兵力上占有较大优势，第一野战军遂决定主动结束战役。至 19 日，第 1 军转至临皋、新跃，第 2 军转至韦庄、寺前，第 3 军转至王庄镇、窑头，第 4 军转至七里镇、黄陵、偏桥，第 6 军转至澄城、交道，野战军直属队转至平定、刘家凹地区进行休整。

20 日至 22 日，第 2 军及东府军分区部队再度收复大荔、朝邑和平民诸县。

西北野战军某部在行军途中野炊

而胡宗南集团进到同官、美原镇、蒲城、龙阳镇地区以后就不敢继续前进。至此，春季攻势结束。

此役历时1个月，第一野战军经过渭河以北、泾河以东、洛河以西广阔地域连续作战，仅以伤亡837人的代价，共歼国民党军7300余人，解放并巩固了大荔、朝邑、平民地区，一度解放了淳化、富平、铜川、耀县、蒲城等县城及广大地区，扩大了解放军的政治影响，为以后作战和发动群众建立政权，打下了较好的基础。

13. 陕中战役

　　1949 年 4 月 21 日，毛泽东主席和朱德总司令发出了《向全国进军》的命令，中国人民解放军第二、第三野战军和第四野战军一部的百万雄师随即强渡长江，以秋风扫落叶之势迅速摧毁国民党军号称"固若金汤"的千里江防。

　　23 日晚，人民解放军第 35 军攻入南京市区。24 日凌晨，该军第 104 师第 312 团首先进占总统府，将红旗牢牢插在总统府的门楼上，宣告蒋介石政权在中国长达 22 年的反动统治被彻底推翻，并以此为标志开始了全国规模的对国民党军的战略追击。

　　胜利的喜讯随着无线电波传到了大西北。此时，中共第一野战军前委正在召开第六次扩大会议。时任第一野战军副司令员的张宗逊在回忆录中写道：

人民解放军百万大军突破长江天险

4月19日，在野司驻地澄城以北的平城召开前委扩大会议。由于彭德怀司令员到山西参加太原战役指挥，由王震同志传达七届二中全会决议精神和毛主席的总结讲话。会议期间，4月21日，毛主席和朱总司令发出向全国进军的命令，号召人民解放军全体指战员奋勇前进，坚决、彻底、干净、全部歼灭一切敢于抵抗的国民党反动派，解放全国人民。第二野战军和第三野战军随即发起渡江战役，4月23日解放南京；华北野战军也于4月24日解放了太原。

会议结束前，宣布了中央军委为缩短西北解放战争的进程，命华北野战军第十八、十九兵团入陕作战，归第一野战军指挥的决定。

前委扩大会议结束时，中共西北局书记兼西北军区政治委员习仲勋作了总结讲话，指出：南京的解放极大地震撼了整个国民党反动阵营。但有人认为被我们打得焦头烂额的胡宗南集团可能会老实一点，这是天真的想法。从长期与他打交道的经验证明，胡宗南是很顽固的，不到黄河不死心。他把手中的几个军撤到陇东、泾阳、高陵、临潼，背靠秦岭组成保卫西安的新防线，就是妄图固守西安，孤注一掷。同时又在秦岭以南准备了退路。狡兔尚有三窟，何况这位胡上将呢！因此，"我们要抓紧进行军事训练，筹备粮食，弄清敌情，准备吃大苦，打大仗，解放西安，解放大西北。"

会后，第一野战军各部队迅速掀起练兵热潮，加强攻坚、巷战的训练，学习《人民解放军约法八章》和《城市政策十五条》，为解放大西北做准备；同时在晋南和东府地区筹集粮食、架桥、修路，保证华北部队顺利入陕。

第一野战军某部抓紧时间训练

曾统辖 40 多个整编师 40 余万人、号称"西北王"的胡宗南此时只剩下残缺不全的 7 个军，龟缩在关中地区，苟延残喘。

为保持仅存的这点可怜家底，胡宗南决定实行战略退却，从 4 月 25 日起，将其主力部队由同官（今铜川）、蒲城、龙阳镇、羌白镇等地区南撤。至月底，在三原、泾阳、咸阳、高陵、临潼等地，形成跨泾河、渭河，保卫西安的弧形防御地带，企图与国民党西北军政长官公署副长官马步芳、马鸿逵部相配合，以陕中、陇东为防御重点，阻止第一野战军西进，确保西北，屏障西南，情况不利时再退守陕南、川北。

同时，胡宗南还煞费苦心地命令国民党陕西省政府主席董钊出面，筹备一批资金、枪械，组织一支地方保安队，由第 17 军军长兼西安警备司令杨德亮统一指挥，在西安四周，挖城壕、修碉堡，构筑城区工事，想保住他苦心经营十多年的西安。

时任国民党第 17 军警卫营营长的阎进杰回忆道：

1949 年 2 月，杨德亮又奉胡宗南令，接替了钟松西安警备司令的职务，全军进驻西安西郊，保卫西安并继续整训。当时驻地布防如下：军部和直属部队驻西关飞机场东侧营房（现西关南火巷一带）；第四十八师担任飞机场和西安城防；第十二师驻草滩一带，负责渭河南的防守。

杨德亮接替钟松后，认为自己一跃而成为胡宗南的亲信，为了取悦于胡，

胡宗南费尽心思，最终也未能保住西安。图为解放军占领位于西安的国民党西北军政长官公署

20世纪初的西安城

进行了不少害民的黑恶活动。他兼任警备司令时，从军直属辎重兵团中挑选了50名身强力壮的士兵，带到警备司令部当作爪牙，还把原来司令部里一些坑害百姓最甚的职员，一律保留原职不动。当时杨的部属因未兼任警备司令部职务有怨言。他私下对人说："这样做，胡长官将信任我是不用私人的，会得到他的更大信任，对我的前途更有利。我有了好机会，你们也有一份，何必争这一时。"

杨德亮兼警备司令后，强制市民、商人使用金圆券。拒用者，则给戴上高帽子，上写奸商或奸民捣乱金融字样，成群成队地绑成一串，派武装部队押解了在东、西、南、北大街游街示众。或头戴高帽，反绑双手，押在钟楼上，终日站立，不准坐卧，不给饭食，名曰疲劳处罚。有的站立几天，不放回家，也不准家人见面送饭，因而致病，甚至有致死者。

杨德亮常带护兵在街上闲游，遇有打架吵嘴之事，即以破坏城市秩序罪名令护兵就地枪决。一次他走在南大街见有人打架，就不问青红皂白，叫护兵用手枪枪毙。人们称他是活阎王。

为及时查清敌情以捕捉歼敌战机，同时为华北第18、第19兵团等部队调来西北战场作战作好充分准备，第一野战军各部向南推进。

5月3日，第1军进至美原镇、流曲镇，第2军进至交斜镇、羌白镇，第3军进驻荆姚镇、到贤镇，第4军进入同官、耀县（今铜川市耀州区）地区，第6军进抵贾曲镇、龙阳镇。

各军进入指定地区后，均以一部兵力和侦察分队组成先遣支队进行战斗侦察。至 14 日侦悉：胡宗南集团除第 90 军位于泾阳地区，沿泾河两岸布防，第 17 军位于西安、三原外，第 36、第 38、第 57、第 65、第 69 军分别撤至咸阳、醴泉（今礼泉）、永寿、乾县、霸桥、蓝田等地，第 1 军车运至宝鸡，西安"绥靖"公署迁至汉中。

张宗逊回忆道：

5 月 14 日，我们先后接到中央军委的通报和关中分区的报告；第一军和第二军的先遣支队攻占三原和高陵以后，发来的侦察报告，都发觉胡宗南集团有放弃西安，全部撤退到汉中的企图。原来胡宗南把由六军副军长张贤约率领的，在北平和平解放后改编补充一野的七个团向陕西开进，当作华北两个兵团入陕，慌忙决定将主力撤到秦岭以南地区，把留守西安的任务交给十七军和保安队，准备在宝鸡一线布防，阻止我军南下，并伺机进行反扑。胡宗南亲自召开紧急疏散会议，会议一结束，我们地下党的同志就立即发出这一重要情报。

张宗逊、赵寿山判断，胡宗南集团军心动摇，退却避战，可能沿渭河北岸撤至宝鸡，而后沿川陕公路撤经汉中入川，一部经柞水、镇安、东江口、佛坪越秦岭退守汉中。为掩护其撤退，可能于宝鸡以南沿秦岭布防，阻止解放军前进。

为防敌南逃西窜，在关中地区歼敌，并尽量截缴其军用物资、使西安免遭破坏，第一野战军遂决心不等华北部队入陕，立即实施迅猛进击，发起陕中

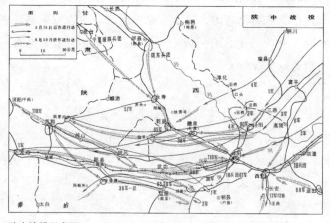

陕中战役示意图

战役,将逃窜之敌歼灭于运动之中。首先歼灭三原之敌,而后视情逐次夺取咸阳、西安、宝鸡。

这一作战计划得到中央军委的批准,并指示:"我第一野战军(三十五万人)六月间开始举行夺取潼关、西安、宝鸡、汉中、天水及陇南地区之战役,希望我陕南刘金轩部沿汉水向汉中方面行动,最好能直取汉中区域,切断胡宗南向川北的逃路。"

根据中央军委的指示精神,5月17日晚,第一野战军在司令部驻地富平县谢村召开师以上干部紧急会议,研究作战部署。会上,张宗逊指出:敌人6个军已陆续撤到咸阳、乾县、醴泉、永寿地区,胡宗南决定从宝鸡沿川陕公路入汉中,准备等待时机,联合青海、宁夏二马反扑关中,失败了就经四川撤到云南。我们必须抓紧这有利战机向西追歼敌人主力,并解放西安。

会议确定了两个具体的战役方案:一是若敌主力西逃,仅以2至3个军掩护时,以第4军向醴泉、乾县方向追击前进,并加强右侧侦察警戒,随时打击青马之援军;第1军向临平、岐山方向,第2军向咸阳、武功方向,第6军向西安方向追击前进;第3军为总预备队,相机使用。二是若敌仍据守咸阳、西安,则就地集中,进行攻坚作战,歼灭守敌。

17日晨,胡宗南集团全线西撤。第一野战军各部立即行动,抢渡泾河,追击全线西撤的敌人。

第1军前卫第2师进占鲁桥,发现云阳镇地区敌军正向西撤退,立即以一部勇猛追击;其余部队由流曲、美原地区出发,随后跟进。15时,先头第5团

第2兵团一部通过泾河追歼逃敌

进占云阳镇，围歼第90军第61师第181团1个连，俘敌70余人；主力继续向周家道、临泾渡口勇猛追击。第2师主力按照第4团、师直、第6团顺序随后跟进，于当晚进占临泾渡口。次日，第5团攻占南岸敌警戒阵地，歼保警队1个中队。第1军全部渡过泾河，经咸阳、武功、扶风以北连续追击，于20日进抵岐山、横水镇地区。

与此同时，第2军第5师在永乐镇以南的泾阳塔全歼第90军第53师第157团，第4、第6师在永乐镇歼第158团2个营大部。随后进占泾阳，渡过泾河，继续乘胜追击。18日，第2军在咸阳东北新庄、阎家庄地区追歼第53师1个团和骑兵第2旅第4团一部，俘敌1200余人，解放了咸阳、兴平。19日，进占扶风，俘敌千余人。

20日，第3军进至武功以北的临平及其以西地区。第4军在相继攻克醴泉、武功、乾县后，占领关头镇、监军镇，歼第215师第643团一部，俘敌地方保安武装300余人。第6军在配合第2军攻占咸阳后，转向西安前进。

西安，中国历史文化名城，自西周、秦、汉到隋唐五代，先后有11个封建王朝在此建都，故有"十一朝古都"之称。作为西北第一大城市，西北地区的政治、经济、文化中心，自中国工农红军长征到达陕北后，西安便成为国民党反共的重要基地。

解放西安是陕中战役的既定目标，这一重任交给了罗元发、徐立清的第6军。

1940年，罗元发和战友们合影。左起舒同、王平（坐者）、罗元发、吕正操、李耕涛、聂荣臻、杨成武、聂鹤亭

5月18日下午，第6军从三原县大程镇出发，渡过泾河后，兵分两路向西安急速挺进。第16师负责攻击咸阳以东林场，第17师负责攻击咸阳以西五陵。

当晚，第17师第49、第50团急行军百里后，抵达咸阳近郊，准备强渡渭河。

渭河是西安西北部的一道天然屏障。当时正值春洪季节，河水在一米以上。守卫河防的是第48师和暂编第2旅各一部。守敌破坏了船只，炸毁了咸阳大桥，并在沿河渡口构筑大量工事，配备炮兵，妄想阻止解放军渡河。

罗元发、徐立清带领师以上干部到现场仔细勘察，选择渡河地段，研究强渡方案，最终决定以第17师第49团在咸阳以南、第16师第47团在咸阳以北，同时徒涉强渡渭河，然后迂回到守桥敌人两侧，配合第50团全歼据守桥头之敌，掩护全军过河。攻击时间定在19日深夜。

20日凌晨，在密集的炮火掩护下，第6军攻击部队迅速突破渭河南岸防线，歼灭第48师1个营和暂编第2旅第6团后，全军泅渡过河，直逼西安西关和南门。

此刻，西安城内的守军早已慌作一团，人心思变，有想顽抗的，有想逃跑的，还有想投诚的。阎进杰回忆道：

5月20日上午8时，军参谋长胡文思下达紧急命令称：解放军已突破三桥，向西安挺进。军部和警卫营、工兵营、通信营、无线电排由第一四四团掩护，以急行军速度，即向子午口撤退，进山口后选择阵地防守待命。部队仓皇出动时，杨德亮对胡文思说，第一四四团已奉命在飞机场北边马路集结，掩护军部撤退。我到警备司令部去看一看，顺便给自卫总队闫继骞副总队长作些具体行动指示，随后乘车到子午口，再商讨进山。11时许，军部和直属队到达子午镇。12时后，杨德亮和警卫排乘大卡车到达。他面色苍白、惊慌地对胡说："第一四四团团长张芝安该杀！我命令他掩护军部退却，我去看时，一个人也没有，不知跑到哪里去了。我二次进城到警备司令部打电话找自卫总队闫队长，总机说电话接不通。我说接不通我枪毙你，总机说枪毙也接不通，还说你枪毙不了我。我估计自卫总队可能有变化，即打电话给西门守卫连连长，连长说解放军已到了西门外，正喊叫投降。我说开枪打，连长说没子弹。我想肯定是自卫总队变了。我把电话机一扔，赶到南门，南门已落锁，连长说是总队部叫锁的。我强迫连长开了城门，叫司机开足马力，才到达这里。"

西安南门

这次，杨德亮的判断一点儿都没错，自卫总队起义了。上午 11 时，第 6 军先头部队第 16 师第 49 团赶到西安西门时，起义的国民党西安团管区和民众自卫总队撤出城防，大敞城门，欢迎解放军入城。

与此同时，第 46 团也从南门攻入城内，随后配合第 48 团占领飞机场。第 17 师第 50 团在攻下三桥后，由西安铁路工人驾驶火车送入城内，迅速占领了火车站。接着又夺下北门，与第 49 团在钟楼会合。至 14 时，第 6 军已完全控制了西安全城，歼守军第 17 军一部及暂编第 2 旅大部共 2000 余人。

21 日，人民解放军举行了隆重的入城仪式。数十万西安人民涌上大街，敲锣打鼓，鸣放鞭炮，热烈欢庆古城西安重获新生。

就在西安人民欢庆解放军入城的同一天，第 4 军进占麟游，发现国民党第 57 军和第 30 师经麟游正向凤翔方向逃窜，当即沿麟（游）凤（翔）公路展开追击。

时任国民党第 30 师第 88 团第 1 营少校营长的田秋轩回忆道：

第五十七军实际兵力约三个团，五六千人，士兵都是 20 岁左右的青年人，多操四川口音。配备的是美式卡宾枪、冲锋枪，重武器很少，训练时间不久，战斗力很差。军长徐汝诚据说是蒋介石的得意门生，被胡宗南礼为上宾。他与第三十师校级军官见面时，趾高气扬，盛气凌人。胡宗南为保存这支嫡系，曾电令第三十师负掩护该军转进的任务。5 月 16 日从乾县出发，经旧永寿过麟游向凤翔转进，第五十七军在前，第三十师为后卫。

西安解放后，人民解放军坦克部队在原国民党西北军政长官公署门前通过

行军中的第五十七军，犹如老百姓大搬家似的，徐汝城乘坐小吉普车携妻带女。上行下效，军官也多半带着家属，行李、辎重累累。强拉民夫车辆运送。军风纪败坏已极，沿途拉伕抓鸡，穿门入户，翻箱倒柜，百姓稍示不满，则任意鸣枪威胁，完全是一支土匪式的乌合之众。军心如此涣散，行动就很迟缓，每日行程不过四五十里。

行抵旧永寿县城时，后卫曾与解放军的小部队接触。徐汝城经过这一次教训，才命令该部星夜加速前进，怎奈这支"娃娃兵"连日行军，累得精疲力竭，掉队的人，日渐增多，处此"风声鹤唳，草木皆兵"的情况下，于是先丢车辆，后丢行李，沿途粮弹到处抛弃，公文随风飘舞。当时担任殿后的第三十师，不但要掩护该军的安全退却，还要担任该军的收容队。当时解放军未予穷追，仅以小部队在麟游东与后卫李品卿营（第九十军第一营）发生过战斗。我等就认为后顾无忧，可以放心前进，殊不知解放军的伏击就在前头。

为配合第4军歼灭正在撤逃的第57军和第30师，刚刚赶到岐山的第1军第2师不顾疲劳，急行军两个半小时，前进20公里。先头第4团和师山炮连于17时先敌抢占了凤翔东北姚家沟至老君岭及其以东高地，切断了敌军退路。

田秋轩回忆道：

第五十七军的先头部队正在距凤翔东北约20华里的亢家河一带，将要进出于山区之隘口时，忽然前面一声炮响，方知大事不好，后有追兵，前有解放

第 1 军是第一野战军的主力部队。图为 1949 年底，该军越过青海大通山，追击残敌

军主力的截击。当时徐汝城、王敬鑫等仓皇失措，无所适从。此时，第五十七军前卫，与解放军发生了遭遇战，激战不久，即将该军前卫堵击在盆地之中，抑制得本队如同一条待死的长蛇，就地拖在麟凤公路的两侧，既无法展开，又无力进攻，就在这种大摆队的形势下，勉强应战，事实上只有招架之功，毫无反击之力。打了不久，徐汝城的吉普车被打坏了，据说他的妻子受了伤，女儿滚到公路的一旁。这时徐汝城既顾不得指挥军队，也顾不得照看娇妻爱女，慌慌忙忙地跑到第三十师的驻地，找到了王敬鑫气喘地说："王师长，你看怎么办？"王以自负的神气说："军长放心，让本师即行攻击，即使打到一兵一卒，誓与解放军周旋到底。"

当时的攻击部署是：令我营占领亢家河公路两侧高地作掩护，以第八十八团为主力从正面进攻，第九十团跟着前进，第五十七军就地以火力掩护，计划于是日下午 6 时开始，企图在两小时内，以中央突破的战术，从正面打开一个缺口，使主力进出于凤翔县城。这个异想天开的计划结果是受到了解放军强烈的回击。进攻受挫后，第三十师将兵仍撤回到原处。

18 时，第 2 师全部到达，即以第 5 团 1 个营进占钱家庄，担任凤翔方向警戒，主力迅速抢占后庄山以东一线山梁，沿右翼向敌包围攻击；以第 6 团（欠 1 营）位于大原上为师第二梯队。

黄昏前，第 4 团沿山沟及西山梁向敌纵深发展；第 5 团连续攻占后庄山 6

第一野战军某部机枪手掩护突击队向敌发起进攻

座山头,沿东山向纵深插入,共俘敌1000余人。

20时,第1军指挥所进至横水镇,得知情况后速调第1师开进,协助第2师和第4军全歼该敌。此时,第2师指挥所移至老君岭,以第6团第2营接替第4团扼守高地,控制沟口,作为师预备队。22时,第2师以第6团第3营向马家原、五曲湾方向进行迂回,继续追歼逃敌。

22日2时,第1师赶至大原上,以第2团顺沟向纵深进攻;以第3团在后庄山以东山地,与第5团并肩由南向北攻击;第1团以1个营配合第2军向凤翔进攻,主力集结在钱家庄地区,作为军预备队。

天亮后,各路进攻部队穷追猛打,肃清沿途溃散之敌。激战至10时,追击部队进抵铁王沟以东十八岭及其以北旱山庙、五曲湾地区,与第4军部队胜利会合,将第57军和第30师大部在姚家沟地区歼灭,击毙第30师师长王敬鑫,俘虏8000余人。

同日,第2军积极配合第1、第4军行动。第4师攻占虢镇,歼灭宝鸡保安团一部,南渡渭河,在虢镇以北歼敌千山守备区司令部自卫团,俘敌800余人;第5师攻克凤翔,歼敌千山守备司令部警备团、保警队等部,俘守备司令李梦笔以下1800余人;第6师攻占郿县(今眉县)。

随后,第2军第4、第6师向窜至五丈原、高店镇的第36军发起攻击,俘敌800余人;第6师绕过盩厔(今周至),向盘踞盩厔至南山辛口子、马召镇之敌展开攻击,歼秦岭守备司令部及第48师第144团各一部,俘敌1500余人;第4军歼逃敌第215师第643团一部。

第 2 军第 4 师一部在西进途中

　　与此同时，人民解放军西北军区部队一部先后进占潼关、华阴、华县、渭南、临潼等地。至 5 月底，第一野战军控制了虢镇以东、渭河南北广大地区，胡宗南集团撤至宝鸡及秦岭西段布防。

　　此役，第一野战军给予胡宗南集团以沉重打击，共歼国民党第 57 军、第 30 师、第 90 军第 53 师、第 22 军补训团等全部，第 36 军、第 17 军、第 90 军第 61 师各一部，以及千山守备司令部及所属警备团、陕西省保安第 6 团、西安团管区第 9 团及沿途 10 余县、镇的自卫团队等地方反动武装，共计 2.7 万余人，解放了陕西省会西安和整个关中地区，极大地打击了国民党军的士气，并为彻底歼灭胡宗南集团，进军甘肃、宁夏、青海歼灭马步芳、马鸿逵部创造了有利条件。

14. 咸阳阻击战

　　1949 年 5 月，第一野战军发起陕中战役，解放了古都西安和关中地区，并乘胜进至西府地区，威逼宝鸡。

　　胡宗南集团退据汉中，以裴昌会任西安"绥靖"公署宝鸡指挥所主任，率第 18 兵团第 65、第 90、第 38 军等部在凤翔、宝鸡以及渭河南岸一带占领高地，组织防御；以第 17 军军长何文鼎任秦岭守备司令，率其残部在秦岭布防，伺机而动。

　　时任第 38 军中将军长的李振西回忆道：

胡宗南部运输机

　　4月下旬的一天，胡宗南约我谈话，他曾表示了对当时局势的看法和今后打算，他说："目前西北局势，同过去有些不同，过去我们占着绝对优势，如果进攻太原的共军过河来与西北的共军会合，那我们就不一定占绝对的优势了。今后我们的战略，是要大踏步地撤退，大踏步地前进，来歼灭共军的主力。也许我们一下进到陕北，或者一下退到四川。因此我想把你们几个战斗力强的第三十八军、第六十五军、第一军编成一个兵团，叫第十八兵团，由李振带上，将来使用于绝对需要的方面……"5月中旬，西安绥署由西安撤退时，胡宗南即按照他的意图，把第一军、三十八军、六十五军、九十军编成所谓"王牌兵团"的第十八兵团，以李振为兵团司令，向川北集结待命。按当时胡宗南的企图，以掩护背后国际补给线为理由，准备把第十八兵团开进云南，把陕西保安队编成几个新军，交第五兵团司令裴昌会带上，与陕西省政府主席董钊两人共同维持陕西的残局。其他正规部队均集结四川，必要时在第十八兵团的掩护下，闯进云南，负隅顽抗，不得已时，在滇缅边境建立反共根据地，等待国际局势的演变。

　　马步芳、马鸿逵见解放军大举西进，直接威胁陇东地区，深感唇亡齿寒，处境孤危，认为"甘肃东翼暴露，兰州感受威胁，决难自保，必须夺回西安，宁、甘、青诸省始能安全"。

　　为避免孤军作战，保持甘肃、宁夏、青海老巢，就必须拖住胡宗南，同时也对马家军的战斗力颇为自信，刚刚被任命为西北军政长官公署代理长官的马步芳遂急电国民党统帅部，提出只要胡宗南部不撤退，他将率部"与西安绥署协同反攻，并保证愿出全力"，夺回西安，确保大西北。正如彭德怀判断的那样："未放弃西安前，胡求马；放弃西安后，马求胡。"

　　已迁至广州的国民党政府，见二马主动请命出兵，自然喜出望外。蒋介石遂电令胡宗南，命其与二马协商出击，"光复西安"。

　　此时，胡宗南因屡战屡败，率残部退守关中以西地区及汉中后，反攻信心严重不足，正准备撤入四川，以求保住自己最后的本钱。无奈校长之令不可违，同时他认为只要把马家军拉出甘肃，将渭北交给马家军，自己只需要几个军就可维持住渭北以南地区，暂时可与马家军保持住西北的局面。于是，胡宗南变原定撤向汉中的部署，迅速拟制了作战计划草案，并派专人赶赴兰州与"二马"协商，企图集中兵力联合反扑，以扭转西北战场败局。

第一野战军在西北战场上势如破竹。图为解放兰州后，市民夹道
欢迎解放军入城

张宗逊在回忆录中写道：

胡宗南经宝鸡，带着他的第一军跑到汉中，只留西安绥署副主任、第五兵
团司令兼宝鸡指挥所主任裴昌会，坐镇宝鸡。他喘过一口气，又后悔跑得太快
了，丢了西安吃了大亏，便和马步芳、马鸿逵商量反扑西安。这时马步芳刚被
任命为西北军政长官；马鸿逵也眼看要当甘肃省主席，二马踌躇满志，正得意
忘形，感到胡宗南这一撤退，陇东和西（安）兰（州）公路受到我军威胁，也
想取得胡宗南集团配合，保住甘、青、宁的老窝。胡、马经过协商，宁马遂以
第十一军、一二八军组成"援陕兵团"，青马也组成"陇东兵团"，由八十二
军军长马继援（马步芳之子）统一指挥，由陇东沿西兰公路东犯，直扑咸阳。
青马指挥的"陇南兵团"（第一一九军）也积极推进。

在获悉胡马联手、准备实施反扑的情报后，彭德怀于5月22日指示按中央
军委命令转隶第一野战军入陕作战的华北野战军第18、第19兵团，火速用火
车运一两个师渡河西进，接替第6军西安地区卫戍任务，以便第6军向宝鸡地
区集结。

23日，中央军委发布《对各野战军的进军部署》命令，规定第一野战军4
个兵团年底前可能占领兰州、宁夏、青海，"年底或年初准备分兵两路：一路

由彭（德怀）率领位于西北，并于明春开始经营新疆；一路由贺（龙）率领经营川北，以便与二野协作解决贵州四川西康三省"。

25 日，指挥完太原战役的彭德怀乘汽车，由太原经禹门口返回位于乾县秦家庄的第一野战军司令部。

根据青宁二马集结灵台、长武、泾川，陇南兵团集结陇县，胡宗南第18兵团集结宝鸡，第3、第17、第69军据守秦岭等情况，彭德怀决定：以第3军集结乾县，第4军集结乾县以西仪井，第1军集结扶风、岐山，第2军集结武功、绛帐、郿县（今眉县），第6军集结长安、蓝田、鄠县（今户县）。在第18、第19兵团未到关中之前，除情况特别有利外，暂不向敌进攻。如敌发起反扑，拟于咸阳、兴平、醴泉（今礼泉）、长安地区各个歼灭之。

26 日，彭德怀、张宗逊向中央报告了上述作战计划。同日，第18、第19兵团开始从太原附近相继出动，统由风陵渡西渡黄河，向陕西关中地区进发。

也就在同一天，毛泽东复电彭德怀、张宗逊、赵寿山：

你们攻占凤翔等地，歼敌一部后，暂时停止前进的处置是对的。目前胡马两军配合，在长武、宝鸡之线企图阻我进攻，而我18、19两兵团，尚须三四星期以后才能到达西府地区。依你们现有兵力，可以打胡，不能同时对马，而欲同时对马，必须等候18、19两兵团开到或至少1个兵团开到，方有把握，否则无把握。因此，你们应耐心等候三四个星期，不要性急，待18、19兵团开到，打几个好仗，即可直取兰州，基本上解决西北问题。只要胡马不走，仗总是有

1949 年 2 月 1 日，陕甘宁晋绥联防军区改称西北军区，贺龙任司令员，习仲勋任政治委员

打的。仅在一种情况下，即胡军向汉中退却，胡马两军又确实不能联合，你们才可不待18、19两兵团开到即向汉中方向追击胡军。

根据上述指示，第一野战军决定待第18、第19兵团到来后，再与胡、马两军决战，如其近期反扑西安，则寻机歼灭之。

张宗逊回忆道：

面对胡、马要联合反扑的形势，各部队领导都要求乘胜追击，歼灭胡宗南集团主力，不让其卷土重来。5月25日，彭德怀司令员从太原返回乾县秦家庄的第一野战军司令部，我们分析了敌我情况，决定不必穷追敌人，等华北十八、十九兵团到来再和敌人决战，如果敌人在华北部队来到之前反扑西安，我现有部队以逸待劳，寻找歼敌战机，采取各个击破，分割歼灭的办法，给胡宗南集团和马继援集团等一个迎头痛击。

5月底，马步芳、马鸿逵开始向陕甘边境调兵遣将，并与胡宗南商定先夺咸阳，以一部偷袭西安，然后主力越泾河，在三原附近以北地区与解放军决战。具体部署是：

马鸿逵将第128、第11、第81军及2个骑兵团、2个炮兵营约4万人，组成宁夏兵团，其由次子马敦静任兵团司令，卢忠良为指挥官，集结于平凉、固原地区；马步芳将第82、第129军约4万人组成陇东兵团，由其子马继援指挥，集结于邠县（今彬县）、长武、泾川、镇原、灵武地区；以第119军及第91军第191师等部组成陇南兵团，由王治岐指挥，集结于汧阳（今千阳）、陇县地区。各兵团统归马继援指挥。

胡宗南集团以第5兵团司令裴昌会指挥第38、第65、第90军残部和第36军残部及骑兵第4团残部共6个师另1个团集结于凤翔、宝鸡、益门镇地区。另以第18兵团司令李振指挥退守西安南山之残部向西安以东、以南地区窜扰，以资策应。其中，第17军位于东江口地区；第3、第69军位于柞水地区，第1军由凤县向虢镇以南沿渭河南岸东进至留坝、庙台子地区。攻击发起时间预定为6月10日。

6月3日，彭德怀电令第18兵团先头第61军务于6日赶到黄河北岸风陵渡渡口，渡河后车运至西安；令第60、第62军兼程前进。

第一野战军某部进军大西北

接到彭德怀紧急命令后，第18兵团政治部主任胡耀邦在团以上干部大会上，响亮地提出"消灭胡宗南，解放大西北"的口号，指出："这次行军实是出征，行军力就是战斗力"，要求部队"革命到底，光荣到底"。部队冒着炎夏酷暑，不顾疲劳，不避风雨，加速前进。

第61军经过11天的连续强行军，每日行程在40公里以上，最后两天行程超过50公里，于7日晨，前卫第182师抵达西安，19时接替第6军的警备任务。10日晚，第181师提前一天赶到西安城郊。

张宗逊回忆道：

为了迷惑敌人，争取时间，野司通知在西安的第六军采取各种办法大造华北兵团入陕作战的舆论。六军就打着华北兵团的番号到处号房子、贴标语，大造声势，当六军副军长张贤约带着北平整编的几个团抵达西安的时候，就组织盛大的欢迎仪式；6月7日十八兵团的先遣师到达，又举行热烈的欢迎。这一系列的活动都通过国民党特务和敌机侦察传给胡宗南，使其犹豫不决，不敢贸然行动。

8日，援陕宁夏兵团经长武向永寿地区集中，青马陇东兵团向麟游、乾县之间庙湾集结，陇南兵团则由汧阳、凤翔向岐山方向开进。

9日，胡、马两军集中30多个师（旅）20余万人，分别由长武、邠县、灵台、汧阳和宝鸡地区向第一野战军反扑，企图重占西安。

针对胡、马两军集中大批兵力企图反扑的严峻形势，第一野战军根据现有兵力仍是敌强我弱的情况，决定采取积极防御、诱敌深入、阻胡歼马的方针，待二马疲劳、攻击受阻、粮草发生困难时，全力举行反攻，包围歼灭之。

彭德怀将作战部署电告中央军委，并称"如此役成功，对我很有利"。毛泽东于9日复电指出：

（一）就现有兵力与马胡全力作战，似觉无全胜把握，不如诱敌深入，俟兵力集中再打较为适宜。（二）如你们认为有各个歼灭敌人的良好机会，我们亦同意先打一仗。（三）请将诱敌深入，等本月底或下月初兵力集中时再打有何困难及不利之点，分析电告。

10日，彭德怀电告毛泽东，认为如放弃在泾渭间作战，等6月底或7月兵力集中时再打胡、马，对我有诸多不利。如在泾渭间作战，虽我现有兵力不占优势，但胡军士气很低，胡、马互信差，麟游山天然分割胡、马联系，有利我钳胡打马。我十八、十九兵团正向西安前进，数日后我即稍占优势。

11日，毛泽东复电："同意你的作战方针。作战时请注意先歼灭宁马一个军，然后再歼其一个军，各个击破，一次不要打多了。"

这时，胡、马各路大军已开始实施试探性反扑。

10日，陇东兵团沿西兰公路向东南进至永寿、崔木镇一线，第82军先头

彭德怀研究第一野战军进军大西北问题

进至大小竹杆地区。宁夏兵团第11、第128军先头到达监军镇后，向五峰山、杨峪镇、铁佛寺、关头镇地区第3、第4军阵地发起进攻，遭到迎头痛击，被歼1000余人，被迫退至永寿、常宁镇、邵寨、崔木镇地区。胡宗南集团除以第36军进占郿县高店镇、五丈原外，主力向东进攻岐山、蔡家坡地区，在阳平以北岐山以南地区遭第2军顽强抵抗，被毙伤800余人。与此同时，陇南兵团向凤翔、第36军（欠第123师）向郿县斜峪关逐步推进。

客观地讲，彭德怀在战前多少有些低估胡马两军联合反扑的实力。内战全面爆发后，彭德怀成为胡宗南名副其实的克星。短短三年间，便由不足3万人发展为拥有2个兵团6个军34万余人的野战大军，生生锻出一支铁军。反观统辖40多个师、总兵力曾达40余万的胡宗南，屡战屡败，损兵折将，精锐尽失，就连经营多年的老巢西安也丢掉了。可以说，在西北战场上，共军打国军，左右都是赢。国军打共军，横竖都是输。国民党对共产党的心理优势崩溃于零，至1949年，更是一败涂地，士气土崩，精神瓦解。

战斗打响后，由于胡宗南集团迭遭解放军歼灭性打击，此次又从撤退转为反扑，行动相当谨慎。而青、宁二马部队过去受解放军打击较少，行动则显得较为积极，进攻之凶猛有些出乎彭德怀的意料。

鉴于胡马两军来势汹汹，第18、第19兵团尚未全部到达指定地区，敌我兵力悬殊的实际，彭德怀果断决定改变"阻胡歼马"计划，命令各部于11日晚主动放弃泾河、渭河三角地带，后撤一步，至泾阳、咸阳、鄠县以西地区采取运动防御，迟滞敌之进攻，以争取时间，掩护第18、第19兵团等部向预定地域开进，并为而后集中兵力与敌决战创造条件。

13日，彭德怀、张宗逊、赵寿山将这一情况电告中央军委。张宗逊回忆道：

6月11日，马继援集团继续向我进攻，敌八十二军先头到达大小竹杆，十一军先头到达监军镇，一二八军先头到达贯头镇。我第六军、第三军、第四军迎头痛击敌军，在大量杀伤敌人之后，按野司部署转移。第三军撤到三原云阳镇地区，六军撤到三原石桥镇、北屯镇地区，第四军撤到泾阳和其以西地区。这一天胡宗南集团没有进攻，第一军也按部署撤到户县以西地区，第二军撤到郿县、周至地区。6月12日，各军到达指定的地区。华北十八兵团最先抵达的第六十一军守卫咸阳到西安一线。

敌人发现我军东移以后，马继援集团误以为我军是败退，即加速向临平镇、监军镇、兴平、咸阳推进；敌陇南兵团沿宝（鸡）咸（阳）公路以北地区向杏林推进；胡宗南集团主力在裴昌会指挥下，由扶风沿宝咸公路以南向武功推进，其三十六军单独经斜峪关沿渭河南岸向西安前进。

　　我第二军抓住敌三十六军孤军前进的机会，在6月12日夜间将敌军部和一六五师包围在郿县金渠镇地区。经过激烈战斗，到13日晨将敌一六五师大部歼灭，停敌少将师长孙铁英以下两千多人。在将要解决战斗的时候，敌第六十五军、三十八军赶来增援，第二军即撤出战斗转移到周至哑柏镇地区。

　　立功心切的马继援亲自率领第82军第190、第248师和骑兵第8旅，越过宁马第11军和第128军的防线，以集团式冲锋由北向咸阳猛扑过来，企图直取西安。第3、第4、第6军依托阵地，顽强抗击。

　　彭德怀命令刚刚到达西安的第18兵团第61军增援咸阳。该军第181师火速赶往咸阳，彭德怀亲自向师长王诚汉交待作战任务，指出：二马政治上落后，思想上反动，特别是青马，历史上曾残酷杀害过红军西路军，自知罪孽深重，必做垂死挣扎。同时为加强防守力量，指示第18兵团将第183师第548团配属第181师指挥。

　　12日，第181师赶到咸阳，不顾疲劳，立即加修工事，进入阵地。其中，第541团在北，第543团在西，第542团在东北，依托原有碉堡、工事，构成了以咸阳为轴心的半圆形防线阵地。第18兵团司令员兼政治委员周士第命令王

1937年初，马家军将西路军将士的遗体包裹起来准备送到南京请赏

诚汉务必要坚守住阵地，打好兵团入陕后的第一仗。

此时，马继援指挥的陇东兵团已兵临城下，一场大战就此在古城咸阳打响了。时任国民党第82军第190师上校参谋长的李少白回忆道：

这天清晨，小雨初晴，马继援在监军镇（老永寿）高地给所属各部下达了书面攻击令，到场接受命令的有青海部队第一○○师师长谭呈祥、第二四八师师长韩有禄、第一九○师师长马振武、骑兵第八旅旅长马英。宁夏部队有指挥官、第一二八军军长卢忠良，还有一个是马鸿逵的军事顾问（姓马）。记得当时站在监军镇某高地，渭河平原（关中平原）历历在目，前方枪炮声清晰可闻。马继援的攻击命令，要点如下：

（一）对面的共军，在南北注甘、永寿梁及其以西高地占领阵地，构筑工事，我骑兵第十四旅从今天拂晓开始向该线发动攻击，现正在激战中；胡宗南以5个军的兵力，配合我军向武功、郿县推进。

（二）骑兵第八旅、第一○○师、第二四八师为左路，夺取南北注甘，经吡干镇，向咸阳攻击。骑兵第八旅主要任务是担任泾阳方面的警戒。第一九○师及军直属部队为中路，落点永寿梁高地后，沿西兰公路，经乾县向兴平方面攻击，军部紧跟在中路部队之后。

（三）宁夏部队为右路，沿西兰公路西侧东进为总预备队，并与胡宗南部保持联系。

上午9时许，命令下达完毕，各部队立即行动。

下午，骑兵第8旅先头营从第181师防守空隙中冲来。第181师1个侦察班抗击了3个多小时，阻止了敌人的进攻。16时30分，骑兵第8旅3个团以密集队形向第181师防御阵地分路猛扑，遭到顽强阻击。激战至黄昏，数次冲锋均无功而返，撤至北塬、上兆、石村一线。

13日，马继援率第82军和骑兵第8旅在炮火掩护下，分路对咸阳城发起连续猛攻。其中，第248师从东北、第100师从正北、第190师从西北，同时以密集队形展开攻击。骑兵第8旅集结于城东北地区，伺机迂回。

李少白回忆道：

6月13日，天气晴朗。第一九○师为了执行攻击咸阳的命令，从拂晓就开始向咸阳方向急行军。但因该师距离咸阳最远，所以最后到达咸阳北垣集结地。那天我作为先遣队提前到达，当我到咸阳坡头时，骑兵第八旅、第二四八师早已到达咸阳北垣，等候我们。为了摸清咸阳的情况，我伙同骑兵第八旅旅长马英、第二四八师师长韩有禄，一起登上附近的一个小高地（在咸阳北垣上星罗棋布着许多大土堆，据说是历代诸侯贵族们的坟墓），俯视咸阳城，不用望远镜也能看得很清楚。在西安到咸阳的公路上，尘埃滚滚，军车如飞。进入咸阳的汽车满载兵员和物资，开出的则全是空车。咸阳位于关中平原中部，靠渭河北岸。西兰公路，陇海铁路，都由该城以东的渭河大桥连接，绕城北而去。同时也是咸（阳）铜（川）铁路的起点，交通发达，位置重要。所以这座古老的历史名城，历来为兵家必争之地。我们正在瞭望之际，忽然城头西北角上出现一门山炮，说时迟，那时快，对准我们就开炮了。一发、两发、三发……炮弹纷纷落在小高地周围，打得隐蔽在高地后面的马匹惊恐嘶叫，脱缰四散。

原来，为确保咸阳城，第一野战军把第 18 兵团 3 个炮兵团和第 6 军及野战军直属各 1 个炮兵团共 400 余门火炮，部署在咸阳城外围，准备给来犯之敌迎头痛击。

战斗打响后，面对三面疯狂冲击之敌，指战员们沉着冷静，待敌进入预定射击地域后，山炮、迫击炮猛烈轰击，步枪、机枪一齐开火。强大的火力打得敌军人仰马翻，死伤惨重。战后，指战员们将这一打法形象地比喻为"炮吃马"。

敌军虽遭受重创，但仍以整营的兵力轮番进攻。由于第 181 师长途行军，

我军炮兵向敌军猛烈轰击

没有休息即投入战斗，在连续反击中体力消耗很大，同时阵地工事薄弱，在敌居高临下的炮火压制下，火力不能很好发挥，加之缺乏对付敌集团式连续冲击的经验，致使多数前沿阵地失守，几个主要防御支撑点陷入敌军包围之中，部队伤亡很大。

第181师指战员们英勇抗击，与敌浴血奋战。他们针对敌军作战凶猛、骑术好的特点，抓住其战术陈旧、队形密集、畏惧炮火、对骑兵依赖性大等弱点，依托工事沉着应战，远来射马、近来射人，接近阵地时以手榴弹杀伤，将敌大量歼灭于冲锋途中和阵地前沿。

坚守中午台的第542团8连50余名官兵，连续击退第248师整营兵力的7次猛攻，歼敌200余人，保证了右翼阵地的安全。控制西兰公路1号阵地的第543团1连官兵，9次陷入敌军重围，子弹打光了，凭着仅剩的9枚手榴弹和石块，与敌拼杀，守住了阵地。

经过13小时激战，第181师打垮了敌人进攻，夺回了失去的全部阵地，共毙伤俘第82军第248师师长韩有禄以下2000余人，迫使敌人退守醴泉一线。同时，奔袭泾阳的第248师骑兵团也被第4军顽强击退。马继援仍不死心，命令3个师分两路企图突过泾河，在临泾渡、修石渡又遭到严重杀伤，只得在骑兵掩护下向醴泉、乾县以北撤退。

第181师首战告捷，不仅极大地打击了二马的嚣张气焰，而且为兵团主力集结歼敌赢得了时间。彭德怀称赞道："打得好！"

西安解放后，某部宣传队员向市民宣传党的政策

同日，胡宗南集团第 36 军（欠 1 个师）出斜峪关，沿渭河南岸东进。第 2 军于金渠镇地区将其包围，并歼其第 165 师大部。

14 日，东西涝峪口之敌第 17 军第 12 师第 36 团向第 1 军防御阵地进犯，被驻守鄠县新里村的第 3 师第 7 团以反冲击击退，残敌向东涝峪口及土门方向仓皇逃窜。第 1 军军长贺炳炎即令第 3 师第 9 团乘胜展开追击，一举击溃了白云山之敌，攻占栗峪口、东涝峪口及土门村地区。

与此同时，胡、马军主力沿渭河两岸及陇海铁路向东推进。其中，第 36、第 38、第 65 军残部沿渭河南岸一线，第 90 军残部沿渭河以北陇海铁路，陇南兵团沿咸（阳）宝（鸡）公路平行向东转进。第 2 军在渭河南岸地区节节抗击。

16 日，国民党军各部分别进至咸阳、兴平以西及西安以南地区，并再次向咸阳、西安发起进攻，均被第 61 军击退。见进攻不利，胡宗南又耍起了小聪明，暗中指示裴昌会："马家素来狡猾，不要上他们的当，部队要慢慢地前进，或者不动，千万不要突出前进。"

时任国民党第 119 军中将军长的王治岐回忆道：

第一一九军所属第二四四师的两个团，第二四七师两个步兵团，一个骑兵团，作为第一线部队在武功以东高地占领南北十余里的阵地，构筑简单野战工事，防止解放军西进，由副军长兼第二四四师师长蒋云台指挥，扶风县城附近村庄由第一九一师驻扎，军部及第二四四师杨伯达团进驻扶风县城，我军左翼是卢忠良兵团，右翼是第三十八军，各部队互相欺骗，都怕友军确知自己部队位置，特别是马家军更不允许去联络的官兵通过他的警戒线。这就是当时所谓的大兵团协同作战。进攻咸阳原是胡宗南的第一军和马步芳的骑兵第七十八旅的共同任务，但是马步芳的骑兵到达咸阳附近，胡宗南的部队还在武功、盩厔之线，第一军更是躲在后面。等到马步芳的骑兵在咸阳城郊遭受惨败后，胡宗南的第一军更是连影子都不见了。卢忠良则又偷偷撤至永寿山区，仅在乾县监军镇派了极少数部队担任警戒。这样第一一九军左侧背，完全暴露在解放军面前。

对于胡宗南集团与"二马"部队同床异梦、各怀鬼胎的合作，时任国民党第 18 兵团中将司令官兼第 65 军军长的李振是这样回忆的：

1949年6月，习仲勋在西安各界保卫西安动员大会上讲话

当我兵团进至盩厔、鄠县地区，奉胡电令："停止待命。"按当时情况，马步芳军直扑咸阳时，如我兵团继续向咸阳、西安挺进，并以秦岭守备部队出子午谷，胡马两军部队或有可能继续在关陇地区苟延一时。但胡宗南在与友军协同作战中，习惯于袖手旁观，以他人的失败来抬高自己，借此排除异己，消灭杂牌部队。因此，马家军在进攻咸阳时伤亡惨重，对胡宗南的坐视不救，异常愤慨。胡却以自己部队幸免于难，沾沾自喜。

19日晚，中共中央西北局、第一野战军前委在西安召开紧急会议，商讨西安要不要守和击南击北（即打胡打马）等问题。

会议认为：

（一）第一线敌我兵力大致相等。敌3个兵团、11个军、32个师共21.3万人。我3个兵团、9个军、27个师共24.8万人，且我士气占优势。（二）守住西安，并利用西安、咸阳坚城消耗敌人，集中机动部队寻机打击敌人一路，歼敌一方面或另一方面的几个军是完全可能的。（三）敌人寻机决战是我求之不得的，关键是等第十九兵团到齐，以便集结主力歼敌于西安附近。

彭德怀在会上指出：现在不是放弃西安的问题，而是如何利用敌人攻我之机会吸住敌人，歼敌于西安附近。放弃西安，对政治、军事和士气均不利。应利用西安、咸阳坚固据点诱敌深入，要向每个军民作战斗动员和解释工作。关于击南击北问题，看来打马是理想的，但在胡马两军乘我十九兵团来到前即联合实施反扑使我被迫过早决战的情况下，可能先击胡，特别是敌威胁到我不能守西安，须集中兵力歼敌一两个单位，迟滞敌人进攻也是需要的（即部分决战）。最后，他强调：要不怕任何困难，不为零碎动摇整体。

就在这时候，第18兵团3个军和隶属第18兵团在山西作战的第一野战军第7军、第1军第3师、第3军第8师已经全部到达三原、西安地区；第19兵团3个军前卫师也已渡过黄河，进至韩城、芝川镇地区，正向富平、三原地区快速开进。第18、第19兵团的到来，使第一野战军兵力由原来的15万人增加到35万人，连同西北军区地方部队，西北地区解放军兵力总数达到40万人，彻底改变了西北战场长期以来敌众我寡的局面。

胡宗南、马继援认为在进攻受挫、伤亡严重的情况下，解放军大军云集，再战不利，便停止进攻，逐次分路回撤。至26日，二马退至永寿、崔木镇一线，胡宗南部退至武功以西地区。胡马联手反扑西安的行动就此以失败而告终。

鉴于华北兵团经过长途行军，需要集结休整，不便立即参加追歼敌军，遵照中央军委指示，第一野战军各部队就地转入休整，准备与胡马两军决战。

在西北解放战争中，习仲勋经常深入群众进行战备动员，号召全区军民积极行动起来，加紧生产，支援前线，夺取战争的全面胜利

15. 扶郿战役

1949年6月，胡宗南和西北军政长官公署代长官马步芳、副长官马鸿逵等部联合向第一野战军反扑，在咸阳、西安地区受挫后，被迫撤至泾河以西和西府地区的渭河南北，转入防御，企图凭借有利地形，联合作战，阻止第一野战军西进和南下。

第一野战军某部向敌坚守的城镇发起攻击

具体部署是：胡宗南以所属第18兵团部指挥第65、第38军位于扶风以南、渭河以北陇海铁路两侧，以第36军（欠1个师）、第90军位于渭河以南郿县（今眉县）、金渠镇、槐芽、哑柏镇地区，以第57军第214师守备宝鸡，以第17军第12师、第36军第123师、第69军第84师控制西安以南土地岭至宝鸡一线秦岭北麓诸要隘，第1军撤至凤县以南。马步芳部第119军位于武功至扶风一线，第82、第129军位于长武、邠县（今彬县）、永寿地区。马鸿逵部第11、第128军位于崔木镇、麟游地区。

张宗逊在回忆录中写道：

胡宗南和二马反扑西安失败以后，胡宗南理应撤出关中，退守秦岭避免被聚歼；二马也应退回平凉。而胡、马却在渭河之滨的狭长地带布成一个"口袋阵"，二马的八十二军、一二九军在邠县、永寿以东：第十一军、一二八军驻永寿、麟游以北地区。胡宗南在武功以西渭河两岸守备。他们做出这样安排，是因为任何一方都需要联合，才能苟延残喘。如胡不联马，即使退守秦岭，亦不能阻挡我军的重点追歼；马不联胡，即使退守平凉，也难以阻挡我军长驱直入甘肃。只有在麟游和扶风、邠县山区并肩作战，才能避免被我各个击破。但是他们又各怀鬼胎，都幻想借助对方的力量削弱我军，保存自己的实力。胡、马都希望对方首先遇到我军攻击，所以两军的部署，都是既可以联合作战，又可以保存自己。所不同的是胡宗南害怕被歼而兵力集中，马家军惧怕被歼而兵力分散。

胡宗南集团以五个军配备在扶（风）邠（县）地区的渭河两岸，宝鸡只留一个残师，防御第一线兵力集中，纵深力量薄弱。胡宗南估计我华北两个兵团入陕以后，至少要整训一个月，他不退守秦岭也不致马上受到进攻；万一遭到我军进攻，二马不来援，我军一下子也难歼灭他五个军，他一边抵抗一边撤退也不迟；如果我军先打二马，他可以全力向我军侧击，从中取胜。二马则东起土桥镇，西至崔木镇，前哨活动在永寿以东，主力集结在长武、邠县，分散兵力避免被我军包围聚歼；有利时进出关中援胡，不利时就退守平凉。

第一野战军缴获的国民党军山炮

中旬，为了适应向大西北进军的需要，经中央军委同意，第一野战军成立第1、第2兵团。第1兵团由王震任司令员兼政治委员，辖第1、第2、第7军；第2兵团由许光达任司令员、王世泰任政治委员，辖第3、第4、第6军。

下旬，由人民解放军总部直辖的第18、第19兵团改归第一野战军建制，先后入陕，使第一野战军总兵力增至40万人，彻底改变了西北地区敌强我弱的状况。各部队士气高昂，解放大西北的条件已经具备了。

20日，毛泽东就对胡宗南、马步芳、马鸿逵作战的部署问题，致电彭德怀、张宗逊、赵寿山："我们判断，胡匪不外两途：一是以全力担任钳制我渭南各军，保证马匪右侧之安全；二是马、胡同时向我泾北、渭南举行攻势。不论胡匪采取何种计划，均给我军以首先歼灭胡匪的机会。希望你们针对先打胡匪的方针，迅速集中王周两兵团主力，于马匪向泾阳进攻之际，突然发起对胡军的攻击，以歼灭三十八军、六十五军、九十军为目标。"

26日，彭德怀等向中央军委建议：如"二马"集结乾县、永寿、邠县、常宁镇等地区，则以第18兵团钳制宝鸡、扶风、郿县地区之敌，以第1、第2、第19兵团聚歼"二马"主力；如"二马"远撤长武、平凉，则以第19兵团钳制"二马"，集中第1、第2、第18兵团围歼胡宗南部及王治岐部，而后乘胜南下汉中、广元。

同日，毛泽东致电彭德怀、张宗逊、赵寿山，提出钳马打胡的作战方针：

根据近日情报，马匪各部业已准备向邠长撤退，胡匪各部势必同时向宝凤撤退，决不会再前进了，也不会保守不退。在此种情况下，你们应当集中王周两兵团全力及许兵团主力取迅速手段，包围胡匪四五个军，并以重兵绕至敌后，切断其退路，然后歼灭之。许兵团留下必要兵力监视两马，以待杨兵团赶到接替。杨兵团应立即向西开进，迫近两马筑工，担负钳制两马任务，并严防两马回击。此点应严格告诉杨得志，千万不可轻视两马，否则必致吃亏。

一天后，毛泽东就歼击胡宗南、王治岐和"二马"的作战计划，再次致电彭德怀，指出："如青宁两敌只作小撤退，位于乾、永、邠、常宁、南坊、通润地区，而不是向邠、长、泾、凉作大撤退，则先打两马后打胡王的计划是正确的，但打两马比打胡王较为费力，必须充分准备，从精神动员到作战技术都要力求准备充分，并要准备付出数万人的牺牲，以期全歼两马或歼其主力，即可基本上解决西北问题。……如两马向邠、长、泾、凉做大的撤退，距离胡王较远，十九兵团只需担负钳制两马任务（仍要小心）。"

7月6日，第一野战军在咸阳召开前委扩大会，各军军长、政治委员参加。大家认真分析敌情，认为胡宗南集团兵力集中，但缺少战役预备队，遭我包围后无兵可援；二马兵退麟游山区，与胡宗南集团中间空隙较大，便于我军进行分割包围，各个击破。在具体打法上，大多数同志同意集中兵力，钳马打胡，稳操胜券。个别同志则主张迂回敌后，直取汉中，调动敌人。

第一野战军某部正在翻越六盘山

张宗逊回忆道：

彭德怀司令员经中央军委同意，在会上提出"钳马打胡，先胡后马"的战略方针。因为我军只占相对优势，二马尚未遭到过我军歼灭性打击，战斗力较强，对胡马二敌不能分兵去对付，必须集中力量一个一个地歼灭。若是"钳胡打马，先马后胡"，从战场上考虑，把二马歼灭在陕西比让它逃回老窝再打有利，但是打马比打胡费力，故军兵力分散，不易聚歼。我先打马，胡宗南退向汉中，若我军南下追击，也不易全歼胡部，而二马必然乘机进扰关中，威胁我军后方，增加补给困难。"钳马打胡，先胡后马"则较为有利，胡宗南在扶郿地区兵力集中，若我包围该地区，其秦岭以南没有战役预备队可以北援，我军能全歼该敌。虽然胡、马可以南北策应，然而胡马之间有较大空隙，我军可以从容迂回其侧后；二马在向咸阳突击时损失严重，故我围歼胡部，二马不会轻易出援。另外，胡部三个军在渭河北，两个军在渭河南，渭河沿岸没有大军渡河设备，我军发起攻击的时候，南北敌人无法相互支援。权衡利弊，野司决心先打胡宗南集团。

　　据此，彭德怀决定发起扶郿战役，以 1 个兵团牵制"二马"集团主力，集中 3 个兵团歼灭位于扶风、郿县地区的胡宗南及马步芳两集团各一部，迫使胡宗南集团退往汉中，进而孤立"二马"。

　　具体部署是：以第 2 兵团于 7 月 11 日，由醴泉（今礼泉）经乾县、青化镇隐蔽迂回至扶风以西地区，迅速占领益店镇、罗局镇，切断武功、扶风地区国民党军西退通路，而后向午井镇、扶风发展进攻；以第 18 兵团（欠第 61 军）附第 7 军，于 7 月 12 日由咸阳、兴平沿渭河北岸西进，歼灭武功、杏林镇一带守军后，向午井镇发展攻击，会同第 2 兵团聚歼罗局镇地区守军第 119、第 38、第 65 军等部；以第 1 兵团（欠第 7 军）由鄠县（今户县）地区西进，于 7 月 12 日攻占盩厔（今周至）、郿县，歼灭渭河南岸守军第 90、第 36 军等部，然后向益门镇、宝鸡发展进攻，切断敌人南退的路，策应渭河北岸作战；以第 19 兵团附骑兵第 2 旅于 7 月 10 日由三原进至醴泉、乾县地区，构筑工事，钳制"二马"所部；以第 61 军卫戍西安，并以一部兵力向西安以南子午镇方向出击，保障主力右翼安全。

　　彭德怀明确指出：由于蒋介石把最后的希望寄托在盘踞西北的胡宗南、马步芳、马鸿逵和退缩中南的白崇禧身上，妄图把西南作为最后的反共基地，以备日后卷土重来。而蒋介石在西北西南仍有 80 万大军，不可小觑。"二马"尚未遭到过歼灭性打击，战斗力较强，对胡、马二敌不能分兵对待，必须集中力量一个一个地歼灭。如果"钳胡打马，先马后胡"，从战场上考虑，把"二马"歼灭在陕西比他们逃回西北老巢再打有利，但打马比打胡费力。因为"二马"兵力分散，不易聚歼。如果"钳马打胡，先胡后马"，则较为有利。胡宗南集团在扶郿地区兵力集中，其秦岭以南没有战略预备队可以北援，利于我全歼该敌。虽然胡、马可以南北策应，但他们之间的空隙较大，我军可以从容迂回到胡部侧后。而且"二马"在反扑西安受挫后，行动较以往更加谨慎，在胡部被围歼时，不会轻易出援。此外，胡部 3 个军在渭河以北，2 个军在渭河以南，渭河沿岸没有大军渡河设备，当我军发起攻击时，南北之敌无法相互支援。因此决心先打胡宗南集团，力争在漆水河、沣河之间歼灭其主力，然后转兵甘肃，集中全力对付"二马"。

　　会上，他严肃地对第 2 兵团司令员许光达说："最关键的是二兵团，你们要隐蔽开进，路上如遇小股敌人不要纠缠，突然插入敌后，直逼渭河。在占领青化镇、益店镇后即向罗局镇、郿县车站进攻，抢占蔡家坡，切断陇海线，阻

新中国成立后，许光达任解放军装甲兵司令员。图为许光达与中国人民解放军装甲兵院校学员交谈

止敌人向宝鸡撤退。"

8日，第2兵团师以上干部会议在言村召开。执行穿插作战的尖刀任务交给哪个军呢？时任第2兵团参谋长的张文舟回忆道：

> 许光达司令员反复斟酌，决定由第四军来完成。四军是陕北红军的老底子，在创建和保卫陕甘宁边区的战斗中功勋卓著。一九四八年在进军西府的战役中，个别部队受过挫折，全军上下一致呼声要打翻身仗。兵团决心下达以后，三、六军的领导同志一致支持四军打头阵，并愿作他们的坚强后盾。六军军长罗元发同志建议四军部队开进要快要猛，并注意对扶风、岐山方向进行严密侦察。首长们的殷切期望和兄弟部队的热情关怀，使到会的四军领导十分感动。该军政委张仲良同志对王世泰政委和徐立清副政委说："请首长们放心，我们一定连续作战，不惜一切代价，坚决堵住敌人，保证战役任务的圆满完成。"

为打好这场恶仗，第一野战军司令部发出《关于歼灭胡、王匪军于漆水河沔阳间及郿县地区的作战部署》和扶郿战役的作战命令，政治部发出《奋勇前进，全歼胡马匪军动员令》。

各部队立即组织侦察人员，深入敌区活动，弄清各自进军路线的敌人守备情况。领导干部深入部队开展动员，鼓舞士气，反复向指战员们讲清粉碎胡马

"口袋阵"的作战方针，要求大家克服盲目轻敌思想，提出了战役指挥和战术要求，号召发扬猛打猛冲的革命英雄主义精神，敢于刺刀见红，坚决打好这一仗。针对各类人员提出了不同的口号，政工人员"人人开口，个个鼓动，提高士气，瓦解敌军"；炮兵战士"弹不虚发、百发百中"；侦察人员"胆大机智，准确及时报告情况"；通信人员"迅速准确完成通信联络任务"；医护人员"发扬英勇精神，救护负伤同志"；炊事员"做好饭菜，烧好开水，及时送到前线"；后勤人员"保证弹药粮草供应"；担架人员"英勇抢救伤员，保证不丢一个"；要求全体共产党员"冲锋在前，处处做表率，保证完成上级赋予的战斗任务"，全体指战员认真执行民族政策、俘虏政策。

10日，扶郿战役打响了。

为隐蔽战役意图，担任助攻佯动的部队从南北两翼首先开始行动。第19兵团附骑兵第2师进至乾县、醴泉以北高地修筑工事，以一部逼近"二马"，大造将对其展开进攻的声势，以迷惑敌人，掩护主力行动。同时，第61军向西安以南的子午镇、小午台地区发起攻击，歼第17军第12师第34团全部、第35团及师直各一部，毙伤俘敌1580余人。

果然，敌人被搞得晕头转向，根本就摸不清解放军的真实意图。

当晚，第一野战军主力发起进攻。隐蔽在醴泉、乾县的第2兵团冒着伏天酷暑，沿渭河北岸急行军，西渡漆水河，从临平镇胡宗南、"二马"两集团之间揳入。经一夜强行军，于11日拂晓攻占青化镇，而后由北向南猛然迂回到胡宗南集团第18兵团第38、第65、第119军侧后。

第一野战军第4军开进醴泉县城

担任穿插任务的第4军,以隐蔽快速的动作和勇猛顽强的战斗精神,急行军150里,越过漆水河,智取益店镇,于12日3时袭占罗局镇,7时攻占郿县车站,截断了胡宗南部的退路。

张文舟回忆道:

七月十日,兵团司令员许光达、政委王世泰同志在礼泉城东一所窑洞里,对到会的军师干部严肃地说:"我们决不辜负彭总的期望和兄弟兵团的依赖,坚决堵住敌人!"许司令员宣布当日下午七时由现地出发,向临平及其以西、漆水河以东地区集结。要求各部队注意封锁消息,隐蔽开进,十一日二十时发起进攻。他问到会的四军政委张仲良同志:"四军第一梯队是哪个师?"张答:"由十师担任。"许司令当即命令:"明日傍晚隐蔽开进,十二日拂晓拿下罗局。"十师师长刘懋功心情激动,赶快走到地图前,用手比画了一下,估算足有一百五十里路程。心想边打边走,一夜赶到有困难。于是,就向许司令员说明情况,建议实行轻装,提前出发。许司令员批准了他们的行动方案,刘师长斩钉截铁地说:"坚决完成任务,按时夺取罗局!"

当日下午五时,四军各师由礼泉地区乾县之临平一线集结,接着于十一日下午四时按照军的部署,首先由十二师夺取临平,掩护主力开进。担任尖刀任务的十师部队,分成三个梯队,在师长刘懋功、政委左爱的率领下,利用青纱帐作掩护,在师侦察部队沿途配合下,以神速勇猛的动作,由临平北黑山、尹家堡、断桥一线出发,以三十团为前卫,接着是师指挥所、二十八团、二十九团随后跟进。经过天度镇,绕过法门寺,于七月十二日晨三时进至青化、益店。刘懋功师长带领三十团三营走在最前边,部队来到帮家沟塬畔时,与敌军警戒哨兵接触。刘师长即要连长李国斌对敌伪称是自己人,以欺骗敌人。随即指挥部队跃出沟畔猛打猛冲,抢占要路。全团以四十分钟速度翻过长约三四里,深约三百余米的大沟,徒涉齐腰深的水,以突然动作打垮了刚刚赶到该地企图阻我过河的守敌一个营,夺取了我军必经之地——北营,为后续部队的开进扫清了障碍。

与此同时,我十一师击溃敌一九一师七五二团三营,于十二日晨三时赶到益店地区。其三十一团二营诈称敌军番号,机智地骗开益店城门,俘陕保二团三十余人及王治岐部九十余人。全师随即于晨四时半与十师并肩向罗局、新集攻击前进。

15.
扶
郿
战
役

第一野战军某部攻克敌重兵据守的城镇

十二师在十一师左翼行进，于十二日六时到达益店以西构筑工事，向岐山方向警戒。

四军三支穿插部队犹如钢刀一般直刺敌人的心脏。特别是十师指挥果断，机智灵活，行进快速。全师于十二日晨七时一举占领咽喉重镇——罗局；并迅即指挥二十八团连续追击二十里，控制南罗局；又适时捕捉战机，派出二十九团二营夺取郿县车站。总之，全军以十二小时推进一百五十里，完成了切断宝鸡、断敌退路的战役计划。

消息传到第一野战军司令部，彭德怀十分高兴，称赞第4军"打得好，立了功"，当即发电嘉勉，并电令全军加紧合围，歼灭敌人，一举成功。

与此同时，第18兵团（欠第61军2个师）附第7军，由兴平地区分三路沿咸凤公路和陇海铁路西进，实施攻击。12日，第62军攻克武功，歼第119军第244师一部；第60军插入武功、扶风之间的杏林镇和绛帐镇，击溃第247师，歼第65军第187师大部；第1兵团一部由渭河南岸向鳌屋、郿县攻击前进，在辛口子、黑山寺地区歼灭第36军第123师一部，而后主力沿长益公路和秦岭北麓西进，在哑柏镇、横渠镇及其以南地区歼灭第24师和第61、第53师各一部，俘敌6000余人，并向郿县急进。

时任国民党第90军第61师少将师长的陈华回忆道：

晨5时至上午8时，严酷的时刻终于到来了。解放军以雷霆万钧之势，从东、北方面向第六十一师全线强攻，雷鸣电闪般地密集炮声震耳欲聋，硝烟四起，尘土飞扬，弹光和火光笼罩着约13公里宽的阵地。解放军首先从左地区队的第一八二团第三营阵地突进，直冲到团属迫击炮连阵地并抢夺迫击炮。跟着，第一八二团和第一八一团接合部的凹形防线又被突破了，两团的正面工事大半被毁，伤亡很大，又无较大兵力增援。解放军乘势向薄弱部突进，势如潮涌。我师之力封锁不住，缺口逐渐增多，且越来越大。至此，两地区队就被插入的解放军分割肢解包围攻击。……9时30分，第六十一师残余部队集结，开始向西转进。路遇赴军部联络的参谋称：军部早和第五十三师昨夜已撤走。我听到这话很生气，军部为什么放着电话、报话机不用，也不专派军官传令，在有线电中断情况下也不打个招呼，只顾自己逃跑，真不成话！

　　第一野战军只用一天多时间，就从东、西、南三面完成了对扶风、郿县地区国民党军第18兵团部及第38、第65、第119军的战役包围。

　　西府地区的国民党军虽然判定第一野战军要向其进攻，但对第一野战军进攻如此之快、深入如此之远却是始料不及。直到第一野战军发起猛烈攻击时，还蒙在鼓里，一头雾水，以为是少数地方部队的袭扰行为。

　　时任国民党第18兵团第38军中将军长的李振西回忆道：

　　解放军的突然来临，完全出乎国民党军的意料。1949年7月10日下午3时左右，第一一九军第二四四师师长蒋云台，给我打电话说：武功东北漆水河对岸的一个小高地上发现几十个人在那里活动，好像是共军侦察我们的阵地。第二四四师没有山野炮，迫击炮射击距离不够，要我通知第一七七师，把该师的山炮连借给他们使用一下。在我通知把山炮连开到武功的同时，我问刘孟廉前方的情况，他说："同往常一样，没有什么变化。"另据第六十五军第一八七

第一野战军某部骑兵部队整装待发

师师长曾颖说，据骑兵第四团报告，兴平车站附近堆积的粮食很多，大约是共军征集的军粮，他们准备要抢回来。黄昏后，第一七七师山炮连回来，也说好像是有些人在那里活动，打了几十炮就不见了。到了夜间12时左右，驻小寨归军部直接指挥的第一七七师第五三〇团团长王立志忽然用电话报告："扶风益店镇东北狗咬得很凶，还发现有手电闪光，恐怕那里有部队活动，第一营二连连长强居信是本地人，他已带该连去搜索。"不久王又来电话说："听见益店镇方向有机步枪声，是不是第一一九军的部队和强连发生了误会。"我即问王治岐，他说那里没有他们的部队，大约是同抢粮的地方部队发生误会。我又问蒋云台、刘孟廉前方有没有情况，蒋云台还讽刺我说："你的感觉过敏了，你以为我们借山炮，就认为情况紧张，其实是我们那些人没有见过美造山炮，听说你们的美造山炮能打一万多公尺，所以借来看看。你睡吧，没事，我们又不是死人，难道共军能越过我们的防线，跑到百里以外的你们军部后边，我们还不知道吗？如果由马继援那边过来，他们早已通知我们，马同我们的关系可不是一般的。"我认为他说得也有些道理，就放过手了。到了11日晨4点多钟，王立志又报告说，益店镇附近的确有不少的共军，我们的搜索部队，被迫退回到后河北岸停止监视。到了这时，我转问王治岐，他还不相信这是事实，总认为是地方部队同我们的搜索部队发生了误会。我同时给第十八兵团司令李振报告，而李的看法，同王治岐出入不大。拂晓前，第五三〇团第一营全部投入战斗，接着全团都展开了激烈的战斗。因为发现迫击炮声，我才肯定不是同地方部队发生误会，也不是少数共军或武工队的袭扰。而李振虽然不相信确有其事，但是他却怕万一真是共军大部队把罗局镇切断，机械化部队损失了，无法给胡宗南交账。即决定叫机械化部队由郿县车站附近撤到塬上，先通过罗局镇开到宝鸡，等到情况弄明后再定行止。当时我要求李振把这种情况同裴昌会交换一下。李振说："我刚才要宝鸡指挥所的电话，据电话兵说，裴睡觉后，照例不敢叫，因而不接电话。你由塬上的电话线上再要一下。"结果，指挥所的电话兵，照样拒绝了。情况越来越严重，战斗地区愈来愈扩大，连第五三〇团右翼的第一六五团也展开了战斗。奇怪的是不但第三十八军北边的第一一九军，南边的第六十五军不相信，就连我自己也莫名其妙。共军究竟由哪里来？来了多少？为什么各方面都没有情况，偏偏在第三十八军的后方发生了这么大的战斗！……过后我们才知道，出现在第三十八军后方的解放军，并不是什么神兵，也不是我的夸大，同时解放军也不是一个师，而是一个军，在人民群众

第一野战军某部抬着重机枪抢占阵地，攻击郿县县城

带路和严密封锁消息的情况下，由马继援和王治岐两军的作战地境上，越过了我们认为不能通过的大沟悬崖，一夜间走了一百五六十华里，横插到我们的后方，占领了益店镇、罗局镇、郿县车站，切断了我们的退路。

当李振发现他的第 18 兵团被解放军重兵包围时，已是 11 日夜，慌乱之中下令向西突围：以第 90 军一部占领郿县，掩护主力转入岐山五丈原；以第 65 军第 160 师一部沿陇海铁路向罗局镇攻击前进；以第 38 军主力向罗局镇以北地区撤退。

这时，国民党第 18 兵团四周还剩下渭河南面郿县一个缺口。按常规应从这个缺口突围，但李振为什么不那么做呢？

张宗逊认为：一方面敌人在渭河没有大规模的渡河设备，如果南渡就会被我军压在河边，形成背水作战的危险处境，所以敌人不可能渡河从郿县突围。更主要的是敌人未曾料到我军会那么快就迂回到它的侧背，而且将其扶郿地区兵力全部包围。当我军从敌第 119 军阵地侧翼隐蔽通过的时候，敌军长王治岐认为这只是我们的小股地方部队；待我军已插到敌第 38 军后面并发起攻击时，敌第 18 兵团司令兼第 65 军军长李振，也认为是我们解放扶风时留下的武工队，趁夜间袭扰；这一情况报告给坐镇宝鸡负责总指挥的裴昌会，他也不相信会有解放军部队跑到第 38 军后面去，攻击第 38 军军部。这样敌军就处于非常被动的境地，当我军战斗在敌人纵深进行时，敌人没料到是我军的大举进攻；当判定是我军大举进攻时，也没料到已被我军全部包围。

12日拂晓，李振发觉后路被切断，遂调整部署，指挥第65、第38军在炮火的掩护下，轮番冲锋，全力突围，企图经罗局镇撤向宝鸡，重新组织防御。能否坚守住罗局镇、切断敌人的退路，成为扶郿战役的关键。

第4军广大指战员在"堵住敌人就是胜利"的口号鼓舞下，发扬"寸土不失，与阵地共存亡"的革命英雄主义精神，冒着酷暑，忍受饥渴，展开顽强的阻击战。第10、第11师坚守罗局一线，连续打退了第65、第38军各2个团发起的集团式冲击，杀得敌人横尸遍野。子弹打完了，就用手榴弹同敌人拼；手榴弹打完了，就用铁锹、枪托打。特别是第30团阵地受到压力最大，经连续反冲锋，1营、3营干部伤亡很大。

时任第30团团长的武志升是这样描述当时无比激烈残酷的战斗情景的：

敌人缩回去之后，重整旗鼓，两个军靠拢，在猛烈的炮火掩护下，向我军进行多梯队反复冲击。霎时间，炮弹像冰雹一样落在我军阵地上，秋庄稼被打得满天横飞，有的战士被埋在掩体里。等到敌人进到我军阵地上，轻机枪、步枪像雨点般地向敌扫去，手榴弹在敌群中开花，敌人纷纷倒下。战士们从掩体里一跃而起，向敌冲去，七连机枪手杜长林端起机枪向敌人猛扫。连长王天才高喊着："向杜长林学习！"端着步枪冲上去。七连的勇士们，和他们连长一起冲入敌群，与敌肉搏，敌人又一次狼狈溃退了。

第一野战军某部举行入城仪式，受到群众热烈欢迎

太阳越来越毒，土地干燥得像火燎过似的，连一丝风也没有，战士们只顾迎击敌人，全然不顾汗水直流，衣服湿透。小壶里的水早已喝完，水又送不上来，准备的人丹、八卦丹也用完了。虽然大家渴得嘴皮裂开血口，眼睛也熬红了，可是，没有一个人叫苦。同志们抱来些炮弹打断了的高粱杆子，衔住解渴。战士们互相鼓励着，坚守着阵地，到了中午，各营都打退了敌人十余次冲击，三营还组织了四五次反冲锋。我军阵地前，摆满了敌人的尸体，敌人始终未能越过一步。随着敌人一次次冲击被打退，我们也有相当大的伤亡。七连的伤亡更是严重，阵地只剩下二十来个人。我在电话上告诉王天才，准备要他们下去休整一下，他坚定地回答说："团长，只要有一个人在，敌人就过不去，请首长放心。"

张文舟回忆道：

战至中午十二时，敌人以密集队形冲向我阵地刘家，形势十分危急。这时，四军副军长孙超群同志来到前沿，当即抽调十一师之三十三团、三十一团两个营、三十二团一个营，统归十师指挥，对敌人进行反击。连日征战、两眼红肿的刘懋功师长不停地指挥战斗，三十一团团长王学礼同志主动请求分配任务，当即命他带领部队从敌人侧后打出去，以挫败敌人的进攻。久经战火考验的王学礼同志，飞速返回部队，带领两个营由北向南打，从一片玉米地里包抄过去，把敌人拦腰切断，压下塬去，巩固了阵地。与此同时，敌六十五军一个团向郿县火车站连续反扑，妄图从那里打开缺口，向西逃跑。坚守车站的十师二十九团二营，虽三面受敌，伤亡很重，但在营长折仲恺同志带领下，坚定沉着，相互支持，打得勇猛，守得顽强，连续击退敌人八次冲锋，毙伤敌三百余人。该营五连守卫在一块坟茔地上，同敌人反复拼杀，最后只剩五人，但在连长纪长富同志指挥下，阵地仍屹立不动。

就这样，第 4 军顽强阻击，击退国民党军 4 个团 10 余次轮番冲锋。第 3、第 6 军在相继攻克扶风县城和午井镇、高王寺诸要点后，即向罗局镇地区国民党军侧后攻击。至 12 日中午，国民党军 3 个军被压缩在午井镇以西、罗局镇以东、高王寺以南的渭河滩上。

时任国民党第 38 军少将参谋长的慕中岳回忆道：

扶郿战役中，隐蔽在林中待命的第一野战军某部

　　李振于午后2时指挥这四个团进攻，双方展开激战，互相冲杀格斗，战斗状况的猛烈为西北解放战争以来所少见。经过激战，依然打退不了解放军的部队。而第十八兵团的两个军则付出了严重的伤亡，第六十五军一个团长阵亡，第三十八军第五十五师的两个团长均重伤，团长以下伤亡更重，3个多小时的激战，打开罗局镇通路的希望，以战斗顿挫而告消失。

　　15时，第一野战军司令部乘敌处于动摇、混乱之机，下令发起总攻。先集中数百门火炮，猛烈轰击渭河北岸的敌军阵地。接着，第3、第6军和第18兵团各部从四面包围，穿插分割，轮番冲击，向敌展开猛攻。

　　敌人被打得一片混乱，兵找不到官，官找不到兵。上至兵团司令官李振，下至士卒马夫纷纷各自逃命。位于渭河南岸的第1兵团越过连续不断的沼泽水网地带，长途行军追歼南岸敌军，在占领郿县后，迅速派出部队控制渭河河滩。

　　激战至20时，渭河北岸的敌军大部被全歼。第38、第65、第119军残部纷纷跳入渭河，拼命向南泅渡，想夺路逃跑，恰被第1兵团截住，被俘8000多人，只有少数漏网之鱼向南窜进秦岭。第119军军长王治岐便是其中之一。这位堂堂的国军中将只身游过渭河，徒步走了一天一夜总算是逃到了宝鸡。他回忆道：

　　后路已经断绝，只好继续西退，到处是枪声，到处碰到的是解放军，随我同行的军参谋长郭宝贤因体弱在中途被俘。及至我到第三十八军李振西军部时，正是硝烟弥漫，炮火震天，战斗紧张的时候。这时从第一线败退下来的部队，遍野皆是，军队辎重、马匹混在一起，十分混乱，拥挤不能通行。我随溃军到渭河岸，正想渡河，看到李家沟败退下来的第六十五军部队，渡到中流时，被南岸解放军炮火打翻到河里的尸体，纵横皆是。我即未敢渡河，顺岸西行，于晚10时许到蔡家坡附近，误入解放军步哨线，当刺刀纷纷向我们刺来时，我拨开刺刀，纵身跳入渭河，不意陷入泥淖中一时无法移动，跟我的一个警卫兵，也相继跳下，当时岸上对着我连放了12枪，但都没有命中，跟我的警卫营营长郭维屏等人当即被俘。我在泥淖中整整困了三四个小时，听到兵哨暂时休战之后，才泅水渡河。

另一位国军中将——第38军军长李振西的逃跑经历与王治岐竟然惊人的相似：

各军的溃兵都被赶到河滩。当时还以为第九十军在渭河以南抵抗，纷纷向渭河南岸逃跑，我也拉上第五十五师师长曹维汉，挤在溃兵伙里游到南岸时，谁知第九十军已被击溃，解放军已封锁了渭河。我同曹维汉又在几个士兵的扶持下，潜流到下游，由空隙中偷上岸，伏在稻田里，直到午夜才溜出来，沿河滩向宝鸡跑。

午夜，第18兵团和第2兵团全歼敌军，胜利会师。随后，第18兵团进至罗局镇一带，准备迎击"二马"集团反扑。第1、第2兵团乘胜西进，至14日，先后攻占蔡家坡、岐山、凤翔、宝鸡和益门等城镇。

扶郿战役期间，退守永寿、邠县、崔木镇等地的"二马"集团始终未敢以主力出援，仅派出小股骑兵侦察骚扰，被第19兵团大部歼灭。当胡宗南集团通过电台求援时，马继援干脆迅速后退到泾川、长武、灵台一线。

此役历时5天，第一野战军伤亡失踪4600余人，歼灭国民党军第18兵团部，第38、第65、第119军3个军部，第24、第55、第160、第177、第187、第191、第244、第247师，第12师师部和1个团、第61师2个团，共4.4万余人，缴获各种火炮180余门、轻重机枪960余挺、骡马1500余匹，收复与解放了武功、郿县、扶风、岐山、凤翔、永寿、麟游、宝鸡、汧阳（今千阳）等县城9座，完全割裂了胡宗南、"二马"两集团之间的联系，为而后各个歼

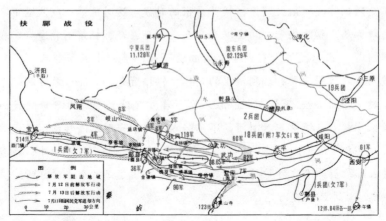

扶郿战役示意图

灭两集团主力创造了有利条件。

扶郿战役是第一野战军在西北战场上进行的一次大规模的围歼战，是与敌人进行决战的第一仗，在根本上改变了敌我力量对比，自此完全掌握了战争的主动权。毛泽东致电祝贺："歼胡四个军甚慰。"

面对如此惨败，无论是胡宗南集团，还是青、宁"二马"，以及陇南兵团的王治岐部，为推卸责任，相互抱怨：

马步芳埋怨胡宗南部闻风逃窜，事先连个招呼也不打，致使他们差点遭到共军主力的围歼；

胡宗南指责马家军撤退时不通知西安"绥靖"公署，结果共军乘虚从马家军的防区内插进来，把他的几支精锐部队全给收拾了；

王治岐也是满腹牢骚，抱怨西安"绥靖"公署战前一点情况也不给他们通报，导致他的3个主力师糊里糊涂地被共军全歼；

胡宗南大骂王治岐糊涂，共军那么大的兵力把他们包围了，他竟然还不知道，影响了全盘计划；

李振抱怨裴昌会不及时接电话，贻误战机，并责备陈子干（第90军军长）没有得到他的命令便擅自撤退；

李振西则怨李振在第38军战斗紧急的时候，不适时增援，反说他们有2个团叛变……

一时间，公说公有理，婆说婆有理，吵得不可开交。西安"绥靖"公署在双石铺召集各部队长官参加的检讨会，出席会议的蒋云台回忆道：

这个会议目的是总结扶郿战役失败的原因，从中吸取教训。除第一一九军的军、师长没有参加外，其余各军负责人都出席了。胡宗南由南郑赶来亲自主持会议，除一致认为马鸿逵驻乾县的部队擅自撤退，既不与友军联系，又不报告宝鸡指挥所，致使解放军乘机揳入，是失败主因外，其余责任，都推给第一一九军军长王治岐。认为王治岐在扶风第二线控制着一个师（第一九一师）和一个团（第七三二团），始而没有侦察，继而没有抵抗，使解放军由北向南包围了扶风，又包围了郿县。……双石铺会议不过是就事论事而已。实际上国民党政权至此已是强弩之末，土崩瓦解，覆灭溃败已成定局。

16. 陇东追击战

1949 年下半年，全国解放战争已进入了最后阶段，人民解放军以摧枯拉朽之势横扫残敌，向华东、华南、西南和西北展开大进军。

国民党反动统治集团的败局已定，但仍不甘心失败。在国共双方的角逐鹿死谁手露出端倪的情况下，蒋介石企图保住西北，盘踞西南，争取时间，卷土重来。

扶郿战役后，胡宗南残部退至秦岭及其以南地区。马步芳部撤守灵台、崇信、陇县地区，马鸿逵部退到长武、泾川地区。这时，"二马"进退维谷。如继续西退，则失甘、宁咽喉平凉，造成解放军直取兰州、银川之势；如就地抵抗，既无取胜把握，又有被阻绝在陇东进而被全歼之险。

7 月，马步芳派西北军政长官公署副长官兼参谋长刘任携带作战方案到甘肃静宁，召开军事会议，判断第一野战军要南下秦岭追击胡宗南部，沿西兰公路夺取平凉可能性不大，且为巩固后方，4 个兵团也不会全部西进。

时任国民党新编第 29 师师长的马步芳

据参加此次会议的国民党骆驼兵团上校团长贺新民回忆：

会上一致认为："首先从战略上看：自淮海失败，西安相继不守，解放军声势大振，敌我力量对比越来越悬殊。目前局势，只宜本照中央指示，固守原防，保存力量，等待第三次世界大战爆发，相机转守为攻。其次，就西北地理条件而论，甘、宁、青偏处西北一隅，地瘠民贫，兰州以东，山峦重叠，到处可以择险扼守；河西走廊，非军事必争之地；嘉峪关外，戈壁千里，实不利客军深入，有利我军固守。综上所述，有足够条件赢得时间上的胜利。再次，以当前敌情分析：四川本天府之国，出产丰饶，曾作抗战基地，现在中央部队，正在相继转进中，共军是不会容许中央军立足的，所以共军'二野'不分日夜，跟踪穷追。'一野'也必定迅速南下合围，以图消灭我之主力。这是战略上的至当行动，解放军决不致违背这个原则。"据此，他们判断解放军对甘、青地区暂时只会派少数部队，在陇东南地区择险扼守，对二马保持接触，集中主力，消灭胡宗南残部之后，大举入川，以企早日合围。

基于此，会议制订了"关山会战复案指导计划"，即平凉决战计划，妄图在宁夏、陇南兵团的协同下，依托六盘山，利用兰青公路沿线的三关口、固关、马鹿镇等隘口与第一野战军相抗衡。

具体部署是：以马鸿逵第128、第11军6个师又1个骑兵团在第128军军长卢忠良指挥下，于平凉东、南组织防御，由四十里铺、安口窑、华亭地区，构成弧形防御地带，抗击和消耗解放军主力；以第127、第120、第91军驻守天水，由第120军军长周嘉彬指挥；以马继援部由安口窑西移至六盘山，部署于陕甘要道的固关镇、关山岭、庄浪、隆德一线，主力集中静宁，配合左翼马鸿逵兵团和右翼胡宗南兵团，待机迂回实施反击。

此时，第一野战军也正在积极准备实施"钳胡打马"的作战计划。张宗逊回忆道：

在扶郿战役发起之前，毛主席曾电示：国民党中央政府正准备从广州迁往重庆，为了使其放心迁往重庆，而不迁往台湾，以及使胡宗南不致早日入川，一野暂时似不宜去占汉中，让汉中留在胡宗南手里几个月似较有利。根据毛主席的指示，扶郿战役以后，胡宗南集团残部退入秦岭山区，青宁二马撤到西兰

1949 年 1 月，习仲勋在第一野战军第一次党代会上作报告

公路平凉地区，野司决定转向陇东，追歼二马。

19 日，第一野战军司令部在宝鸡虢镇北文广村召开军以上高级干部会议，总结扶郿战役经验，确定下一战役计划。

会议认为，"二马"准备平凉决战，正是我聚歼其主力的良机。彭德怀指出：胡宗南虽然还有 10 多万部队，但已无进攻关中的能力。"二马"退守陇东，在未受我军歼灭性打击的情况下，估计将在六盘山一带依天险进行顽抗。

鉴于西北地区雨季即将来临，陇县南北山高路险，人烟稀少，会议决定尽量提早发起战役，除第 18 兵团（欠第 62 军）在宝鸡、西安一线以积极防御姿态，钳制胡宗南部于秦岭外，集中第 1、第 2、第 19 兵团和第 62 军共 10 个军的优势兵力，分三路向平凉攻击前进。具体部署为：

以第 1 兵团为左路，与中路平行北上，先取陇县，直插平凉以西，断敌退路，并准备打击由兰州、固原方向可能增援之敌；以第 2 兵团并指挥第 62 军为中路，沿汧阳（今千阳）、陇县大道前进；以第 19 兵团及陇东分区部队为右路，沿西兰公路及其两侧首先歼灭泾川之敌，然后协助中路、左路部队歼灭平凉、安口窑、华亭之敌。

会后，彭德怀就准备攻打平凉问题电告毛泽东：在扶郿战役中，胡宗南部损失共 4 万余人。现马步芳、马鸿逵部各 3 个军退守平凉、泾川、陇县地区，配备相当分散，有各个歼灭可能。我以 10 个军，准备 26 日开始攻击，进而解放甘、宁、青三省全部，准备今冬入四川，明春夏入新疆。

23 日，毛泽东复电彭德怀："打胡胜利极大，甚慰。不顾热天乘胜举行打马战役是很对的。打完这一仗应休整一短期，然后再进，惟休整时间亦不宜过长，以消除疲劳，整顿队势，补充缺额为原则。如能于八月上半月完成打马战役，休整半月至一月，九月西进，十月占领兰州、西宁及甘、凉、肃三州，则有可能于冬季占领迪化，不必等到明春。……照我想，只要平凉战役能歼两马主力，则西北战局即可基本上解决。"

然而就在第一野战军三路大军直指平凉、准备横扫残敌时，"二马"主力却先行撤退了。

原来，胡宗南与青宁"二马"虽然表面上口口声声要精诚团结、联手对付解放军，但暗地里互存异心、相互提防，只求保存自己的实力。时任国民党第82 军骑兵第 14 旅上校参谋长的马尚武回忆道：

7 月 20 日，我在陇州接到马继援紧急电话说："注意前线左右情况，万万不要硬靠右翼胡宗南的联络，如果他们撤退 10 公里，我们要比他更多的撤退几十公里，要记取宁夏马鸿逵所属的第八十一军在北线一夜撤退 50里，以致将我们推到共军怀里的教训。"从此，我们在行动上更加警惕起来。胡宗南所部也唯恐被我们孤立，每天派出飞机一两架，盘旋在我们驻地上空，侦察行动。由此可见各怀鬼胎，互不信任的一斑。

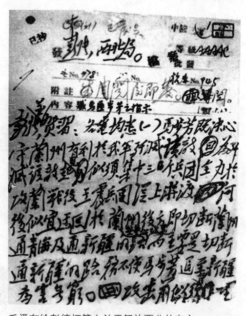

毛泽东给彭德怀等人关于解放西北的电文

果然，没过几天，对马步芳一直存有戒心的马鸿逵察觉到：平凉决战计划显然是让自己打头阵，胜败都要消耗宁夏的实力，加上对青马西撤六盘山再行迂回作战的部署持怀疑态度，不愿给马步芳当"马

16.
陇东追击战

前卒"，遂命卢忠良"见机行事，保存实力，退守宁夏"。卢忠良接电后，二话不说，立即率部自行向平凉以西撤军。

宁马不告而别，青马顿时门户大开，侧翼直接暴露在解放军的攻击之下。这下，马继援也不干了，当即留下骑兵第14旅在固关掩护，自己率主力撤至静宁地区，随后经华家岭向兰州节节撤退。所谓的平凉决战计划就此胎死腹中。

从21日起，第一野战军主力先后由乾县、醴泉（今礼泉）、凤翔、宝鸡等地出发，按照预定部署，向陇东分路挺进。其中，第19兵团于24日收复郿县、邠县（今彬县）、栒邑（今旬邑），25日占灵台，26日克长武。第1、第2兵团于25日攻占陇县。

见二马主力纷纷从平凉撤军，彭德怀随即决定改变原定方案，乘势分路追击，各个歼敌。27日，彭德怀、张宗逊向各兵团发出指示，"宁马似背靠固原、宁县，马继援背靠兰州，于平凉与我决战企图似改为节节抗击，迟滞我军前进"，故决定：左路第1兵团经固关镇、马鹿镇向张家川攻击前进，消灭青马骑兵第14、第8旅，并准备歼击由静宁、通渭方向可能来援之敌，得手后，出秦安、天水，进占陇山以西；中路第2兵团一部肃清上官镇之敌后，尾第1兵团沿张家川向龙山镇、莲花镇攻击前进，协同第1兵团歼灭上述之敌，准备向通渭进击；右路第19兵团继沿西兰公路前进，向泾川、平凉攻击前进，克平凉后向固原、海原方向发展，追歼宁马。

三路大军迅猛追击。左路第1兵团沿宝天公路前进，于28日晨集中第1军及第7军第20师向陇山要隘固关发起攻击。

第一野战军骑兵部队追歼逃敌

在此扼守的是马步芳的精锐之师——第82军骑兵第14旅。该旅是抽调第82军3个步兵师所属骑兵团主力编成的，战斗力很强，号称"铁骑"。

马继援在向青宁撤退时，命令骑兵第14旅在固关修筑工事，骑兵第8旅集结于马鹿镇为后备队，相机增援固关，以阻止共军西进。

参谋长马尚武对此部署提出异议，认为固关地势凹形，东西狭长，南北大山丛林，地形复杂，公路由陇州穿过固关镇西至马鹿镇，不适应骑兵作战，建议旅长马成贤转报马继援，"不守固关，应以大部队占领西峡口，用火力封锁，然后用一个团的兵力，进行游击战"。

但马成贤决心坚守固守，理由是"在后方有骑兵第八旅支援；南北两面大山丛林没有通道，可以恃为天险；东峡口已被共军先遣部队占领，必须在固关镇东南小山岭上部署兵力固守"。

马成贤在固关东南小山岭上布置第一道防线，分为2个防御区，第1团为右翼区，第2团为左翼区；在固关镇右方小山岭高地布置第二道防线，由旅直属重兵器营、战防炮连和地方保安团担负；另以旅直属特务连、辎重连、通讯连等为预备队，由副旅长马福旺率领，在固关镇后方掩蔽，听候调遣；旅司令部设在固关镇右后方高地上。

马尚武回忆道：

27日下午6时左右，据报共军第一军大部队，从陇州至固关东峡口的数十里公路上密集急进；还有更多的部队，向南北两侧似有移动；正面的前哨部队已在东峡口接触，发生战斗。同时，我们从望远镜中已发现共军的炮兵群，在10公里远的背面大山岭上运动。这时，感觉到共军炮兵居高临下，我们庞大的马群目标，明显地纳入炮兵火网之内，显然已处于不利的地

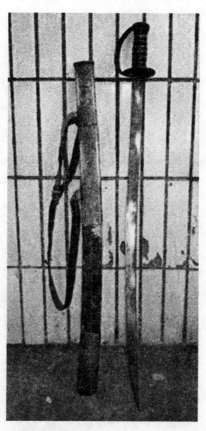

马家军使用的马刀

位，情况严重。可是马成贤还怀疑情报是否可靠？认为共军行动不会这样快。并说："不管怎样，即使共军长上翅膀飞来，我们决不改变计划，一定要干到底。"……28日晨5时许，解放军开始拂晓攻击。由于解放军深得当地人民群众的拥护，情况正确，第一炮就命中旅指挥部，我们侥幸都不在指挥部，只死伤了几个通讯兵，部分通讯设备被摧毁。这时，前线各阵地的战斗情况，越来越激烈，至当日下午1时，左翼部分阵地已被解放军突破，右翼阵地亦出现白刃战。我们曾向骑兵第八旅马英紧急求援三次，最后马成贤以迫切严厉的口气责问马英，可是马英只说："我已出动，你们坚持最后五分钟。"不料马英始终按兵不动，将大部队集结在战场外圈。……解放军以密集的炮火，猛向后方马群轰击，各阵地也相继瓦解。右翼山岭的主力防守据点，经过双方惨重的牺牲，亦被解放军突破，霎时红旗招展，我军混乱，官兵互不相顾，四处逃命。但炮弹如急雨，倾泻于马群。峡内石块乱飞，硝烟弥漫，全部处于火海包围之中。

此时，马成贤再也没有先前的豪情壮志了，决定放弃固关镇，率残部突围，向西仓皇逃窜。哪知解放军早有准备，战前已派第7军第20师第60团在东南山脚下的三桥子设伏。

三桥子是敌西逃必经之地，地形险要，两侧高山呈三角形，中间深沟，有两条小溪，狭窄的公路像蛇形似的弯弯曲曲地绕在山脚底下，公路两旁长着高大的玫瑰刺丛，是个打伏击的好地方。

时任第60团司令部参谋的阎廷华回忆道：

十一点四十分左右，敌人组织突围了。我各营长从团接受任务返回部署未妥，团指挥所正向山腰移动时，二营前沿阵地发现敌骑兵冲来。敌先头部队遭我机枪阻击，稍许停顿，但敌后续部队因受一军大部队尾追的威迫，而沿着公路不顾一切地仓皇拥来。这时我全团所有部队的火器一齐投入战斗，与敌人冲杀在一起。敌骑兵队形拥挤密集，人呼马嘶，战刀挥舞，拼命向外突围。我团为了不使敌人漏网，坚决把敌人堵歼在阵地前沿，敌人冲向哪里，战士们就打到哪里。

激战至16时，歼灭骑兵第14旅及第248师骑兵团大部，毙伤俘副旅长马继奎以下 500 余人，缴获战马 2000 匹。马成贤左臂被炸断仓皇逃走，残部窜至马鹿镇地区。

29 日，第 1、第 7 军攻占马鹿镇、张家川。31 日，第 2 军解放清水镇。这一带均为回民聚居区，各部队严格执行民族政策，受到回族群众的欢迎。彭德怀电告中央军委：“我军所至均受到当地人民热烈欢迎，尤其清水及其以北之张家川龙山镇莲花镇居民，回汉居民（大部为回民）为很好，如烧开水、张贴标语口号并控诉马匪暴行等。”

8 月 3 日，第 7 军攻克天水。4 日，第 1 军解放秦安。5 日，第 2 军占领甘谷，后于 10 日再克武山。

在此期间，中路第 2 兵团于 7 月 28、29 日连克安口窑、华亭、化平（今泾源），31 日挺进张家川、清水，于 8 月 3 日进至莲花镇地区。4 日，第 3 军解放庄浪；6 日，第 6 军解放通渭。

右路第 19 兵团及庆阳分区部队沿西兰公路两侧夹泾河，一路斩关夺隘向西挺进。27 日解放泾川、正宁、宁县，28 日解放庆阳，29 日解放崇信，30 日攻克平凉、镇原。

马鸿逵为守住宁夏老巢，以第 81、第 11 军等部 5 个团的兵力在固原东南任山河地区组织防御。第 19 兵团以第 64 军和第 188 师、骑兵第 2 旅，击溃了任山河地区守敌，歼敌 5000 余人。2 日解放固原，至 11 日抵达黑城镇、海原、豫旺堡地区。与此同时，第 65 军占领瓦亭、三关口，控制六盘山，割裂了“二马”联系。3 日解放隆德，6 日克静宁。

第一野战军第 7 军攻克甘肃重镇天水，部队开入城中

在为期 20 多天的陇东追击战中，第一野战军横扫沿途敌零散部队和地方武装，共歼敌 1.1 万余人，沉重打击了"二马"的嚣张气焰，造成进军兰州和宁夏、各个歼敌的有利态势。

战后，第一野战军向中央军委报告称："七月二十四日开始新的战役（陇东）行动，大军分路指向陇东和陇南重镇平凉、天水。迄八月十一日止，本战役胜利结束。共解放县城二十二座，歼敌万余人。直捣两匪军巢穴兰州、西宁、宁夏的下一战役即将开始。"

17. 兰州战役

　　1949 年 8 月，人民解放军第二、第三、第四野战军在长江以南已分别前出赣南，逼近福州，挺进湘中，直接威胁广东、广西和四川。在华北，绥远省（今属内蒙古）和平解放亦已成定局。第一野战军经扶郿战役，打破了胡宗南和马步芳、马鸿逵的作战联盟，经陇东追击战，又分割了马步芳和马鸿逵部，造成进军西北，解决兰州、青海和宁夏之敌的有利态势。

　　6 日，毛泽东致电彭德怀并告贺龙、习仲勋，指出："现在西北敌军分向

第一野战军向西挺进，追歼马家军残部

汉中、兰州、宁夏三处退却，我军亦须分为三路解决退敌。""除用战斗方式解决外，尚须兼取政治方式去解决。""我们认为，西北地区甚广，民族甚复杂，我党有威信的回民干部又甚少，欲求彻底而又健全又迅速地解决，必须采用政治方式，以为战斗方式的辅助。现在我军占优势，兼用政治方式利多害少。其办法即为利用靠拢我们的国民党人和我们的人一道组织军政委员会，以为临时过渡机构。这样的国民党人就是张治中、傅作义、邓宝珊。"

8日，中共中央西北局常委专门学习讨论了毛泽东的这一指示，认为：西北我军已占优势，但我少数民族干部确实很少，在全国战局对我非常有利的形势下，除用战斗方式解决外，兼取政治方式解决西北的方针更为稳妥。

此时，国民党政府撤逃台湾、广州、重庆等地，幻想保住西南四省，重整军备，伺机卷土重来，急需胡宗南、马步芳、马鸿逵部在西北地区作战略配合。尤其是二马反共坚决，其主力未遭受解放军的严重打击，战斗力颇强，必须倚重。

为达到盘踞西南、苟延残喘之目的，国民党政府行政院院长阎锡山在广州召开西北联防会议，胡宗南、马步芳、马鸿逵等出席。会上，阎锡山极力协调缓行胡马及二马之间的矛盾，强调面对西北残局，各方应以党国大局为重，捐弃前嫌，团结反共。

阎锡山

最终，会议拟订了"兰州决战计划"，企图以马步芳部依托兰州的坚固城防和黄河天险，吸引和消耗人民解放军兵力，然后以集结在宁夏中宁、中卫地区的马鸿逵部和秦岭地区的胡宗南部，从侧背攻击，挫败第一野战军于兰州外围。

兰州是西北第二大城市，国民党西北军政长官公署所在地，既是国民党在西北的政治、军事中心，又是联结甘、宁、青、新的交通枢纽，自古即为兵家必争之地。

夹山带水的兰州城，位于四周环山的狭长的盆地上，地势险要，易守难

位于兰州市区南侧皋兰山北麓的五泉山

攻。滔滔奔流的黄河自西向东贯穿全城，有一座20世纪初建造的铁桥联系南北两岸，是当时数千里黄河上唯一的铁桥。城北有北塔山，城东、南、西三面环山，绵延20公里的南山环抱城垣，自东向西依次为十里山、古城岭、窦家山、马家山、营盘岭（皋兰山南梁）、沈家岭、狗娃山，为天然屏障。

早在抗日战争时期，兰州城就构筑有大量的国防工事，经过马步芳、马继援父子多年的苦心修建，形成了完备坚固的防御体系。主要阵地上都修筑有钢筋水泥碉堡群，阵地前沿有1至3道环形人工断崖峭壁，高约6至10米。峭壁半腰部暗藏机枪火力点，峭壁前沿或险要处挖有四五米深的外壕，并设有大量暗堡、鹿寨、地雷和铁丝网等。各阵地间都有公路、交通壕贯通，形成交叉火力支援。同时还储备了充足的粮食、弹药。

为守住兰州，马步芳投下血本，几乎将全部主力布防于此，交由其子第82军军长马继援指挥，并大肆吹嘘"兰州是攻不破的铁城"。

其实，对于守不守兰州、如何守兰州的问题，马家军内部产生过严重分歧。据时任国民党第82军上校高参的史载忠等人回忆：

8月初，马继援率部退至定西，计划利用这一带山高沟深的地形打阻击战，而马步芳已确定在兰州进行防御战，父子意见相左，相持不下。马步芳又派副长官兼参谋长刘任携带坚守兰州的作战方案到定西，召开军事会议进行讨论。

马步芳计划坚守兰州的理由是：（一）兰州北临黄河，南有险峻的皋兰山

国民党军队在兰州挖的战壕遗址

可作屏障，易守难攻，和青海、新疆、宁夏有公路脉络相连，接济方便。加上地势、物资储备等优势条件，有利于内线防御战斗。右翼的新编骑兵军以临夏为基地，配合骑兵第八旅、骑兵第十四旅及附属于五个步兵师的五个骑兵团，兵力不算单薄。在化隆、循化组成以马全义为军长的新编步兵军，作为后备力量。左翼由兰州以黄河沿岸为阵地，有卢忠良率领的宁夏兵团及马鸿宾的第八十一军，以及第一二○军、第九十一军进行防御，乘机可由靖远出兵定西口，截断西兰公路，断绝共军的运输线。（二）过去青海军打孙殿英在宁夏境内，打藏兵在青藏边境，打红四方面军在甘肃河西，这次仍然要把战火燃烧在青海境外。

凶残无比、荒淫无度的"青海王"马步芳

马步芳又另派冶成荣（时任青海省财政厅长、马步芳亲信）到定西，向儿子面授机宜，二人在城外树林里，密谈半晌。马继援即改变主张，表示尊重其父意旨，同意坚守兰州的作战方案。

同时，会上马文鼎（时任第82军参谋长）等提出"河川防御"的作战方案。其理由是：兰州虽有皋兰山作屏障，背靠黄河，有利亦有弊，如大兵团作防御战,胜则在重叠的山峦中机动部队无法进行逆袭,战果不大;败则只有一座铁桥,不能及时退却,就有被动挨打遭受覆灭的危险。所谓"河川防御战"就是:(1)把大兵团完全摆在黄河北岸。东起宁夏西至甘肃永靖及青海境内的民和、循化,布置重点防御,沿线满布哨卡;共军渡河,既无船,又无桥,哪里发现共军,就在哪里以重兵袭击。(2)兰州外围由东岗镇到皋兰山、沈家岭、狗娃山等险要地带,派出少量部队,凭险进行阻击;经过一段时间,完成消耗任务后,主动放弃兰州,撤到河北(注:指黄河以北)。(3)所有储存在兰州的弹药、粮食及重要物资全部运出;解放军到了兰州,只剩空城一座,首先兰州20万居民,及共军大队人马食粮,立即会发生恐慌。(4)陇、宁两兵团粮食可由宁夏、河西、青海广大地区源源不断地接济,弹药可空运到青海、河西、宁夏等机场,接济军需。

客观地讲,马文鼎等人的计划确实毒辣。如果马步芳父子照此执行,节节抗击,主动放弃兰州,窜回青海老巢,利用辽阔的草原与解放军打游击周旋,那么第一野战军聚歼青马主力、横扫大西北的进程势必将大为延缓,也大费周折。

其实不仅马文鼎看出其中玄机,参加这次会议的第119军军长王治岐在回到陇南防地后,也给马继援发电提醒:防守兰州利客不利主,胜则无战果,败则无退路。

然而,狂妄的马氏父子过高地估计了自己的实力,低估了彭德怀和他麾下的数十万大军,决心死守兰州,梦想重现当年在河西全歼红军西路军的辉煌战绩。具体部署是:

以秦陇兵团第82、第129军又2个骑兵旅、3个保安团约5万人据守兰州城区,兵力重点布防南山一线。其中,第82军第100师负责兰州东南十里山、窦家山、马架山、古城岭、大顶山一带防御任务,第248

兰州战役期间,第一野战军战士将大炮拖向阵地

师东与第 100 师相接，负责皋兰山营盘岭一带防御任务，第 190 师负责沈家岭及狗娃山一带防务。第 129 军第 357 师、新编第 1 师分驻小西湖、东教场，为预备队，军直属部队及骑兵第 8、第 14 旅驻守黄河以北庙滩子至永靖一带河防。

以第 91、第 120 军和马鸿逵部第 81 军 3 万余人，置于兰州东北的靖远、景泰和打拉池黄河两岸地区，保障兰州左翼安全，截断西兰路交通线，并相机侧击解放军。

以新组成的新编骑兵军约 2 万人，控制临洮、洮沙（今太石）地区，保障兰州右翼安全。

部署完毕后，年轻气盛的马继援亲率各师、旅长和参谋长等，乘坐汽车到皋兰山观察地形，划分阵地，信心十足地对手下众将说：

"共军这次长途跋涉，兵力疲劳，加之后方运输线长，补给困难。而我们是以逸待劳，弹药粮秣充足，士气振奋，运输也较短，这些都是我们的有利条件。同时，兰州自古以来易守不易攻，这里是三面环山，峰峦高耸，实为一座天然屏障，背面又有黄河天险，河面宽阔，兼之山上还有修筑好的国防工事，只要我们全军上下奋勇作战，是稳操胜券的。"

见马步芳父子摆开死守兰州的架势，彭德怀喜上心头，"我们不怕他守，而是担心他跑掉。如果他真的不跑，就到了我们把他消灭的时候了。"

8 月 4 日，彭德怀、张宗逊、阎揆要根据中央军委关于向全国进军的战略部署和对兰州作战的指示，发出攻取兰州、西宁的作战命令，"拟以一部钳制宁马匪军，集中绝对优势兵力，首先歼灭青甘两匪军，并准备歼击新（疆）省可能回援之匪军"。具体部署是：

以许光达、王世泰的第 2、第 19 兵团（欠第 64 军）共 5 个军近 15 万人，沿西安至兰州公路分南北两路西进，直取兰州；以王震的第 1 兵团（欠第 7 军）附第 62 军经陇西、临洮、临夏、循化，而后北渡黄河攻取青海省省会西宁，截断兰州守军退路，并随时准备参加兰州地区作战；以周士第的第 18 兵团（欠第 62 军）及第 7 军留置宝鸡、天水地区，继续牵制胡宗南部，保障野战军主力左翼及后方安全；以杨得志、李志民的第 19 兵团第 64 军进至固原、海原地区，牵制马鸿逵部，保障野战军主力右翼安全。要求各兵团、军于 8 月 9 日前完成进攻兰州、西宁的一切战斗准备。

彭德怀等人深知，几十万大军挥师西进，路途遥远，交通不便，后勤保

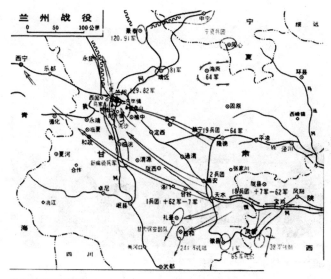

兰州战役示意图

障工作十分艰巨，而且面对的是凶狠残暴剽悍的马家军，打的又是第一野战军并不擅长的城市攻坚战，必须要从政治思想、物资保障等各方面做好战役准备工作。

5日，第一野战军政治部发出《解放大西北的政治动员令》，号召"全党同志及全军指战员、战斗英雄模范工作者，全军一致，勇往前进，为干净、全部消灭青、甘、宁三省匪军，解放整个大西北而战斗"，要求认真执行城市政策、民族政策，完成西进战斗任务，解放大西北。中共中央西北局和西北军区全力动员，做好后方支前工作，为西进大军筹集经费、粮食、草料、衣被、鞋袜，组织新老解放区15万支前民工随军行动，运送物资。

尽管如此，第一野战军在随后长途追击、攻取兰州时仍遭遇到许多意想不到的困难。彭德怀在给毛泽东的报告中称："在陕境天气很热，过平凉、固关后气候突变，早晚可着棉衣，痢疾、疟疾、感冒不少，逃亡与病，两者平均每军约一千三百至一千五百人左右。入甘后，地广人稀，粮食接济不上，军队前进甚速，夺取敌粮与民间供粮，不能磨粉，大多吃整麦子……体力相当减弱。"

从9日起，第一野战军各兵团相继从陇东地区向兰州、西宁攻击前进，一路上指战员以惊人的毅力，克服了吃不饱、睡不着、气候不适应，以及恶劣气候、疾病折磨等重重困难，攻关拔寨，所向披靡。

追歼逃敌的第一野战军骑兵部队

第 19 兵团率第 63、第 65 军和骑兵第 2 师，从平凉、固关等地出发，沿西兰公路向兰州挺进，相继占领华家岭、会宁、定西等地，至 19 日进抵兰州东南 50 里的定远镇以东地区，攻占猪咀岭、张中店。

第 2 兵团于 10 日从秦安地区出发，经通渭、内官营镇、新营镇，攻占榆中、洮沙等地后，至 19 日占领兰州以南 40 里的阿干镇及九条路口，逼近兰州城西、城南。

第 1 兵团（欠第 7 军）及第 6 军于 11 日从甘谷、武山出发，连克陇西、漳县、渭源、会川、临洮等县城后，16 日渡过洮河，至 20 日解放康乐，直逼临夏。

与此同时，留置天水地区的第 7 军连克礼县、西和，留置宝鸡的第 18 兵团（欠第 62 军）制订了迂回围歼秦岭胡宗南部的作战计划，侦察地形，开展实战演练。

攻城战斗打响前，彭德怀已经预料到夺取兰州之役是场异常残酷的恶仗，告诫各兵团要克服轻敌的思想，"青马匪军为今日敌军中最有战斗力的部队，在全国也是有数的顽敌。我们对它须有足够的估计，并作充分的精神准备，力戒轻敌、骄傲急性。进攻时，须仔细侦察，精密计划，充分准备，作正规的进攻。任何疏忽大意与侥幸心理，都是错误的。"

然而战斗开始后，第一野战军还是因为轻敌被这块难啃的硬骨头咯了牙，吃了不小的亏。

21 日拂晓，第 2、第 19 兵团各一部向兰州外围南山诸阵地发起试攻。其中

第一野战军向兰州进军途中创作了一首《磨刀练武杀马匪》的战歌，以激励指战员的斗志。图为第579团1连的勇士们战前擦拭武器（照片中的7人有5人牺牲）

第63军攻打东岗镇、马家山，第65军攻打窦家山、古城岭，第6军攻打营盘岭，第4军攻打沈家岭、狗娃山，第3军为总预备队。

第63军军长郑维山与青马有着血海深仇。13年前，还是红四方面军第30军第88师政治委员的郑维山，率部西渡黄河，参加了那场人民军队历史上最为悲壮惨烈的河西血战。结果，2.1万余名红军西路军将士与六倍于己的马家军浴血奋战半年之久，最终全军覆没。郑维山只身一人沿着祁连山脚向东走，历尽艰辛，终于重返革命队伍，而他的搭档、红88师师长熊厚发则惨遭马步芳杀害，长眠于河西戈壁。

红30军第88师师长熊厚发牺牲地——祁连山下的戈壁滩

此次，郑维山怀着对马家军的切齿之恨来到兰州城下，就是要为死难的战友们复仇，却出师不利。

守敌凭借有利地形和坚固工事据守，待解放军发起冲击或受陡壁外壕阻碍时，以猛烈火力回击，并以密集队形从侧翼出击，有时甚至采取步骑配合实施局部反冲击。结果苦战一天，参加攻击的 9 个团竟连一块阵地也未攻下，伤亡却高达 2000 多人。

当晚 21 时，彭德怀、张宗逊在给中央军委的电报中称："本日试攻兰州外围，十九兵团五个团，二兵团约四个团，结果未攻下一个阵地，守敌顽强，工事很坚固。"

彭德怀认为试攻受挫，主要原因还是轻敌，再次是守敌工事坚固、拼死顽抗，攻击部队准备不够充分，火力组织不严密，步炮协同不好。于是一声令下，暂停攻击，以三天时间总结经验训练，进行政治动员，以利再战。

时任第 4 军政治委员的高锦纯回忆道：

八月二十二日野司和彭总发动全军深入分析了二十一日的战斗情况。大家认为：敌军工事复杂，地形错综，情况不甚明了，因而射击火力分散，尽管使用大量重炮，仍打不开突破口，这是我军攻击未能奏效的原因。

敌人在南山的防御点，都用人工削成两三丈深的垂直陡壁，绝壁之外挖有几道外壕，深、宽各有两丈以上，壕沿边布上地雷、铁丝网。从远处看不到外

兰州战役总攻发起前，某部认真总结经验

壕，迫近敌工事后才能发现深堑，而且不是一道。所以二十一日攻击时，炸掉敌前沿后，往纵深推进时才发现深堑，致使部队受阻。对这样坚险的工事，如不经过实地攻击，就不会彻底明了情况。

各部队认真总结试攻失利的教训，广泛开展军事民主，研究克敌战术，进行沙盘作业。同时再次侦察地形，摸清了敌军兵力部署、指挥系统、火力及工事构成等情况，准备再次攻坚。彭德怀亲自来到第63军，召开师以上干部会议作战斗动员，并点名让第189师第566团担任主攻窦家山的任务。

经过一番精心准备，第一野战军司令部重新调整部署：以第4军在第3军第7师的配合下，进攻沈家岭之中狗娃山、下狗娃山，得手后向城西关发展进攻；以第6军进攻营盘岭，歼灭当面之敌后向城南关发展进攻；以第65军和第63军一部进攻马家山，而后向城东关发展进攻；以第63军另一部进攻十里山、窦家山、东岗镇，并在响水子沿河警戒；以第3军主力进攻七里河，夺取西关，沿黄河南岸东进，控制黄河铁桥，封锁兰新公路。

在此期间，第1兵团于22日进逼临夏城下。

临夏，旧称河州，位于甘肃西南一隅，北面是黄河天险，东面为洮河围绕，西面、南面重峦叠嶂，有明代所留关隘暗门24道直通甘南藏区和青海循化。境内麦积山高高耸立，大夏河由南向北横穿而过。长期以来，这里是一个多民族聚居区，以回族为主，是西北伊斯兰教发展活动的中心地区之一。马步青、马步芳、马鸿宾、马鸿逵等马家军的首领均出生于此。

驻守临夏的是国民党西北军政长官公署直属骑兵军，通常谓之"新编骑兵军"。这支军队是当年春天才组建的，韩起功任军长。由于当时西北形势紧张，马步芳下令边征兵、边编制、边训练。经过迅速扩充，连征带抓，总算是凑成了3个旅1.1万人。但武器马匹均无着落，只有步枪、机枪1000支左右，

马步芳（站立者）与其兄马步青

军马 300 余匹。

据时任该军上校副参谋长的韩得庆回忆："全军除官长带有些武器及连长以上的配有马匹外，其余的军官佐以及士兵，名义上是骑兵，实际上连骑的马也没有，不过是徒手壮丁而已。"

果然，战斗还未打响，这群乌合之众即四散溃逃，除一部被歼外，大部逃窜。临夏不战而下。

23 日，第 1 兵团再克宁定、和政、永靖，直接威胁兰州守军的右翼和后方，并准备从永靖、循化渡黄河进攻西宁。眼见老家不保，马步芳不得不抽调兰州黄河北岸的骑兵第 8、第 14 旅回防，阻击解放军西进。

骑兵第 8 旅旅长马英率部立即沿甘青公路西进，计划赶至民和享堂渡河，再翻越民和、化隆之间的青沙山至甘都，于 24 日到达享堂，准备渡河。不料时值雨季，连日暴雨，湟水猛涨，只有一条小船摆渡，速度甚慢。尤其是骑兵部队，马匹辎重又多，渡起河来更加困难。

马英命令第 15 团首先卸下马鞍强渡，但因水急浪大，波涛汹涌，骣马徒涉到河中流时，即被浪头打了回来。就这样反复强渡了四五次，骣马被河水冲走了 15 匹，最终只渡过了 200 余匹。

见此情景，马英心如火烧，坐立不安，来到渡河口，破口大骂手下人等："限今晚 12 时前人马过河，如到时过不了河，把你们的头割下来。"

第一野战军某部渡过黄河，追击逃敌

第一野战军某部通过兰州黄河铁桥

时任骑兵第8旅第15团中校代理团长的铁焕玲回忆道:

　　马英召集连长以上军官开紧急会议,研究渡河措施。会上与会军官建议向马继援汇报目前情况,提出改变路线,经乐都、过大峡桥,绕道向甘都前进。马英便急忙用报话机喊话,好长时间都叫不通;接着连忙让电台主任赶快架设无线电台,派参谋到享堂邮局发电报,令通讯连向兰州挂长途电话,结果直到夜晚两时半,报话机、无线电报、长途电话都无法联系接通。其时已是26日。

　　马英哪里知道,此时的兰州城早已发生了天翻地覆的巨变:解放军攻入城中,并控制了黄河铁桥,切断了守军撤逃的唯一通道。而马继援也在数小时前召集师长以上军官开会,宣布"撤出兰州市区",并率先逃往西宁。

　　25日拂晓,第2、第19兵团在经过充分准备后,对兰州发起总攻。兰州城东、南、西三面几十里长的地段上,数百门火炮猛烈地向敌阵地轰击。时任第63军炮兵团团长的吴志远回忆道:

　　二十三日,彭总亲自到前沿阵地视察,召开了师以上干部会议,总结了前三天侦察性进攻的经验教训,对下步战斗任务作了部署和调整,军的主攻方向由十里山改为窦家山。我团奉命支援一八九师五六六团消灭窦家山之敌。

17. 兰州战役

兰州战役中，战士们将大炮推入阵地

　　军长郑维山，还是那个分秒必争、紧张快速的老作风。会后立即带领我们和主攻师的主要领导到前沿去看地形，选择突破口，明确任务和打法。到现场后，我们看到，窦家山果然山势陡峭，易守难攻，东北与十里山毗连，西和古城岭相接，紧扼西兰公路，锁住了兰州东大门，是敌兰州东南防线的天然屏障和要冲。山上有相连接的十五个工事群，外围挖有深、宽各六米的两至三道外壕，并有交通沟和暗道相通，构成了支撑点式的环形防御，既能独立作战，又能相互支援，如此坚固的设防，确实少见。所以敌人把它吹嘘为攻不破的"铁城"。郑军长把拳头一挥，铿锵有力地说："就是钢城也要把它砸烂！你们多用点穿甲弹，把敌人的工事都给我搞掉，叫敌人尝尝我们铁拳的厉害。"我说："军长放心，我们一定要把敌人的'铁城'砸个稀巴烂。"

　　……在兵团统一号令下，炮兵的火力急袭开始了。近百门大炮，齐声怒吼，发发炮弹有如霹雳闪电，划破长空，呼啸而去，狠狠地倾泻在敌人的前沿阵地上。一时间，硝烟滚滚，天崩地裂，震耳欲聋，"铁城"在破裂中。此时，惊恐的敌炮兵，拼命地还击，但丝毫没有动摇全团指战员的战斗意志，反而越战越勇。一营长辛树权高声喊着："同志们！敌人的垂死挣扎吓不倒我们，一定要打出炮兵的威风来，一定要为步兵当好开路先锋，一定要为解放大西北立功，为牺牲的同志报仇。只要人还在，就要狠狠地打！"炮手们齐声回答："狠狠地打！"负伤躺在地上的同志，也猛地爬起来，坚持搬运炮弹。一连连长、功臣王振学，指挥沉着，果断勇敢，哪门炮有危险，就到哪门炮上去，多次保护了炮手和火炮。三连连长霍忠义，索性脱掉上衣，光着膀子，一边指挥，一边亲自瞄准射击。五连四门炮打得最准，连续摧毁敌人两个地堡、四个火力点。重迫击炮营和兵团炮兵团一起，把敌人的炮兵打成了哑巴。仅仅三十分钟的火力急袭，就把敌人的前沿阵地打得七零八落，工事和火力点大部被摧毁，主阵地前的两条通路打开了。

在嘹亮的冲锋号声中，步兵发起了攻击。战士们先用爆破手段扫除峭壁障碍，再用集束手榴弹炸毁碉堡、清除铁丝网，一步步逼近敌人的主阵地。

战至12时30分，第566团3连突破了敌人的一处阵地，打开了攻占窦家山的口子。半小时内，又连接拿下3处阵地。敌人急忙调集机动兵力，组成敢死队、督战队、执法队等，并利用诵经宣誓，重金收买等欺骗手法，驱使官兵与解放军死战。

约有1个团的敌军手持马刀，袒胸露臂，发起潮水般的猛扑。战士们与敌展开白刃格斗，连续打退敌6次大规模的反扑，终于占领了窦家山阵地。战斗中，子弹打中了旗手周万顺的胳膊，鲜血直流，但他忍着剧痛，冒着枪林弹雨，把红旗插上主阵地。敌人集中射击这面旗帜，尽管旗杆被打断，旗子被打烂，却始终飘扬在阵地上。

由于兰州守敌将主力置于南山，两翼薄弱，分兵把守，城中又无预备队，

兰州战役中，某部将红旗插上敌人阵地

17.
兰
州
战
役

277

黄河铁桥是其唯一的退路。因此，夺取南山就成为攻克兰州城的重点，迂回右翼占领黄河铁桥则是全歼守敌的关键。

马家山、营盘岭、沈家岭是兰州守敌南山防御体系中的三个主阵地，其中沈家岭离铁桥最近，与狗娃山各扼守着一条直通兰州西关的公路。狗娃山西侧是临（洮）兰（州）公路，沈家岭东侧是兰（州）阿（干镇）公路，谓之"兰州锁钥"。据守沈家岭的是马步芳的主力部队第82军第190师，时任该师上校参谋长的李少白回忆道：

沈家岭是沈家坪上一个馒头形状高地，东侧坡度不大，一直延伸到兰阿公路边，生长着一些杂草灌木；西侧是红色岩石的绝壁；北面是一片白土开阔地；南面是另一个高地，两高地中间是一个马鞍形。我们侦察研究的结果，认为占领南面高地，对防守有利，所以我们的工事就构筑在南面高地上。这个高地上有几户人家，村内有井也有树，交通便利，进出方便，我们把沈家岭高地，筑成一个大圆形堡垒，设有三道防线。在交通要道阵地前，除布雷外，设置了鹿寨、铁丝网等障碍，还在阵地上堆放了许多在汽油桶内装有炸弹的所谓"飞雷"。把两高地间的马鞍部，挖成一条长100多米，宽20多米，深10多米的堑壕。团指挥所设在高地后靠绝壁处。

如果能攻下沈家岭，就等于打开了兰州的大门，便可直捣兰州西关，控制黄河铁桥，截断守敌退路。于是，一场血战围绕着沈家岭打响了。

担任主攻的是在扶郿战役中荣立战功的第4军第11师第31团。团长王学礼指挥2营首先发起攻击，1营随后跟进。由于战前准备充分，事先在敌前沿阵地堑壕下埋上了炸药，攻击开始后即把敌人的阵地炸开了一个大缺口，因此仅用十多分

第一野战军第2兵团第4军第11师第32团由侧翼进攻沈家岭

钟就从这个缺口处冲进去，突破了敌人的第一道防线，随后又乘胜迅速占领了第二道防线。

这种出其不意的攻击，使敌人措手不及，一度陷于混乱。经过一阵冲杀后，守敌才稳定下来，一面派兵阻止解放军后续部队，一面集中兵力实施反突击，企图乘第31团立足未稳之机，重新夺回阵地，堵住这个缺口。双方遂展开殊死搏杀，一心只想把对方赶出阵地，伤亡不断增大，形成胶着对峙。

高锦纯回忆道：

十师和十一师的山炮营分别从狗娃山和沈家岭西南大山梁阵地上开炮，二十几门迫击炮也一齐开火。只见沈家岭方向硝烟弥漫，朦胧的山头消失在烟海尘云之中。天渐明时，十一师三十一团的突击营趁浓烟未散冲上去了，鲜艳的红旗向前移动，渐渐消失在烟雾中。

沈家岭上敌我激烈争夺，出现了胶着状态，仗打得很残酷。在狗娃山的十师师长刘懋功同志也向军部来电话请战，要求把待命的十师三十团调上去增援十一师，沈家岭地势险要，其位置对战斗发展至关重要。考虑战役进一步发展还要用十二师，所以军部同意了刘懋功的意见，急调十师三十团增援上去，同时命令十师对狗娃山之敌展开牵制性攻击。

三十团三营翻山越岭，经过后湾上雪帽顶首先增援上沈家岭。到中午一时，一营、二营先后到达沈家岭战场。当时十一师的三十一团打得只剩下一百七十多人，仍坚守住了夺得的阵地。十师三十团增援上去以后，敌人继续以营级规模疯狂反扑。狗娃山方向，十师爆破了敌师前沿工事，施行助攻。下午四时，军部再次组织各炮群向沈家岭敌人固守的第三道暂壕轰击。雨点般怒吼着的炸弹掀翻了整个山梁，滚滚浓烟和漫天的黄尘遮蔽了四周的一切。我军顺势排山倒海般向敌军扑去，从阵地

高锦纯

兰州烈士陵园纪念碑

中央突破占领了沈家岭，并把敌人压下山去。

下午 5 时，敌人又纠集残余力量作最后挣扎，并从白塔山向沈家岭进行炮击。敌我双方又一次绞杀在一起。拼杀 1 个小时后，敌人渐渐不支，丢下大批尸体，向山下溃退。

第 4 军终于完全占领了沈家岭。但也付出了伤亡数千人的惨重代价，第 31 团团长王学礼、第 30 团政委李锡贵壮烈牺牲。战后，彭德怀说：打兰州，有的团 1500 多人，战斗结束时只剩下几百人。这些英雄们为了人民的事业，粉身碎骨，英勇的自我牺牲精神，永远值得我们纪念和学习。

李少白回忆道：

解放军的攻势，越来越猛，沈家岭上，炮声隆隆，烟尘滚滚，官兵伤亡重大。这时，除我们右翼的狗娃山暂无战斗外，左翼的东岗坡、三台阁，都如我们一样处在硝烟弥漫中。我们的预备队，早已用完，需要援兵。但这时马继援已决定要逃跑，不再向山上增援了。到太阳快落山的时候，解放军的攻势，更加猛烈，我们已渐渐失去还击能力，阵地已被解放军分割包围，各阵地间的电话线路早已中断，阵地内短兵相接，一片混战。这时，突然约有一班兵力，前面一个战士扛着一面红旗，从我们右前方冲锋过去，接着各阵地的解放军，也都发起了冲锋，我方士兵们纷纷向后逃跑，这时我与师长杨修戎等在最后一道阵地上督战。我们想用手枪制止阵地上的士兵后退，但没有一个人听指挥了，我们也趁机跟着他们逃出阵地。我看看四周和我们一块逃跑的也是寥寥无几。这约一班兵力的解放军，跟在红旗后面，他们对我们并没有射击。不过我们沿着公路向坪下跑，他们向着坪的前沿，奋勇前进，红旗在晚风中飘荡，胜利属于解放军了。

激战至黄昏，解放军终于攻占南山全部主要阵地。守敌伤亡惨重，防御动摇，纷纷向兰州城区溃退。

就在解放军发起总攻不久，马继援感觉到大势已去，立即与先期逃回西宁的马步芳通过无线电话，以乡土隐语互通情报后，决定从兰州撤退。其实，早在马步芳逃离兰州时，就一再叮咛马继援，如果马鸿逵和胡宗南部不来援助，空军又无希望，则应保存实力，把部队撤向青海。

25日下午2时，马继援急急忙忙地召集各师长以上军官开会，宣布"撤出兰州市区"，决定于当晚7时趁黄昏夜暗之际全线撤退，具体部署为：

（一）第129军军长马步銮在黄河铁桥全权负责指挥撤退，副军长韩得铭守在河口负责分导部队按预定路线撤退。第82军副军长赵遂负责带人在桥头安装4吨炸药，待部队撤到黄河北岸后，将铁桥炸掉。

（二）全军按照东岗镇的第100师、皋兰山的第248师、东教场的新编第1师、小西湖七里河的第357师和沈家岭、狗娃山的第190师之顺序，从晚7

第一野战军某部攻打兰州外围据点狗娃山

第一野战军某部向兰州黄河大铁桥发起攻击

第一野战军与兰州守军血战双城门的情景

时起依次按 2 个小时的间隔相继经黄河铁桥北撤，以免过于拥挤。

（三）第 190 师全力固守沈家岭、狗娃山阵地。待全军安全通过铁桥后，再行撤出。西北长官公署及附属机构、兰州市宪警部队，均向河西撤退。

（四）第 82 军所属各部队，全部由甘、新公路经永登折向西南过浩门河到青海大通、门源集中；第 129 军所属步兵师及骑兵第 8、第 14 旅全部由甘青路经河口、享堂到西宁上五庄、三角城等地集中待命。

布置完毕后，马继援带着亲信匆匆逃离了战火纷飞的兰州城前往永登，让马步銮率一个由参谋、军法人员组成的 20 余人的撤退疏导小组，处置撤退事宜。

按理说，马继援的这个撤退计划还是比较有章法的，以第 190 师死守"兰州锁钥",其余各部由远及近逐步撤出,并把撤退的时间、顺序、路线规定得一清二楚,甚至做好了炸桥的准备。如果能照此计划实施,完全有可能趁解放军未杀入城内、控制黄河铁桥之际,将守城的主力安全撤出。

但马继援忽视了重要的一点:面对解放军凌厉的攻势,马家军早已惊慌失措,斗志全无,一心只想逃跑。当接到撤退命令后,各部都急不可待地撤离阵地,向黄河铁桥涌来。一时间,车马堵塞,乱作一团。时任国民党第100师上校政工处主任兼副师长的马义明回忆道:

按当时第一○○师的情况来看,因解放军没有集中主力攻击东岗镇阵地,在战场上虽有些伤亡,而整个部队,还算是较完整的,如都能按撤退的部署执行,应该可以安全退出兰州。但在全军撤退时,解放军集中兵力,加强火力,以雷霆万钧之势,攻破第一九○师狗娃山阵地。在这种情况下,军掩护部队失掉掩护能力,很快先于其他部队溃退至黄河北岸,解放军也尾追其后,因此,全军退却部署全被打乱。第一○○师从阵地到桥头20多华里,到下午8时以后,先头部队师部、师直属的部分部队才到了铁桥附近。这时没有灯光,一片漆黑,不但枪声四起,而且南面城头上的机关枪不断地向铁桥方向射击,其中有红绿曳光弹向铁桥及金城关方向指示目标。我和师司令部的部分人员,冒着生命危险,高一脚、低一脚地在黑夜中过了铁桥。其间,从南边小西湖方向打

第一野战军某部抢占兰州黄河铁桥

17.
兰
州
战
役

来了十多枚六〇迫击炮弹，都落在金城关附近。当通过金城关及许家湾解放军火力阵地时，各部队失去建制，混乱一团，争先恐后，拥挤不堪，我们魂不附体地通过火网，总算死里逃生了。

时任国民党第248师少将师长的韩有禄是这样描述当时撤逃之狼狈景象的：

自接到马继援下达的撤退命令后，整整撤退了一夜，人叫马嘶，抢渡黄河铁桥，铁桥上时时拥塞一些运载物资的车辆，铁桥南端又有一辆满载弹药的车被共军枪弹击中，响起一片爆炸声，撤退的人马哄乱一团。有的部队失去了自己的建制，官找不到兵，兵找不到官，纷纷乱跑；有的在黄河以南西关、桥门小西湖一带隐藏起来，走投无路，被解放军俘虏；也有一些抢渡时落水的官兵在波涛汹涌的黄河中连人带马付之东流。

26日凌晨，第3军一部攻占兰州城西关，抢占黄河铁桥，断敌退路，并与城内残敌展开激烈巷战。其他各军也相继攻入城区。11时，第4军一部占领黄河北岸白塔山。战至12时，城区守敌被全部肃清，兰州获得解放。

当天，彭德怀、张宗逊等率第一野战军指挥机关进驻兰州城内，成立兰州市军事管制委员会，并发出《关于解放兰州后的行动给各兵团的指示》：

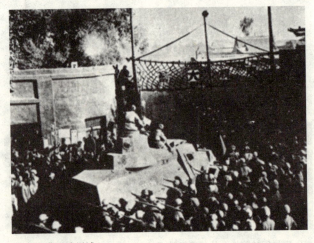

第4军进入兰州城

兰州战役中被第一野战军俘虏的国民党军官兵

本野战军全体指战员，英勇奋战，顺利地解放了兰州，分割西北反动军地理上的联系，应不给击败之匪以任何喘息机会，继续追击，全部干净歼灭之。左兵团即在宁定、临夏、永靖、韩家集地区。二兵团即在兰州城北城西地区，自八月二十七日起休息五天，九月一日开始继续追歼青马匪军解放西宁。十九兵团主力即在兰州以东及东北地区，自八月二十七日起休整十天至半月，准备进军宁夏，消灭马鸿逵部。六十四军应以一个师进至打拉池夺取靖远、中宁，在固原、海原建立地方政权，征集粮食等准备工作。各兵团休整时间自定。

27日，胡宗南以所部4个军由陇南向甘肃西和、礼县和陕西宝鸡、虢镇地区进攻，企图乘隙抢占宝鸡、天水，被第18兵团击退。马鸿逵部第81军即撤回宁夏。马步芳部第91、第120军逃往河西走廊。

兰州解放后，第1兵团（欠第7军）附第62军继续向西宁进军。28日，第1军由永靖黄河渡口开始渡河，至9月2日全军胜利渡过黄河。第2军（欠第4师）在循化渡口渡河，因水深流急，泅渡困难，加上对岸又有敌军驻守，经3天搜集和抢修船只，由草滩坝强渡成功，渡过黄河。9月4日，第62军一部也由永靖北渡完毕。

各路大军渡河后随即分路疾速西进，直捣西宁。9月2日至5日，第62军先头部队第185师解放民和；第3军1个营占领享堂，第8师解放乐都；第2

1949年8月28日，马步芳飞抵重庆，蒋经国在机场迎接

军第5师解放化隆。

此时，沿途守军已如惊弓之鸟，纷纷溃逃。马步芳于27日由西宁乘飞机仓皇逃往重庆，马继援于31日从永登窜回西宁，随后带着少数军政要员及大批黄金、白银乘飞机逃往香港。自此，马氏父子远离故土，再也没有踏上过大西北的土地。

5日中午，第1军先遣骑兵侦察部队600余人，在侦察科长孙巩带领下开进西宁。第1军前卫部队第2师第5团随后入城，西宁获得解放。

有道是：树倒猢狲散。在第82军副军长赵遂、第190师师长马振武主持下，青马残存的头头脑脑聚在一起商议下步怎么办。

马继援留下的信是要他们卸甲归田，把枪支弹药埋藏起来，等待时机继续反共。如果真能这样倒也简单，部队解散各回家就行了。但这些人最现实的问题是，共产党会怎么处理他们，毕竟他们中有不少人背着当年西路军的累累血债。

讨论来讨论去，无论怎么害怕共产党算历史旧账，也只有投降一条路可走。马振武表示：能飞的都飞了，我们对他们父子也没有效不完的忠。

随着临夏回族上层人士组织的劝降团到来，这些无首的群龙或者说是塌了窝的猢狲开始与解放军接洽投降事宜。短短几天内，先后就有赵遂率残部1300余人投降，新编骑兵军第2旅在临夏投降，骑兵第14旅残部在门源投降，另有第100、第248、第357师和骑兵第8旅等20余名师旅以上军官相继投降。

曾经猖獗一时的青海马步芳部就此彻底覆灭。至9月中旬，青海省全境获

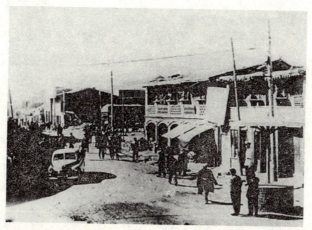
第 1 兵团先遣骑兵侦察队 600 人抵达西宁

兰州战役中缴获敌人的物资

得解放。

　　兰州战役是西北解放战争中规模最大、战斗最激烈的一次城市攻坚战。工事之坚固、守敌之凶悍、地形之复杂，均属前所未有。第一野战军集中兵力之多、火器之强大、战斗之激烈，也都是前所未有的。

　　战斗中，每一条壕沟、每一道峭壁、每一个阵地，双方都要经过殊死拼杀和反复争夺。最终，第一野战军以伤亡 8700 余人的代价，歼灭马步芳主力第 82 军 3 个师大部、第 129 军 2 个师各一部、3 个保安团，共 2.7 万余人。其中毙伤 1.2 万余人，俘虏 1.37 万余人，另有因泅渡黄河淹死者 2000 余人。缴获山炮 6 门，迫击炮、战防炮、六〇炮 128 门，骡马 2400 余匹，汽车 40 多辆，以及大批的军用物资。

　　此役过后，西北国民党军战斗力最强、反共最坚决的马步芳主力丧失殆尽，西北其他国民党军完全陷于分散、孤立的困境中，第一野战军打开了进军宁夏、新疆的门户，奠定了解放西北全境的基础。

18. 宁夏战役

　　清朝末年至民国时期，在中国西北的甘肃、宁夏、青海地区，有几股强大的地方武装力量。因其首领都为姓马的回民，故被称作"马家军"。与当时中国其他地区的军阀部队相比，马家军在性质、组织、装备、作战方式上都有着很大的不同。

　　在"西北群马"中，又习惯地以势力范围划分为青马和宁马。青马的首领是马步青、马步芳兄弟，宁马的首领则是马鸿宾、马鸿逵兄弟。

　　宁夏，地处中国西北边陲，北接蒙古人民共和国，东临陕北，西、南、东三面靠近甘肃，为中原地区与西北边疆交往的重要通道，陇山、贺兰山形成南北天然屏障，历来就是兵家重地。古为朔方郡，明清两朝为甘肃省的一个府，

马家军残杀红军西路军将士

18.
宁
夏
战
役

289

民国时期初为宁夏道，后改为宁夏省。

别看宁夏地域不大，但河套平原土地平坦肥沃，又得黄河水利之灌溉，物产丰厚，是闻名天下的塞上粮仓，自古便有"天下黄河富宁夏"之说。自20世纪30年代起，统治它的是国民党宁夏省主席兼第十五路军总司令、人称"宁夏王"的马鸿逵。

马鸿逵，字少云，乳名三元，1892生于甘肃河州（今临夏）。

清同治初年，陕甘地区爆发了大规模的回民反清斗争。马鸿逵的祖父马千龄，因劝说同族侄女婿马占鳌降清，被陕甘总督左宗棠称为"良回"。这就是马鸿逵后来自诩他家"不是造反的回回"的缘由。

光绪初年，马千龄之子马福禄中武举人、武进士，率回民军队马步七营旗，驻防山海关、永平府及蓟州等地。1900年八国联军入侵中国时，马福禄率部在廊坊一带与英国海军中将西摩尔率领的侵略军血战，史称"庚子第一场恶战"。随后在北京城内的战斗中阵亡。慈禧太后西逃途中，为表彰马福禄之忠勇，命其弟马福祥继之，统领部下并护卫西去陕西。1902年，马福祥所部驻扎宁夏，谓之宁马巡防军，这便是宁夏"马家军"的由来。

马鸿逵是马福祥的长子，自幼受家庭重教习武影响，读书习武。18岁入甘肃陆军学堂学习，其间参与反清活动，秘密加入同盟会，被捕入狱。后经马福祥奔走始得获释，随即投军，任"昭武军"教官、骑兵中营帮带。

1912年，袁世凯把"昭武军"改编为"宁夏新军"，马鸿逵任新军分统，率部阻击白朗起义军。因战功卓著，被授予陆军少将衔。时马鸿逵刚刚二十岁出头，成为"马家军"里一颗冉冉升起的将星。

袁世凯为牵制各路军阀，令送公子入京，以为"人质"。1914年，马鸿逵来到北京，出任侍卫武官。袁世凯死后，马鸿逵继任黎元洪的侍从武官。

曹锟当上大总统后，批准马福祥组

人称"宁夏王"的马鸿逵

建第5混成旅。1919年，马鸿逵终于结束了在北京的"人质"生活，回到宁夏，升任第5混成旅旅长。随后，与马福祥率部驻守绥远（今属内蒙古）。

1924年9月，第二次直奉战争爆发，马鸿逵被曹锟、吴佩孚任命为骑兵总指挥，率部开往热河。不久，冯玉祥发动北京政变，囚禁曹锟。马鸿逵支持冯玉祥，所部改编为国民军新编第7师，升任师长。他率部从磴口移驻石嘴子，将绥远让给冯玉祥部驻防。后又奉命驻防金积、灵武一带，大力整军经武，积极扩充军力。

1926年7月，国民革命军从广州出发，北伐战争就此打响。9月，冯玉祥在绥远五原誓师，组建国民军联军，进军甘、陕，响应北伐。马鸿逵被任命为第四路军司令兼第7师师长，率部出征。在解西安之围后，兼任西安警备司令，实力再次得到增强。

1927年4月，国民军联军改编为国民革命军第二集团军，冯玉祥任总司令，马鸿逵任第四路军总指挥兼第4军军长。随即出师潼关，会攻河南。

1928年2月，国民革命军第二集团军扩编至9个方面军，达40万人。但第4军反而缩编为第17师，这引起马鸿逵的强烈不满，感到自己跟随冯玉祥多年，立下了汗马功劳，却没有得到更高的职位，心生反意。一年后，马鸿逵随韩复榘、石友三在洛阳联合通电反冯拥蒋，投向蒋介石的怀抱。

当时，蒋介石正急于拉拢西北军将领，扶植拥蒋势力，以对付日益强大的冯玉祥。于是双方一拍即合，蒋介石迅即复电嘉奖，将第17师扩编为讨逆军第11军，升任马鸿逵为军长兼第64师师长、郑州警备司令、河南省政府委员。

冯玉祥部在潼关整装待发

开往中原大战前线的国民党军

同时大慷其慨，一次就拨给马部军饷 30 万元，以及新式步枪千余支。

封官和重赏是蒋介石拉拢地方军阀的不二法宝。果然，马鸿逵不负蒋委员长"厚望"，在中原大战期间，作战勇猛，率部攻占山东泰安，升任讨逆军第十五路军总指挥兼徐州警备司令。

1930 年 12 月，唐生智联合冯玉祥、石友三、韩复榘等人反蒋。韩复榘认为徐州是南北交通枢纽、军事重镇，且与马鸿逵为倒冯投蒋时的契友，便提议联络马共同倒蒋。

起初，马鸿逵答应参加反蒋，但事后思虑再三，深感蒋介石势大，倒蒋难以成功，遂向蒋告密，并具陈应对之策。蒋介石一面稳住韩复榘，把石友三部调到蚌埠、浦口一带；一面急调大军，以迅雷不及掩耳之势进攻唐生智，很快就将这次反蒋行动平息了。

照理说，马鸿逵在此事件中居功至伟，应当加官晋爵。但在一心想剪除异己的蒋介石眼里，马鸿逵只不过是一枚用于瓦解西北军的棋子。因此，当冯玉祥在中原大战中惨败、被迫通电下野，西北军分崩离析、被蒋介石逐一收编后，马鸿逵的利用价值便大大缩水，日渐失宠，再次验证了那句古训：飞鸟尽，良弓藏；狡兔死，走狗烹。

1931 年 1 月，马鸿逵的第 11 军被蒋介石缩编为第 31 师，调往河南许昌、漯河一带，参与对鄂豫皖革命根据地的第四次"围剿"。

对共产党，马鸿逵并不陌生。说起来，他曾与共产党还有过短暂的比较愉快的合作。

大革命时期，中国共产党创始人之一的李大钊应冯玉祥之邀，派遣一批共产党员进入国民军开展革命工作。1926年，冯玉祥任命共产党员刘伯坚为国民联军总司令部政治部副部长。陈延年、宣侠父、刘志丹、邓小平等一大批著名的共产党人也先后在国民联军里工作，宣传革命思想。

是年冬，刘志丹出任马鸿逵部党代表兼政治处处长，在该部军、师、团、营逐级建立起政治工作机关，制订新的军容风纪，开展新式练兵，向基层官兵灌输革命道理。客观地讲，这一时期的马鸿逵还算是倾向革命的。不久，马鸿逵率部出师援陕，配合北伐战争。

1927年4月，蒋介石在上海发动反革命政变，向共产党人举起了屠刀。6月下旬，冯玉祥追随蒋介石宣布"清党肃军"，将刘志丹等几十名在该部从事政治工作的共产党员扣押起来，逐个审查，随后派人将他们押送出境。马鸿逵也由此走上了反共道路。

虽说凭借着投靠蒋介石、出卖盟友，马鸿逵在西北地区逐渐发展成为一路诸侯。但他深知自己不是蒋的嫡系，同时也看清了老蒋欲借红军之手剪除异己的野心，因此来到"剿共"前线后，出工不出力，只派出少数部队驻平汉铁路沿线的柳林至武胜关一线，而将主力控制在信阳，按兵不动。并严令部下相机行事，不得擅自行动，避免与红军发生正面冲突，以保存实力。

马鸿逵的部队素来军纪不好，作战是从不带给养的，走到哪里就抢到哪里。常以禁街或戒严的方式乘机抢劫，不仅在驻地大抢大掳，甚至还跑到鸡公

北伐战争中的刘志丹（前排中）

马鸿逵任国民政府宁夏省主席时的办公旧址

山，把在山上避暑的外国人的物品洗劫一空。马部多为回民，禁食猪肉，开始还说水牛肉不好吃，只在老百姓家里搜宰黄牛。后来不仅把黄牛吃光了，连水牛也没留下一头。时值豫南水稻收割之季，马部便大肆抢割农民的稻子，连种子也没有剩下，弄得当地百姓苦不堪言。

见马鸿逵纵容手下大肆骚扰百姓，蒋介石睁一眼闭一眼，装作不知。但当蒋介石数次电令要他赶快进攻红军时，马鸿逵每每讨价还价，横竖就是不听指挥。这下，老蒋可不答应了。

1932年，蒋介石以马鸿逵"剿匪"不力为名，命河南"绥靖"主任刘峙将兵力集中在平汉铁路的西平、遂平一带，胡宗南部集中在孝感、广水一带，一北一南，胁迫马鸿逵出兵"剿匪"。马鸿逵也不甘示弱，严阵以待，摆出一副老子谁也不怕的架势。双方剑拔弩张，大战一触即发。

马福祥爱子心切，抱病奔走南京、汉口（时蒋介石在汉口）、信阳之间，为马鸿逵四处说情。不料在汉口身染重疾，卧床不起。

得知老父为救自己劳累染病的消息，马鸿逵急奔汉口，遵医嘱转送北平。不料，马福祥年老体衰，经不起如此折腾，在途中一命呜呼。

蒋介石闻讯后，一面派员慰问致祭，下令刘峙撤军；一面安抚马鸿逵，表示会"顾念西北宿将"。时西北政局不稳，马鸿逵趁机电请回师平叛。老蒋虽一直想染指西北，无奈一时抽不出兵力，便做了个顺水人情，任命马鸿逵为宁夏省政府主席兼第十五路军总指挥。

为防马鸿逵在西北势力过大，养虎遗患，蒋介石以"剿共"为名，命令马鸿逵将所部整编为 1 个师 6 个旅，只允许带 2 个团回宁夏，其余部队与马鸿宾的部队互调。

马鸿宾，字子寅，1884 年生于临夏，马福禄之子，马鸿逵的堂兄。

马福禄阵亡时，马鸿宾年仅 16 岁，由叔叔马福祥抚养。1908 年任西宁矿务马队队官。1910 年随昭武军到宁夏，任骑兵营营长。1912 年任宁夏新军管带，后任甘肃新军司令。1916 年被北洋政府授予陆军少将衔。4 年后晋升为陆军中将衔。

1921 年，马鸿宾升任宁夏镇守使，兼管内蒙三旗军事。第二次直奉战争后，马鸿宾乘机在宁夏扩充势力，招募了 3 个团共 7 个营的补充团，发展成为西北地区的一路诸侯。

1926 年，冯玉祥在五原誓师，将马鸿宾的昭武军、甘肃新军、卫队马队、补充团全部取消，改编为国民军联军第 22 师，马鸿宾任师长。

1927 年春，冯玉祥任命马鸿宾为甘边剿匪司令，率第 22 师收拾甘肃地方军队。是年秋，马鸿宾升任第 24 军军长。1929 年春，马鸿宾由甘回陕。不久冯玉祥派马鸿宾任宁夏主席。

时宁夏杂牌军队很多，境内秩序混乱。马鸿宾身边只有 5 个营及手枪队等约 2000 人，深感力量单薄，遂令各县成立护路队，以扩充军力。同时对杂牌军队采取一面安抚一面打击的策略。不出一年，宁夏暂又出现平静局面。

中原大战后，马鸿宾接受蒋介石任命，部队改编为暂编第 7 师，出任师长，后又被任命为甘凉肃边防司令。

1931 年，蒋介石任命马鸿宾为甘肃省主席。这年 8 月，西北军暂编第 2 旅旅长雷中田发动政变，扣押了马鸿宾。后经调解，马鸿宾获得释放，率部重回宁夏。

经此事变，马鸿宾深感自己的军力不足，遂整军经武。至 1932 年春，所部新编第 7 师发展为 3 个步兵旅和 1 个骑兵旅，以及直属炮兵营、辎重营、工兵营、特务营等，共有近万人之众。

1954 年时任甘肃省副省长的马鸿宾

蒋介石视察宁夏时与马鸿逵（右2）、马鸿宾（左2）在怀远楼前合影

　　尽管如此，马鸿宾的新编第7师与马鸿逵的部队实力仍相距甚远。因此，当接到蒋介石要二马的部队对换的命令时，马鸿逵知道是老蒋借机削弱自己的实力，气得直骂娘。

　　在那个军阀多如牛毛的战乱时期，能够经过多年的"大浪淘沙"留存下来，并能够在中国近现代政治舞台上叱咤风云的，绝非庸碌之辈。很快，马鸿逵就有了应对之策。

　　当晚，他召开会议，借调整部队编制之名，将老弱病残4000人组成第35师和骑兵旅留在豫南，准备交给马鸿宾；其余精壮人员编为3个独立旅和1个特务团，密藏优良武器，开往包头，再由包头步行，星夜兼程返回宁夏。

　　马鸿逵在施展完"乾坤大挪移"后，便兴高采烈地赴宁夏上任去了。

　　1933年2月，马鸿逵主政宁夏，同时兼任国民党宁夏省党部主任委员、第十五路军总指挥，集党政军大权于一身，自此开始了在宁夏17年的割据统治，人称"宁夏王"。

　　1935年9月，马鸿逵接蒋介石电令，截击北上红军。

　　想当年"围剿"鄂豫皖苏区时，马鸿逵出工不出力，一心只想保存实力，因为那里不是他的地盘。如今中央红军到达陕北，大有进逼宁夏之势，马鸿逵再也坐不住了，立即向定边调动人马，积极备战，并向蒋介石进呈《剿共意见书》，献策乘红军长征初到陕北立足未稳，应立即全力"永绝根株"。

1936年5月，彭德怀率由红1、红15军团组成的西方野战军，发起西征战役。在2个多月内，红军共歼宁马7个营，击溃3个团又5个营，俘2000余人，狠狠地教训了马鸿逵。

宁马的战斗力明显弱于青马，在与解放军的交手中更是败绩连连。唯一值得一提的是1947年彭德怀率西北野战军二打榆林城，马鸿逵出动全部主力增援。双方在元大滩大战一场，互有伤亡，总算是打了个平手。

到1949年8月，第一野战军在取得兰州战役胜利后，挥师西进解放青海，全歼青马主力，宁马则自陇东和陕西鳞游地区一路溃败到宁夏老家。中共中央曾多次指示彭德怀等，对马鸿逵、马鸿宾可在军事打击下尽量争取和平解决。

据时任国民党宁夏省政府秘书长兼民政厅长的马廷秀回忆：

北平和平解放后，毛泽东主席派邓宝珊由包头来宁，策动马鸿逵趁青海兵团东向扑陕之机，出兵陇东，截断青军归路，消灭马步芳，为人民立不世之功。但他顾虑重重，不能决定。邓等待三日，无结果而回。兰州临解放前，第一野战军副参谋长韩练成（宁夏固原人，曾为西北军将领）派人持函劝告马鸿逵父子接受和平，并指明出路："交出军权，保持政权"，他以军队是政治资本，没军权就没有政权，再次拒绝。

西征期间，彭德怀在豫旺堡留影

第一野战军向宁夏进军

执迷不悟的马鸿逵最终没有选择走和平起义的道路。为阻止人民解放军北进解放宁夏，他制订了所谓的"打光、烧光、放水"的策略，由其子马敦静指挥宁夏兵团（辖第128、第11军及贺兰军）和第81军等部共7万余人的兵力，以银川为中心依托黄河天险，分别在同心、靖远、景泰、中卫、中宁、金积、灵武地区组成三道防线。

具体部署是：第一道防线，以骑兵第20团守同心，第81军一部守靖远，新编骑兵第1旅守景泰；第二道防线，以贺兰军守中宁，第81军主力守中卫；第三道防线，以第128军守金积，第11军守灵武。

第一野战军决定以第19兵团并指挥西北军区独立第1、第2师共10万人，发起宁夏战役。针对宁马防御部署，第19兵团决心首先突破第一道防线，截击中宁之贺兰军，争取中卫守军起义，而后再集中力量歼灭金积、灵武、银川之敌。

9月1日，第19兵团下达作战命令，具体部署了第一步以截击中宁之敌为目的的进军作战计划。次日，兵团司令员杨得志、政治委员李志民率领十万大军，分西、中、东三路，向宁夏进军。

西路第63军第188师于5日从兰州出发，分三路沿黄河两岸北进。师主力沿黄河东岸，第563团沿黄河西岸，第564团乘坐羊皮筏子和木船顺河而下。至12日，进抵景泰。守将新编骑兵第1旅少将旅长张钦武率部千余人投降，景泰城回到了人民怀抱。第188师乘胜北渡黄河，经腾格里沙漠于17日占领沙坡头、迎水桥一带，兵临中卫城下。

中路第19兵团部率第63军（欠第188师）、第65军，于5日由兰州、定西梯次行进。第187师沿兰宁公路北进，先头部队于当日进占一条城、小炉子，解放靖远县城。11日，第63军占领打拉池后，第187师顶风冒雨翻越香山，取捷径向中卫挺进。15日到达中卫黄河以南地区，在常乐堡歼灭第81军第35师第103团，并迫使第881团千余人投降。

时任国民党第81军中将军长的马惇靖回忆道：

　　9月中旬，人民解放军开始向宁夏进军，因为中宁是通往银川的必经大道，当时为了避免接触，我便将中宁的第八十一军军部、部队及家眷全部搬迁中卫县，同时电令驻靖远北湾的两个团速撤回中卫。这两个团连日行军不能休息，部队疲劳不堪，故决定到离中宁县城约七华里的黄河对岸（新修码头）休息，生火造饭，未待饭熟，这两个团就被解放军包围，并全部解除了武装。

东路第64军配属兵团榴弹炮团和战车队，并指挥西北军区独立第1、第2师，于9月10日从固原、海原、七营等地出发，沿西（安）银（川）公路北上。12日，第190师解放同心县；14日，第191师攻占中宁县以北重镇鸣沙洲，截断中宁至金积的公路；守敌贺兰军闻风而逃，第190师遂进驻中宁县城。

至此，第一野战军顺利突破宁马第一道防线，三路大军分别从黄河两岸进入河套地区。东路与中路陈兵黄河右岸，与中卫隔河相望；西路从黄河左岸逼近中卫，对守敌第81军形成夹击之势。

马敦静见势不妙，急忙将所属3个军11个师的兵力进行了重新部署，企图在金积、灵武一带组织防御。具体部署是：

中卫今貌

第 3 军战车部队在进军西北途中，受到玉门油矿工人的欢迎

除贺兰军（欠保安第 1 师）和第 11 军退向银川、灵武、宁朔地区外，以第 128 军军部和第 256 师位于灵武县，保安第 3 师位于吴忠堡，第 356 师及骑兵第 3 师位于金积以南以东地区，保安第 1 师位于金积以西地区。

针对敌情变化，第 19 兵团决定集中第 64 军配属兵团机械化营和坦克战车队，并指挥第 195 师、独立第 1 师和独立第 2 师共 5 万余人，发起金灵战役，首先消灭第 128 军于金积、灵武地区。具体部署为：

以第 191 师夺取牛首山，得手后由西、南向金积进攻，力求迅速分割围歼；以第 192 师指挥兵团野炮营，经滚泉由南、东南向金积攻击，协同第 191 师围歼金积之敌；以独立第 1 师及第 571 团沿豫（旺）灵（武）公路攻击前进，迂回吴忠堡，协助主力围歼金积守敌；第 190、第 195 师为第二梯队，随主攻部队后跟进。同时以第 63、第 65 军从中宁等地北渡黄河攻击贺兰军，配合金积、灵武地区作战。

位于黄河东岸的牛首山，与贺兰山隔水相对，呈南北走向，为金积、灵武地区的天然屏障。

17 日下午 7 时，第 191 师第 573 团 3 营轻装沿着崎岖山路向牛首山进发，以突袭战术直扑主峰小西天。担任主攻的 8 连以迅雷不及掩耳之势，从小西天主峰两侧向守敌发起猛攻。敌军被打得措手不及，向东寺方向仓皇逃窜。3 营没费多大气力即占领了小西天，随后又乘胜击溃了东寺守敌，控制了另一个制高点。

牛首山失守后，第 128 军和贺兰军已成为瓮中之鳖。

驻防金积的第 128 军副军长兼第 356 师师长的马宝琳向驻灵武的军长卢忠良告急："敌方兵力强大，重武器多，并配有坦克，看样子恐怕金积难保……"

　　卢忠良在电话里答复："第 256 师很快就要增援上去，在未到达前，你要想尽办法，竭力支持。"

　　为阻挡解放军的迅猛进攻，保安司令马得贵竟然下令掘渠放水，致使金积、灵武大片地区成为泽国，万亩良田被淹，企图用洪水迟缓解放军前进的步伐。

　　但这都于事无补了。19 日，第 191 师占领青铜峡后，跟踪追击逃敌，击垮了金积以南西滩村顽抗之敌；第 192 师在前进途中击退骑兵第 38 团的阻击，逼近金积县城，将第 356 师围困在城内。

　　为截断金积逃敌退路和攻歼吴忠堡之敌，第 190 师经鸣沙洲、滚泉疾进。第 191、第 192 师在第 190 师到达金积后，即转向吴忠堡进发。

　　20 日晚，第 191、第 192 师集中优势兵力、火器，以勇猛动作向吴忠堡发起攻击。在迂回吴忠堡的独立第 1、第 2 师及第 571 团的密切配合下，于 21 日 11 时占领吴忠堡。随后，第 191 师马不停蹄，又向灵武发起攻击。

　　时任国民党第 128 军参谋处少校科长的马美孚回忆道：

第一野战军在进军大西北途中受到人民群众的热烈欢迎

解放军越过金积县城向吴堡挺进，向沿秦渠布防的保安第三师猛攻，争夺的焦点是吴忠南大门的涝河桥。21日晨，保安第三师师长周福财感到招架不住，亲自到吴忠北门西边军部向卢忠良报告，卢令坚守阵地，不准撤退。这时，金积溃逃官兵纷纷沿黄河向东北溃逃，在吴忠的保安第三师官兵见此情形也都闻风丧胆。军部被迫下令说，现在通往郭家桥的后路已被敌人切断，应迅速绕道仁存渡口撤回灵武。此令下达后，吴忠国民党官兵立即乱作一团，争相逃窜。第二五六师残部官兵退到灵武后，因军长不在，军心非常混乱，开始溃散。

当晚7时，第191师突入城内，守敌第256师及溃退至此的5000余人缴械投降，灵武解放。

与此同时，被困金积城内的第356师见援兵无望，只得放弃抵抗，开门投降。但个别死硬分子仍不甘失败，做最后的垂死挣扎。企图从灵武、仁存渡过黄河西逃的第128军残部，因无渡船，只得冒险泅渡，结果大多葬身鱼腹，生还者甚少。至此，第128军全部被歼，除7300余人被俘外，其余大部溃散。

就在金武战役打响之际，马惇靖率第81军在中卫举行起义。

第81军是马鸿宾的起家部队，军长马惇靖是他的儿子。与马鸿逵不同的是，马鸿宾虽出身名门，少年得志，但个人生活一直比较俭朴，反对暴政，主张以德服人，长期受到马鸿逵的排挤。

第一野战军某部进军大西北，与新疆民族军会师

第一野战军某部在沙漠地带追击残敌

为争取和平解决宁夏问题，中共中央和毛泽东早就通过傅作义、邓宝珊等人做马鸿宾的工作。就在第 19 兵团准备进军宁夏的时候，毛泽东于 9 月 4 日致电彭德怀、贺龙、习仲勋等，要求对宁马力争全部缴械，其次则争取大部缴械，一部改编，并指出："请考虑利用马鸿宾，派人向马鸿宾做些工作，争取大部和平缴械，一部改编的局面。"

17 日，西路第 63 军第 188 师在进占中卫城外 40 里的沙坡头时，利用第 81 军撤退时未来得及拆除的电话线与守敌通话，奉劝马惇靖认清形势，弃暗投明。

仗打到这个份上，马惇靖心里清楚仅凭他手里这点可怜的部队，根本无法阻挡解放军的大举进攻。死守中卫城只能是死路一条。于是，他立即请县城里的豪绅名流们到军部开会，当场宣布两件事项：

其一，第 81 军绝不抵抗解放军，请他们转告中卫的老百姓，不要惊慌。其二，请他们出城在沙坡头迎接解放军，说明第 81 军绝不抵抗，请解放军缓进。

面前解放军强大的军事压力与政治攻势，马鸿宾、马惇靖终于下定决心走和平起义的道路。马廷秀回忆道：

9 月 17 日，国民党军令部长徐永昌同空军副司令王叔铭来宁，马敦静带军官们去晋见。怀疑是蒋介石把马鸿逵调走，派他们来监军打仗，便去探问消息。徐说他们要到包头去。我问："宁夏事咋办？"他说："这样的山区，可打几个漂亮仗，拖延一阵。"我转问王叔铭："中央能否派飞机来助战？"王答："自顾不暇。"当晚，马鸿宾找我，说他要随徐永昌到包头去，请傅（傅作义）、邓（邓宝珊）对宁夏的事，出个主意，嘱我告诉一下马敦静。

第一野战军炮兵部队开进兰州城

18日，马惇靖派其少将师长马培卿为代表前往中宁县城，同第64军联络部长牛连壁商谈和平起义协定条文。

黄昏时分，马培卿返回中卫城，将与解放军草拟的和平起义协定交给马惇靖审阅。并称，解放军已下达最后通牒，如同意就可达成协议，19日上午在黄沙滩上签字；如逾期不到，就视作违约反悔，立刻开炮攻城。

马惇靖回忆道：

当时我的思想斗争非常激烈，精神压力很大。当兵临城下之紧迫时刻，父亲又不在身边（当时父亲深知大势已去，不能拖延时间，决定到银川再赴绥远见傅作义。此时傅已起义。父亲想通过傅作义见毛泽东主席以便请求起义。到银川后正值国民党军令部长徐永昌也要走绥远，父亲就乘他飞机同行），自己毫无主张，打算进沙窝暂时回避，又想到自己如离开军队，军队必然发生事变，老百姓受害，实感罪责难逃，如再拖延时间，解放军开炮，部队自然溃散，家庭个人均有生命之忧、事业更无保障……

在我束手无策进退两难的情况下，只好下最大的决心，走和平之道路，决定赴约签字，将部队交给解放军，自己再作打算。

19日，毛泽东致电彭德怀、张宗逊：宁夏马鸿宾到包头，说81军军长系其子马惇靖，与马鸿逵部系属两事。无论如何方式，只要解放军不打，能使81

军成为人民的军队，他均乐于接受，请先停止作战，以便商谈。军委请彭、张即考虑处置办法电告。

当天，毛泽东起草的薄一波复傅作义电，指出："我们可以将马鸿宾与马鸿逵部分别看待，但问题的解决必须在前线而不能在北平。全国各地都是如此，宁夏不能独异。无论马鸿宾或马惇靖如欲解决问题，应速派代表至兰州第一野战军司令部找彭德怀司令员接洽，或到固原十九兵团司令部找杨得志司令员接洽。如马鸿宾能亲去兰州或固原一趟，则更好。彭德怀将军已知马鸿宾为人是和马鸿逵有区别的，他正想找马鸿宾接洽。如马能亲自去，或派代表去，必被欢迎，不会有任何危险。请傅宜生速为转知，以免误事。又西北前线对宁夏进军的时间已很迫近，宁夏代表应速去固原或兰州，不要在迁延了。"

也就在这一天的上午 11 时，马惇靖带着马培卿与两名亲信，乘坐羊皮筏子渡过黄河，来到黄沙滩上，准备与解放军商谈和平起义事宜。

黄沙滩是黄河中一个平整的小沙滩，由两股河水分途壅起来的小沙洲。沙洲的下端却是一个完整的河流，象征着由分歧的水线经过这个沙洲汇合为一流了。在这里举行和谈，很有意义。

不过，马惇靖见沙滩上既没有可坐之处，说话也不方便，便主动提出乘车到中宁县城第 64 军军部去谈判。据他事后回忆：起初，"解放军方面怕我们有顾虑不去中宁，经我恳切提出，他们也同意，就在这和谐的气氛中我们一同过了黄河，并乘解放军的汽车到中宁县城。在那里我见到了解放军第十九兵团第六十四军军长曾思玉。"

经过正式谈判，当晚 7 时，双方在《和平解决协定》上签字，宣告第 81 军举行起义，同时也宣告宁马第二道防线被彻底摧毁，加速了宁夏解放的进程。

此时，马鸿逵、马敦静已先后乘飞机逃离银川，残余的宁马部队失去指

第一野战军从东大街列队进入西宁城

马鸿宾率领军政人员及各族各界代表迎接解放军第19兵团进城。第19兵团杨得志司令员（左1）、葛晏春副司令员（左3）

挥，一个个诚惶诚恐，无意再战。

19日上午，惴惴不安的宁马高级将领在银川仁存渡口集合，共商对策，最终同意放下武器，听候解放军的改编。

20日下午3时许，贺兰军军长马全良、副军长王伯祥，第128军军长卢忠良、副军长何晓霆，第11军军长马光宗、副军长兼第356师师长马宝琳、副军长兼第257师师长马英才、第189师师长马世俊、第256师师长马福元、第168师师长马清，保安副司令马如龙，保安第1师师长王有禄，保安第2师师长马义忠，保安第3师师长周福财，保安第4师师长马全忠，保安司令部参谋长马光天，保安司令部处长马希贤、柴桂勋、马友梅等人，联名通电毛泽东、朱德、彭德怀和各野战军司令员：

国民党秉国以来，领导无方，纪纲不振，民生凋敝，致战祸弥漫全国，强者死于炮灰，弱者流于沟壑，刻又战事迫近西北，面临宁夏。全良等不忍地方70万军民，遭受涂炭。爰于本月20日停战，服从毛主席领导，实行民主，俾人民登于衽席，国基安于磐石。至于军事如何改编，政治如何革新，听候协商，一致服从。

21日，彭德怀复电："廿日电悉，诸将军既愿宁夏问题和平解决，殊堪欣慰。望督率贵部即速见诸实行。此间即告杨得志司令员，告各方望即派代表至中宁与杨司令员接洽。"

22日晨，马鸿宾召集军政负责人在五亩宅开会，商讨派代表与解放军谈判、和平解决宁夏问题等事宜。

在商讨代表名单时，马鸿宾以长官和家长身份提出："卢军长作全权代表，马光天是卢军长的助手，也是代表，马廷秀代表政界。"

卢忠良当即表示，自己与共产党军队作战多年，仇怨甚深，不适合当和谈代表。

马鸿宾说："正因为如此，你去了，人有见面之情，将来处理上要好些。"

大家均无异议。卢忠良、马光天、马廷秀三人当即乘车取道宁朔县，渡过黄河前往中宁县，与解放军谈判。

23日14时，第19兵团司令员杨得志、政治委员李志民，宁夏方面军政代表卢忠良、马光天、马廷秀，分别在《和平解决宁夏问题之协议》上签字。

为了宁夏人民的利益及新民主主义国家之建设，双方同意和平解决宁夏问题，协议如下：

一、所有宁夏部队迅速按照中国人民解放军第十九兵团指定地点集中听候处理，在此期间内不得擅自移动，否则发生任何冲突事件。人民解放军概不负责。

二、宁夏一切党政军机构、市政机关、公营企业、牧场、公共财产和建筑及所有武器、弹药、仓库、物资、公文、档案等，立即造具清册，听候点交，

杨得志司令员（右1）和李志民政委（左1）在进行作战部署

不得破坏、隐藏、转移、盗卖。所有监狱犯人，听候接收处理。曾经俘去之我方人员不得杀害，应全部释放交出。蒋系特务机关人员，一律不得放走。

三、凡人民解放军尚未到达之地区，原宁夏当地军政机关部队，应负责看管物资，维持治安之责，不得发生任何破坏损失事件。

四、在宁夏部队方面执行以上三项条款时，人民解放军方面保证宁夏参加和谈部队全体官兵生命财产之安全。

五、为了切实执行以上四项协议，决定双方在银川组织联合办事处，处理以上事项，该办事处由九人组成，解放军方面五人，并指定一人任主任，宁夏方面四人并指定一人任副主任。

同日，第63军第187师越过贺兰山三关口，挺进至腰坝镇，距阿拉善旗首府定远营30余公里。阿拉善王爷兼区防司令部司令达理扎雅率部1300余人通电起义。

彭德怀立即命令部队停止向阿拉善进攻，并于10月3日给达理扎雅等回电："来电敬悉，对阿拉善旗脱离广州国民党反动政府，拥护中华人民共和国政府，甚表欣慰，望努力维持阿拉善旗秩序，共同建立国内各民族一律平等的新中国，新宁夏。"

按照《和平解放宁夏问题之协议》及双方的商定，第19兵团部队应于9月25日接管银川。但此时，宁夏贺兰军、第11军已溃散殆尽，无力执行协议中

第一野战军某部行进在草原上

第 19 兵团进驻银川市

的规定，数万名散兵游勇四处抢掠，黄河以西地区秩序大乱。

为防止混乱的局面进一步恶化，马鸿宾致电第 19 兵团告急："宁夏部队已形成崩溃现象，官不能管兵，到处发生抢劫事情，请杨司令员即速派兵进驻宁夏。"贺兰军军长马全良、副军长王伯祥，也跑到吴忠堡解放军处避难，请求尽快进入银川安定秩序，并派出 30 余辆汽车至仁存渡口迎接解放军。

第 64 军军长曾思玉遵照杨得志的指令，立即派第 191 师由仁存渡过黄河。该师第 572 团 2 营、3 营作为先遣队乘汽车连夜进入银川城，占领城内各制高点和四门，在各街口设岗布哨，并分兵至满城接收宁马第 11 军残部和飞机场，牢牢地控制了银川。

24 日，第 191 师主力进驻银川。各界群众自发上街游行，庆祝解放。26 日，第 19 兵团举行隆重的入城仪式，宣告宁夏获得解放。

此役，第一野战军以伤亡 700 余人的微小代价，消灭宁马集团 4 个军及地方武装，共歼灭和改编国民党军 41980 人，其中俘敌 20600 人，毙伤 780 人，投诚 10600 人，起义与改编 11300 人，结束了马氏家族对宁夏长达 36 年的封建统治。

参 考 书 目

中国军事百科全书编审委员会：《中国军事百科全书》，军事科学出版社，1997 年

一野战史编委会：《中国人民解放军第一野战军战史》，解放军出版社，1995 年

一野战史编委会：《中国人民解放军第一野战军战例选编》，解放军出版社，1999 年

全国政协文史办公室等：《西北战场亲历记》（上、下），中国文史出版社，2013 年

《星火燎原》（1—20），解放军出版社，2009 年

中共中央文献研究室：《毛泽东年谱》，人民出版社、中央文献出版社，1993 年

《毛泽东传（1893—1949）》，中央文献出版社，1996 年

《毛泽东军事文集》：军事科学出版社、中央文献出版社，1993 年

《彭德怀传》，当代中国出版社，1993 年

《王震传》，当代中国出版社，1999 年

《王震》，中央文献出版社，1993 年

《习仲勋传》（上卷），中央文献出版社，2013 年

《张宗逊回忆录》，解放军出版社，1990 年

中国人民政治协商会议全国委员会文史和学习委员会：《文史资料选辑》

合订本，中国文史出版社，2010 年

《习仲勋在陕甘宁边区》编委会：《习仲勋在陕甘宁边区》，中国文史出版社，2014 年

宁夏自治区政协文史资料研究委员会：《解放宁夏回忆录》，宁夏人民出版社，1986 年

于小龙、康志军：《解放宁夏》，宁夏人民出版社，2009 年

《兰州战役》，甘肃人民出版社，1983 年

豫颖：《解放陕西》，军事谊文出版社，1997 年

吴学陵：《黄土高原三战三捷：记青化砭、羊马河、蟠龙镇战役》，中国工人出版社，1998 年

吴序光：《决战大西北》，广东教育出版社，1997 年

洪兵、汪徐和：《第一野战军》，中共党史出版社，2006 年

许福芦：《第一野战军》，长征出版社，2012 年

钟仁：《第一野战军：彭德怀麾下的 14 个军 230 位将军》，国防大学出版社，1996 年

陈庆荣、王一楠：《第一野战军十虎将》，中共党史出版社，2006 年

张少宏、李阳、李涛：《中国人民解放军战例》，黄河出版社，2014 年

王清魁：《中国人民解放军战役集成》，中国人民解放军出版社，1987 年

声　明

　　本书在编写过程中，参考引用了大量的图片资料。由于资料的来源广、头绪众多，在客观上难以逐一进行核实。特在此郑重声明：希望图片资料版权的所有者予以谅解，并向他们致以衷心的感谢。凡认定自己是本书所使用的某张图片资料的版权所有者，请提供可靠的证明材料，并请及时与作者或出版社联系，我们将根据有关规定，合理支付报酬。

图书在版编目（CIP）数据

战典.8，第一野战军征战纪实/李涛著. — 北京：作家出版社，2017.10
ISBN 978-7-5063-9770-4

Ⅰ．①战… Ⅱ．①李… Ⅲ．①纪实文学—中国—当代 Ⅳ．① I25

中国版本图书馆 CIP 数据核字 (2017) 第 267152 号

战典 8：第一野战军征战纪实

作　　者：李　涛
责任编辑：张　平
装帧设计：北京高高国际文化传媒
出版发行：作家出版社
社　　址：北京农展馆南里 10 号　　　邮　　编：100125
电话传真：86-10-65930756（出版发行部）
　　　　　86-10-65004079（总编室）
　　　　　86-10-65015116（邮购部）
E-mail:zuojia@zuojia.net.cn
http://www.haozuojia.com（作家在线）
印　　刷：北京亚通印刷有限责任公司
成品尺寸：170×240
字　　数：337 千
印　　张：20
版　　次：2018 年 1 月第 1 版
印　　次：2018 年 1 月第 1 次印刷
ISBN 978-7-5063-9770-4
定　　价：45.00 元